سادھو

(افسانے)

جی۔ اے۔ کلکرنی

(مراٹھی سے اردو ترجمہ : سلام بن رزاق)

Saadhu *(Short Stories)*
by: G. A. Kulkarni
Edition: April '2025
Publisher :
Taemeer Publications LLC (Michigan, USA / Hyderabad, India)

ISBN 978-93-6908-848-5

کتاب	:	**سادھو** (افسانے)
مصنف	:	**جی۔اے۔ کلکرنی**
مترجم	:	**سلام بن رزاق**
صنف	:	فکشن
ناشر	:	تعمیر پبلی کیشنز (حیدرآباد، انڈیا)
سالِ اشاعت	:	۲۰۲۵ء
صفحات	:	۱۶۰
سرورق ڈیزائن	:	تعمیر ویب ڈیزائن

فہرست

قاصد

شہر کی جانب آنے والی شاہراہ پر ایک رتھ برق رفتاری سے چلا آ رہا تھا۔ رتھ پر سمراٹ کا مخصوص نیلا پرچم لہرا رہا تھا۔ جس پر بڑے سے راج ہنس کی تصویر بنی ہوئی تھی۔ دوار پال نے دور سے رتھ کو آتے ہوئے دیکھ لیا اور جلدی سے دروازے کا بڑا سا ارگل ہٹا دیا۔ ارگل کے ہٹاتے ہی شہر پناہ کے اس عظیم الشان دروازے کے دونوں پھاٹک لوہے کے بھاری پنکھوں کی مانند دھیرے دھیرے پیچھے کی جانب کھلتے چلے گئے۔ شہر پناہ میں داخل ہوتے ہوئے بھی رتھ کی تیز رفتاری میں کوئی کمی واقع نہیں ہوئی۔ گھوڑے ہوا سے باتیں کر رہے تھے اور سنگی پختہ سڑک پر سفید گھوڑوں کے ٹاپوں سے چنگاریاں سی پھوٹ رہی تھیں۔ سڑک پر چلنے والے لوگ پہلے تو چونکے پھر پلٹ کر رتھ کو دیکھا اور خوف سے دائیں بائیں سمٹ گئے۔ جوں ہی رتھ آگے بڑھا لوگوں کا ہجوم رتھ کے پیچھے دوڑنے لگا۔ ٹھیک شہر کے وسط میں بڑے چوک پر جب رتھ پہنچا سارتھی نے یک بیک پوری قوت سے لگام کھینچ لی۔ لگام کھینچتے ہی پارے کی مانند بے قرار کشادہ آنکھوں والے سفید گھوڑے ہنہناتے ہوئے اپنے پیروں پر کھڑے ہو گئے۔ ان کی گھنی ایالوں والی گردنیں سمندر کی بے چین موجوں کی مانند لمحہ بھر کو اوپر اٹھ گئیں۔ برق آسا گھوڑے رک تو گئے مگر ان کی صبا رفتاری کا جوش ہنوز تمام نہیں ہوا تھا۔ پسینے سے شرابور ان کے جسم ابھی تک کانپ رہے تھے۔

چوک کے اطراف ہجوم بڑھتا جارہا تھا۔ ہر شخص رتھ سے قاصد کے اترنے کا بے چینی سے انتظار کرنے لگا۔ چوک کی ایک جانب راج کمار کا سات پھاٹکوں والا عظیم الشان محل تھا۔ داخلے کے بڑے دروازے پر دونوں جانب سنہرے النکاروں سے سجے چوڑے مستکوں پر سواستک کے نشان والے کوہ تن ہاتھی مستی میں ڈول رہے تھے۔ ان کے گلوں میں بندھی گھنٹیاں ایک خاص لے کے ساتھ ٹن ٹن بج رہی تھیں۔ چاروں طرف ایسا زبردست سناٹا تھا کہ اس سناٹے میں ان گھنٹیوں کی آواز کے سوا کوئی دوسری آواز سنائی نہیں دے رہی تھی۔ راج کمار کے محل کے سامنے راج پروہت کا مٹھ تھا جس کا دروازہ اتنا بلند تھا کہ آٹھ آدمی ایک دوسرے کے کاندھے پر سوار ہو کر اس سے آسانی کے ساتھ گذر سکتے تھے۔ سفید سنگ مرمر کی سیڑھیوں کا طویل سلسلہ اوپر تک چلا گیا تھا جہاں منقش ستونوں کے پاس دو بھکشو کیسری رنگ کے لباس میں مورتیوں کی مانند ساکت کھڑے تھے۔ ان کی پشت پر مٹھ کا بڑا گول چبوترا خاموشی میں غرق تھا۔ جس کی چھت کے نیچے ایک بھکشو پتے کی مانند آہستہ آہستہ ایک طرف کو جاتا دکھائی دے رہا تھا۔ شاہی قاصد اپنے معمول کے برخلاف بڑی ہڑبڑی میں رتھ سے اترا۔ تبھی اس کے خادموں نے زور زور سے قرنا پھونکنا شروع کر دیا۔ اس آواز سے جیسے خفتہ محل اچانک بیدار ہو گیا اور چاروں طرف سے انسانی شور سنائی دینے لگا۔ اس شور میں ہاتھیوں کو گھنٹیوں کی مدھر آواز دب کر رہ گئی۔ اس کے وسیع و عریض آنگن میں سرخ پوش سپاہی دورویہ قطاروں میں چاق وچوبند گردن جھکائے کھڑے ہو گئے۔ راج کمار سنہرے رنگ کے زرق برق لباس میں انتہائی باوقار اور پر تمکنت انداز میں سیڑھیاں اترنے لگا اور محل کے بڑے دروازے کے پاس آکر رک گیا۔ مٹھ میں بھی کیسری رنگ کی چادریں لپیٹے بھکشو اکٹھا ہونے لگے۔ جنہیں دیکھ کر لگتا تھا زرد رنگ کے پھولوں کی بکھری ہوئی پنکھڑیاں سمٹ کر

پھولوں کی ایک مالا میں تبدیل ہو رہی ہیں۔

راج پروہت دبیز ریشمی چادر اوڑھے آہستہ آہستہ سیڑھیاں اترنے لگے۔ ان کی ایک جانب ایک بھکشو جس کے سینے پر مقدس یگیہ کے شعلوں کا نشان تھا اپنے ہاتھ میں ایک عصا لئے چل رہا تھا جس کا اوپری سرا کنول کے پھول سے مشابہ تھا۔ یہ عصا راج پروہت کے وسیع اختیارات کی نشاندہی کرتا تھا۔ دوسرا بھکشو ان کے سر پر ریشمی کیسری رنگ کی چھتری کھولے ان سے دو قدم پیچھے ادب سے چل رہا تھا۔ شاہی قاصد کو یہ دیکھ کر اندر سے فخر کا احساس ہوا کہ وہ اس ہجوم میں ہر خاص و عام کی نگاہ کا مرکز بنا ہوا ہے۔ اس کے معمر چہرے پر مسرت کی جھلک صاف دکھائی دے رہی تھی۔ وہ ایک شان استغناء کے ساتھ ذرا سا آگے بڑھا اور اس نے راج کمار اور راج پروہت کے سامنے رسماً تھوڑا سا جھک کر انہیں پرنام کیا۔ پھر ادب سے بولا، "راجن! آج میں سمراٹ دھرم بھوشن کے خصوصی ایلچی کی حیثیت سے یہاں حاضر ہوا ہوں۔ سمراٹ شکار میں مصروف تھے کہ کنول جھیل کے کنارے سلیشور مندر کے پاس انہیں ایک عجیب و غریب بشارت ہوئی اور انہوں نے بہ عجلت اس خادم کو روانگی کا حکم دیا ساتھ ہی مجھے خصوصی ہدایت دی گئی ہے کہ سمراٹ کا پیغام بہ نفس نفیس رعایا کے روبرو پیش کروں۔ سمراٹ شکار سے دستبردار ہو کر غور و فکر کی خاطر کسی نامعلوم گوشے میں روپوش ہو گئے ہیں۔ سمراٹ اس قدر عجلت میں تھے کہ انہوں نے شاہی پروانہ لکھنے اور اس پر اپنی مہر ثبت کرنے کی رسمی کارروائی میں وقت ضائع کرنے کی بجائے مجھے زبانی پیغام دے کر روانہ کر دیا اور یہ خادم متواتر دو روز سے سفر کرتا ہوا بغیر خواب و خور کے حاضر خدمت ہوا ہے۔ سمراٹ کا حکم ہے کہ پیغام براہ راست رعایا کے روبرو پیش کیا جائے۔ ہر باعزت شہری کو یہ اختیار ہو گا کہ وہ ممکن ہو تو اس پیغام کو عملی جامہ پہنانے میں حکومت کی اعانت کرے۔ ملک و قوم کی

سلامتی کا دار ومدار اسی بات پر ہے کہ اس شاہی فرمان پر فوری طور پر عمل کیا جائے سمراٹ کا حکم ہے کہ۔۔۔چاروں طرف ایک اذیت ناک خاموشی چھاگئی غیر ارادی طور پر راج کمار ایک قدم آگے بڑھا۔ مقدس پروہت نے ایک دوسرے میں پھنسی اپنی انگلیوں کو آزاد کیا اور دوبارہ ایک دوسرے میں پھنسا دیں۔ ہاتھیوں کے گلے کی گھنٹیوں کی آواز دوبارہ گھونجنے لگی۔ دو سپاہیوں نے ان پر ہاتھ رکھ کر انہیں شانت کر دیا۔"

"سمراٹ کا حکم ہے کہ۔۔۔ حکم ہے کہ۔۔۔" قاصد نے دوبارہ کچھ کہنے کی کوشش کی مگر یک بیک اس کا گلا رندھ گیا اور الفاظ جیسے اس کے حلق میں پھنس کر رہ گئے۔ اس کی آنکھوں کے سامنے دھند چھاگئی اور وہ بے حس و حرکت سامنے خلا میں گھورتا کھڑا رہ گیا۔ کچھ پل اسی طرح گذر گئے۔ رعایا میں بے چینی کی لہر دوڑ گئی اور راج کمار کی پیشانی پر اضطراب کی ایک مہین سی سلوٹ ابھر آئی۔ ریشمی لباس کے اندر پروہت کے ہاتھوں کی انگلیاں غیر ارادی طور پر اضطرابی کیفیت کے ساتھ اوپر نیچے حرکت کرنے لگیں۔ قاصد کے ہونٹ بے مقصد لرز رہے تھے۔ اس کے معمر چہرے پر اندرونی کرب اور بے چارگی کی جھلک دکھائی دے رہی تھی۔ راج کمار کے قریب کھڑے منتری نے دبے لہجے میں قاصد کو ہشکارا۔۔۔ یکایک راجکمار قاصد کے قریب آیا اور مسکراتا ہوا بولا۔

"شری پاد! لگتا ہے لگاتار سفر نے آپ کو کافی تھکا دیا ہے۔ پھر فرض کی ادائیگی کی بھاری ذمہ داری نے بھی آپ کے اعصاب کو متاثر کیا ہو گا۔ لیکن آپ تردد نہ کریں۔ میں سمجھ گیا ہوں شاہی پیغام کیا ہو سکتا ہے؟ مہاراج مدت مدید سے ولی عہد کے مسئلے کو لے کر کافی فکر مند تھے۔ غالباً انہوں نے اس عظیم ذمہ داری کے لئے مجھے منتخب کیا ہو گا۔"

معاًراج پروہت عصابردار خادم کے ساتھ دو بھکشوؤں کی معیت میں آگے بڑھے۔ ان کے چہرے پر گہرے تفکر کے آثار تھے اور ہونٹ سختی سے بھنچے ہوئے تھے۔ اس

لئے ان کا چہرہ معمول سے زیادہ ستاہوا دکھائی دے رہا تھا۔

"راجن!" وہ راج کمار سے مخاطب ہوئے، "ممکن ہے آپ کا اندازہ درست ہو مگر ہمیں یہ نہ بھولنا چاہیئے کہ مہاراج ایک خدا ترس انسان ہیں۔ وہ ملک میں ایک ایسی حکومت چاہتے تھے جو مذہبی اصولوں پر قائم ہو۔ ایک ہفتہ قبل ہی مجھے ان سے ملاقات کا شرف حاصل ہوا تھا۔ اس وقت وہ اسی فکر میں مبتلا تھے۔ میں نے انہیں یقین دلایا تھا کہ اگر ایسا موقع آگیا تو میں دھرم شاسن کی ذمہ داری قبول کرنے کو تیار ہوں۔ تب ان کے چہرے پر نہ صرف قلبی اطمینان کی جھلک دکھائی دی بلکہ ان کی آنکھوں سے احسان مندی بھی ظاہر ہو رہی تھی۔ لگتا ہے سمراٹ کو دھرم شاسن کی بشارت ہو گئی ہے۔ مجھے یقین کامل ہے کہ قاصد کے ذریعے انہوں نے یہی پیغام بھیجا ہو گا۔"

راج کمار نے نہایت ادب سے راج پروہت کی دلیل کو رد کرتے ہوئے کہا۔

"راج گرو اس میں شبہ کی شمہ برابر گنجائش نہیں کہ دھرم شاسن ایک مقدس اور اہم فریضہ ہے مگر یہ فریضہ اسی وقت قابل عمل ہو سکتا ہے جب ریاست کا ولی عہد بھی منتخب ہو جائے۔ ایک مضبوط حکومت کے بغیر آپ دھرم شاسن کا تصور کیسے کر سکتے ہیں؟"

پروہت کے چوڑے ماتھے پر خفگی کی ایک ہلکی سی شکن ابھری اور ڈوب گئی۔ ہونٹ کچھ زیادہ ہی سختی سے ایک دوسرے پر جم گئے مگر دوسرے ہی لمحے انہوں نے اپنے اندرونی ابال پر قابو پالیا اور نہایت عیاری سے لہجے کو ملائم بناتے ہوئے بولے۔

"کس میں جرأت ہے کہ آپ کی بات کو رد کرے۔ مگر سمراٹ ابھی بر سر اقتدار ہیں۔ ایشور انہیں سلامت رکھے۔ کیا یہ بہتر نہ ہو گا کہ وراثت کا تصفیہ ہم ان کی مرضی پر چھوڑ دیں۔"

قاصد پتھر کی مورت کی طرح بے حرکت کھڑا تھا۔ دفعتاً اس کے ہونٹ ہلے۔ وہ بھرائے ہوئے لہجے میں کہنے لگا۔

"خادم معافی چاہتا ہے۔ میری یادداشت یک لخت منجمد ہوگئی ہے۔ سمراٹ کا پیغام مجھے یکسر بھول گیا ہے۔ مگر میں یہ بات پورے وثوق سے کہہ سکتا ہوں کہ ان کا پیغام ولی عہد سے متعلق قطعی نہیں تھا۔ اس صورت میں فرمان نامہ شاہی مہر کے ساتھ جاری ہوتا اور سفید سفارتی پرچم پر تلوار کا نشان ہوتا۔"

قاصد کے ان الفاظ کے ساتھ ہی راج کمار کے چہرے پر مردنی چھاگئی اور پروہت کے ہونٹ مزید بھنچ گئے۔ قاصد آگے کہہ رہا تھا۔

"اور سمراٹ کا پیغام، دھرم شاسن سے متعلق بھی نہیں ہے۔ سب جانتے ہیں کے دھرم شاسن کا پیغام لانے والے سفیر کے پرچم پر 'کمنڈل' کا نشان ہوتا ہے۔ یہ دونوں سفیر سمراٹ کے ہمرکاب تھے۔ اس کے باوجود سمراٹ نے اس پیغام کے لئے انتخاب کیا تھا۔"

"راج دوت! ممکن ہے اس طویل سفر نے آپ کو ہلکان کر دیا ہو۔ تھکن دور ہو جانے پر آپ کی یادداشت روشن ہو جائے گی۔ لہٰذا ہماری مودبانہ التماس ہے کہ آپ ہماری میزبانی قبول فرمائیں اور راج محل میں چل کر قدرے ستالیں۔ ہم آپ کے شکر گذار ہوں گے۔"

منتری نے راج کمار کی طرف نگاہ کرتے ہوئے تجویز رکھی۔ راج کمار منتری کی اس حاضر دماغی پر دل ہی دل میں عش عش کرنے لگا۔ پھر اس نے ایک لمحہ ضائع کئے بغیر دو سپاہیوں کو اشارہ کیا اور بولا۔

"منتری جی کی یہ تجویز انتہائی معقول ہے۔ اس پر فوراً عمل کیا جائے۔" مجبوراً مقدس پروہت کو بھی بولنا پڑا۔

"ہم بھی انتہائی انکساری کے ساتھ اس تجویز کی تائید کرتے ہیں۔" پھر وہ ایک چوڑے سپاٹ چہرے والے بھکشوؤں کی طرف مڑے اور بولے، "بھدر انند! ہم پر بھی کچھ ذمہ داریاں عائد ہوتی ہیں۔ تم راج کمار کے شاہی مہمان خانے میں قاصد کے ساتھ جاؤ۔ شب و روز ان کی خدمت میں رہ کر شاہی خدمت گاروں کی مدد کرو۔"

بھدرانند پروہت کے پہلو سے یوں نکلا جیسے ان کا سایہ ان سے جدا ہو رہا ہو۔ وہ نپے تلے قدم اٹھاتا ایلچی کے قریب جاکر کھڑا ہو گیا۔ راج کمار کا چہرہ پروہت کی اس چال پر غصے اور شکست سے سرخ ہو گیا اور اس سے قبل کہ اس کی زبان سے کوئی ایسی ویسی بات نکلے منتری نے ہلکے سے اس کا ہاتھ دبا دیا۔ راج کمار کو مجبوراً پھر ضبط کرنا پڑا۔ قاصد اب بھی سکتے کے عالم میں کھڑا تھا۔ ایک خدمت گار نے آگے بڑھ کر اس کا ہاتھ تھام لیا اور اسے لیے ہوئے محل کی طرف بڑھا۔ بھدرانند پرچھائیں کی طرح انکے پیچھے پیچھے چل رہا تھا۔

محل میں ایلچی کو ایک نرم آرام دہ گدی پر بٹھایا گیا۔ بھدرانند سامنے ایک گوشے میں اپنی چادر بچھا کر اس طرح بیٹھ گیا جیسے محل کی دیواروں پر کندہ مورتیوں میں سے ایک مورتی ہو۔ قاصد کے حمام کے لئے معطر گرم پانی تیار کیا گیا۔ غسل کے بعد ایک حسین دوشیزہ نے اس کے لئے ایک ملائم بستر تیار کیا اور دست بستہ اسکی خدمت میں کھڑی ہو گئی۔ پھر قاصد کے سامنے انواع و اقسام کے پر تکلف کھانے چنے گئے۔ راج کمار کے سخت احکامات تھے کہ قاصد کی خاطر مدارات میں کوئی کسر نہ رہنے پائے مگر ایسا لگ رہا تھا کسی نامعلوم صدمے سے ایلچی کی ساری حسیات مردہ ہو گئی ہیں۔ شام ہوئی۔ تاریکی پھیلی۔ جواہرات سے مزین چراغ روشن ہوئے۔ پھر ان چراغوں کی روشنی صبح کے اجالوں میں تحلیل ہو گئی۔ مگر قاصد کی آنکھ تک نہ جھپکی۔ بھدرانند بھی برابر جاگ رہا تھا۔ ادھر راج

کمار رات بھر اپنی خواب گاہ میں اضطراب کے عالم میں ٹہلتا رہا۔ وقفہ وقفہ سے خدمت گار قاصد کی کیفیت معلوم کرتے اور راج کمار کو پل پل کی خبر دیتے رہے۔ جب صبح تک ایلچی کی حالت میں کوئی تبدیلی واقع نہیں ہوئی تو راج کمار کے صبر کا پیمانہ لبریز ہو گیا۔ بالآخر صبح کی پہلی کرن کے ساتھ ہی راج کمار اپنے منتری اور خدمت گاروں کے ساتھ قاصد کے سامنے آوارد ہوا۔

"اگر چند لمحوں کے اندر تجھے وہ شاہی پیغام یاد نہیں آیا تو میں خود اپنے ہاتھوں سے تیری گردن ماردوں گا۔" راج کمار غصے سے کانپتا ہوا بولا۔ ان الفاظ کے ساتھ ادھر بھدرا نند سنبھل کر بیٹھ گیا۔ منتری موقع کی نزاکت کو سمجھتے ہوئے راج کمار سے مخاطب ہوا۔

"راجن! بر سر عام اپنے غضب کا اظہار کرنا شاہوں کو زیب نہیں دیتا۔ ناچیز کی درخواست ہے کہ ولی عہد سلطنت اپنے روایتی تحمل کو ہاتھ سے نہ جانے دیں۔"

"لیکن منتری یہ ہمارا محل ہے اور یہاں کی ہر شئے پر ہمارا اختیار ہے۔"

"آپ بجا فرماتے ہیں۔ محل آپ کا ہے مگر موقع کی نزاکت کا لحاظ بھی واجب ہے۔"

منتری نے بھدرانند کی طرف دیکھتے ہوئے معنی خیز انداز میں کہا، "غالباً وہ قول تو آپ کو یاد ہی ہو گا کہ غیر کے وجود سے خواب گاہ، طوائف گھر میں بدل جاتی ہے اور اجنبی لمس زندہ کو مردہ کر دیتا ہے۔ میرا حقیر مشورہ ہے کہ اب قاصد سے صحیح بات اگلوانے کے لئے ہمیں کوئی دوسری ترکیب اختیار کرنی پڑے گی۔ جو مسئلہ صبر سے حل نہ ہوتا ہو وہ بعض اوقات جبر سے حل ہو جاتا ہے۔ آپ مجھے اپنی ترکیب استعمال کرنے کی اجازت دیجئے۔"

راج کمار نے اثبات میں گردن ہلا دی اور منتری نے فوراً ایک خدمت گار کو اشارہ کیا۔ تھوڑی ہی دیر میں سپاہی ایک طویل قامت قوی الجثہ شخص کے ساتھ محل میں داخل

ہوا۔ وہ شخص سر سے پاؤں تک سیاہ لباس میں ملبوس تھا اور اس کے ہاتھ میں تین مختلف قسم کے چمکدار اوزار تھے۔ سیاہ پوش کی آمد سے اس وسیع و عریض کمرے میں ایک مہیب سایہ سا پھیل گیا۔ بھدر انند بھی ایک جھٹکے سے اپنی جگہ پر کھڑا ہو گیا۔

"راج دوت! شاہی پیغام یقیناً ولی عہد کے بارے میں ہے۔ مگر اتفاق سے اس وقت آپ کی یادداشت آپ کا ساتھ نہیں دے رہی ہے۔"

منتری کا لہجہ سرد اور سفاک تھا۔ "آپ کی کھوئی ہوئی یادداشت کی بازیابی کے لئے بندہ آپ کی مدد کرنا چاہتا ہے۔ اسی مقصد کے تحت اس شخص کو یہاں طلب کیا گیا ہے۔ یہ اپنے ہنر میں یکتا ہے۔ یہ انسان کے جسم سے اس کی کھال ایسے اتارتا ہے جیسے موز سے چھلکا اتارا جاتا ہے۔ ہم نے اسے حکم دیا ہے کہ یہ آپ کو اپنے ہنر کا ادنیٰ سا نمونہ دکھائے۔"

چاروں طرف خوف کی ایک لہر سی دوڑ گئی۔ لیکن قاصد اس طرح بے حس و حرکت بیٹھا رہا جیسے ان سارے معاملات سے اس کا کوئی تعلق نہ ہو۔ منتری نے لمحہ بھر توقف کیا کہ شاید قاصد کی جانب سے کوئی رد عمل ہو پھر سیاہ پوش کی طرف مڑا اور اسے کچھ اشارہ کیا۔ سیاہ پوش آہستہ آہستہ چلتا ہوا قاصد کے قریب پہنچا اور ایک جھٹکے کے ساتھ اس کی پشت پر سے اس کا پیرہن چاک کر دیا۔ قاصد کی پشت بے لباس ہو گئی۔ پھر اس نے ایک تیز اوزار سے اس کی پیٹھ پر ایک مہین سی خونی لکیر کھینچی۔ راج دوت نے سسکاری سی لی۔ پھر دوسرے ہی لمحے سیاہ پوش نے چٹکی سے پکڑ کر اس کی پیٹھ سے ہتھیلی کے برابر کھال کھینچ لی۔ قاصد پہلے تو ناقابل برداشت درد سے زخمی سانپ کی مانند بل کھانے لگا۔ پھر فرش پر گر کر تڑپنے لگا۔ راج کمار کے چہرے پر مایوسی کی جھلک کے ساتھ برہمی کے آثار بھی تھے۔ تبھی قاصد تڑپ کر دوبارہ اٹھ بیٹھا اور کراہتا ہوا بولا۔

"مجھے یوں تڑپا تڑپا کر مارنے کی بجائے میری گردن اڑا دو۔ میں آپ کا احسان مند ہوں گا۔ یہ سچ ہے کہ مجھے سمراٹ کا پیغام بھول گیا ہے مگر میں قسم کھاتا ہوں کہ وہ پیغام ولی عہد سے متعلق قطعی نہیں تھا۔"

راج کمار غصے سے بپھر گیا۔ اس نے آگے بڑھ کر پوری قوت سے قاصد کے ایک ٹھوکر لگائی۔ قاصد دوہرا ہو کر ایک طرف کو لڑھک گیا۔

"اسے محل کے باہر کتوں کے آگے پھینکوا دو۔" راج کمار نے طیش میں آکر حکم دیا اور منتری کے ساتھ محل میں ایک طرف کو چلا گیا۔

سیاہ پوش نے قاصد کو کسی غلیظ کپڑے کی طرح گردن سے پکڑ کر اٹھایا اور باہر سڑک پر ڈال دیا۔ اس کے دھار دار ہتھیاروں پر قاصد کے خون کے نشانات تھے اس نے قاصد کے کپڑوں سے انہیں صاف کیا اور ایک سمت کو چل دیا۔ بھدرا نند قاصد کے قریب آیا۔ وہ بے حس و حرکت پڑا تھا مگر ابھی اس کی سانس چل رہی تھی۔ اس نے دو بھکشوؤں کو بلایا۔ انہوں نے قاصد کو اپنے ہاتھوں پر اٹھا لیا اور بڑی مشکل سے زینے چڑھتے ہوئے راج پروہت کے سامنے حاضر ہوئے۔ بھدرانند نے شروع سے آخر تک ساری روداد سنادی اور گویا ہوا۔

"ہو سکتا ہے۔ مٹھ کی شانت ور پاکیزہ فضا میں اس کی یادداشت واپس لوٹ آئے مگر میرا طریقۂ کار جداگانہ ہے۔ محل کا عیش و آرام اس سے جو بات اگلوا نہیں سکی بھوک اور فاقہ اس سے اگلوا سکتے ہیں۔"

راج پروہت کی اجازت پاتے ہی بھدرا نند نے قاصد کو بھکشوؤں کی ایک تنگ و تاریک کوٹھری میں قید کر دیا اور نرم سپاٹ لہجے میں بولا۔

"میں سمجھتا ہوں آپ کے حق میں یہ بہتر ہو گا کہ آپ سمراٹ کے پیغام کو یاد کریں

اور بتائیں کہ وہ ہمارے راج پروہت کے متعلق ہی تھا جب تک آپ کو پیغام یاد نہیں آتا آپ خورد ونوش سے محروم رہیں گے۔ اگر آپکی یادداشت بازیاب ہوگئی تو آپ کی خدمت میں ایسے ایسے کھانے پیش کئے جائیں گے کہ شاہی دستر خوان بھی اس کے سامنے ہیچ نظر آئے گا۔ ذرا ادھر نظر کیجئے۔ اس سنگی کبوتر کے پروں پر دھوپ موجود ہے۔ نیچے کنول کا پھول ہے۔ اگر آپ اپنی جان کی سلامتی چاہتے ہیں تو اس سے قبل کہ دھوپ کنول کی پتیوں کو چھونے لگے سمراٹ کا پیغام یاد کر لیجئے۔" بھکشوؤں کی اس تنگ و تاریک کوٹھری میں قاصد اسی طرح بے حس و حرکت پڑا رہا۔ اب اس کی آنکھوں میں ایسا خالی پن تھا کہ ان میں اس کی پیٹھ کے دہکتے زخم کا احساس تک فنا ہو گیا تھا۔ دھوپ سنگی کبوتر کے پروں پر سے رینگتی ہاتھی کے مجسمے کو چومتی ہزار پنکھڑیوں والے کنول کے پھول پر اتر آئی۔ کنول کے نیچے جھیل کا پانی لمحے بھر کو جھلملایا۔ کنارے کے درختوں کے پتے پل بھر کو سنہری ہو گئے اور دوسرے ہی لمحے دھندلا گئے۔ یہ سب ہوا مگر قاصد کے چہرے کی بے تعلقی جوں کی توں قائم رہی۔ اس کے ہونٹوں سے ایک لفظ تک ادا نہیں ہوا۔ بھدرانند کے غیر جذباتی چہرے پر بھی اب اضطراب اور غیض کے آثار دکھائی دینے لگے۔ وہ بولا۔

"اب اسے نیچے تہہ خانے میں ایذا رسانی والے کمرے میں لے چلو۔"

بھکشوؤں نے جب قاصد کو اس تنگ کوٹھری سے باہر نکالا تب اس کا جسم بے حد لاغر ہو چکا تھا۔ چہرے کی ہڈیاں ابھر آئی تھیں۔ وہ اسے مٹھ کے نچلے وسیع تہہ خانے میں لے آئے اور تہہ خانے کے وسط میں ایک چبوترے پر اسے لٹا دیا۔ پھر دونوں بھکشوؤں نے اسی چبوترے میں لگی زنجیروں سے اس کے ہاتھ پاؤں کس کر باندھ دئے۔ قاصد نے دھیمے سے سانس لے کر آنکھیں کھول دیں اور دھیرے دھیرے چاروں طرف نظریں گھمائیں۔ دیواروں پر جگہ جگہ تیل میں بھیگی پرچھائیاں کالی چڑیلوں کی مانند رقص کر رہی

تھیں۔ چبوترے کے عین اوپر تانبے کا ایک سرخ ہنڈولا آویزاں تھا۔ ہنڈولے کے گرد ایک دائرہ نما آہنی چکری میں آگ کی ننھی ننھی زبانیں لپلپا رہی تھیں۔ یہ منظر دیکھتے ہی قاصد اپنی پشت کے زخم کی تکلیف بھی بھول گیا اور ڈوبتے لہجے میں بولا۔

"دھرم گرو! میں نہیں جانتا کہ آپ میرے ساتھ اب کیا سلوک کرنے والے ہیں لیکن میری درخواست ہے کہ میرے لئے ایسی سزا تجویز کریں کہ فی الفور میری موت واقع ہو جائے۔ اب مزید اذیت جھیلنے کی میرے جسم میں سکت نہیں ہے۔"

بھدرانند خاموش رہا۔ تھوڑی دیر میں وہ بھکشو واپس آگیا جسے کچھ دیر قبل بھدرانند نے کسی کو بلانے بھیجا تھا۔ بھکشو کے پیچھے پیچھے سیاہ لباس میں ملبوس وہی سیاہ پوش چبوترے کے پاس آکر کھڑا ہو گیا۔

"دیکھو! راج دوت کو سب سے پہلے اس 'روغنی چراغ' کے تجربے سے آشنا کراؤ۔ کبھی سفاکی سے پہنچائی جانے والی شدید ضرب سے زیادہ ہلکی نرم چوٹ زیادہ کارگر ہوتی ہے۔ اس روغنی ہنڈولے کو اس وقت تک روشن رکھا جائے جب تک راج دوت کی یادداشت واپس نہیں آجاتی۔"

اس کے اشارے پر سیاہ پوش زینہ چڑھ کر اوپر پہنچا اور اس نے آہنی چکری میں روشن لوؤں کو تیز کر دیا۔ آگ کی لپلپاتی زبانیں بلند ہوئیں اور تانبے کے ہنڈولے کو چاٹنے لگیں۔ نیچے ایذارسانی کے اس وسیع کمرے میں کیسری چادریں اوڑھے بھکشو اکٹھا ہونے لگے اور اپنی اپنی سانسیں روکے اس منظر کو دیکھنے لگے۔ تھوڑی ہی دیر میں تانبے کا ہنڈولا تپ کر لہورنگ ہو گیا۔ تب سیاہ پوش نے اس ہنڈولے کے پیندے میں بنے باریک سوراخ پر لگے ننھے سے ڈھکن کو ہٹا دیا۔ کھولتے تیل کا ایک گول موٹا سا شفاف قطرہ تیزی سے نیچے ٹپکا اور قاصد کے ننگے بند پر گرا۔ جوں ہی قطرہ جلد سے مس ہوا اس کے بدن پر

اندر سے بلبلے کی مانند ایک موٹا سے آبلہ نمودار ہو گیا اور ارد گرد کی جلد جھلس کر سیاہ پڑ گئی۔ ناقابل بیان درد سے قاصد سر سے پاؤں تک اینٹھ کر رہ گیا اور ایک دلدوز چیخ اس کے پھٹے ہوئے گلے سے برآمد ہوئی۔

"اسی طرح وقفہ وقفہ سے ایک ایک قطرہ پٹکاتے رہو۔" بھدرانند نے سرد لہجے میں سیاہ پوش کو ہدایت دی۔

"نہیں۔۔۔ نہیں۔۔۔ میری گردن مار دو۔ ایشور کے لیے مجھ پر اتنی دیا کرو۔" قاصد گڑگڑایا۔ وقفہ وقفہ سے مزید دو چار قطرے قاصد کے بدن پر ٹپکے اور وہ ہر قطرے پر زخمی سانپ کی طرح بل کھا کر رہ گیا۔

"بولو! سمراٹ کا پیغام دھرم گرو کے متعلق ہی تھا نا؟" بھدرانند نے بے حد ملائم لہجے میں پوچھا۔

"نہیں مجھے اس وقت بھی کچھ یاد نہیں آرہا ہے۔" قاصد نے ڈوبتی شکستہ آواز میں کہا، "مگر وہ پیغام دھرم شاسن کے بارے میں نہیں تھا۔"

خود راج پروہت آہستہ آہستہ چلتے ہوئے قریب آکر کھڑے پورا ماجرا دیکھ رہے تھے۔ ان کی آمد کی کسی کو خبر نہیں ہوئی۔ انہوں نے مایوسی سے گردن ہلائی اور بولے۔

"بھدرانند! اس غلیظ سور کو شمشان میں پھینکوا دو، ورنہ خوامخواہ اس کی ہتیا کا پاپ ہمارے سر آئے گا۔"

بھدرانند نے اثبات میں گردن ہلائی۔ راج پروہت واپس لوٹ گئے۔ بھدرانند نے پروہت کی ہدایت کو خاموشی سے مان تو لیا مگر اس کا چہرہ کرخت ہو گیا تھا۔ اسے وہ ذلیل طوائف یاد آئی جسے یہ معلوم تھا کہ راج پروہت کا ایک ناجائز بیٹا کہاں پرورش پا رہا ہے۔ اس کی بوٹی بوٹی الگ کر دی گئی مگر اس نے اپنی زبان نہیں کھولی تھی۔ اسکے بعد بھدرانند

کی یہ دوسری بڑی ناکامی تھی۔ اس کے مطابق ابھی ایسی ایذائیں باقی تھیں کہ اس کمینے قاصد کو زبان کھولنے پر مجبور کیا جاسکتا تھا۔ یہ سیاہ پوش بڑی صفائی سے گرم سلاخ کو حلق میں گھسیڑنے کا فن جانتا تھا یا پھر ایک ہاتھ کو باندھ کر اس پر خون چوسنے والی جونکیں چھوڑی جاسکتی تھیں۔ یہ ترکیب بعض اوقات بڑی کارآمد ثابت ہوئی تھی۔ یا ضرورت پڑنے پر اس کے جسم کے پر گوشت حصوں میں کھوکھلی میخیں ٹھونک کر ان میں سوزش پیدا کرنے والا ترش زہریلا مادہ بھرا جاسکتا تھا۔ سچ پوچھئے تو اسے اس وقت پروہت کا آنا اور ان کا اس طرح قاصد کو شمشان میں پھینکوانے کا حکم دینا اچھا نہیں لگا تھا۔ اس نے دیکھا کہ راج پروہت کی آمد کی خبر دینے کا کام جس بھکشو کے سپرد تھا وہ خوف کے مارے ایک کونے میں کھڑا کانپ رہا تھا۔ اس پر نظر پڑتے ہی بھدرانند کے غصے کی انتہا نہ رہی۔ اس نے اسی وقت حکم دیا کہ اپنے فرض سے لاپرواہی برتنے کے جرم میں اس بھکشو کو تین پہر سانپ گھر میں قید رکھا جائے اور ساتھ ہی کرخت آواز میں گرجا، "اور اسے شمشان میں پھینک دو۔" اور غصے سے مڑ کر باہر نکل گیا۔

سانپ گھر کا نام سنتے ہی دوسرے بھکشو بے اختیار ہنسنے لگے۔ کسی نووارد بھکشو کو اسکی کسی خطا پر سانپ گھر میں بند کر دیا جاتا تھا۔ سارے سانپ غیر زہریلے ہوتے تھے مگر نووارد بھکشو اس بات پر سے لاعلم ہوتا اور جب سانپ اس اسکے جسم پر رینگتے تو خوف اور دہشت سے اس کی مضحکہ خیز حرکتیں دیکھ دیکھ کر باقی بھکشو ہنسی سے بے حال ہو جاتے۔ پھر وہ ایک دوسرے کو بتاتے کہ کس طرح صرف خوف اور دہشت سے دو بھکشوؤں کی موت واقع ہو گئی تھی اور ان کے مردہ جسموں کے نیچے تین سبز رنگ کے بے ضرر سانپ کچلے گئے تھے۔

بھدرانند کے جاتے ہی وہ سارے بھکشو استہزائیہ انداز میں ہنستے کلکارتے اس خوف

زدہ بھکشو کے گرد جمع ہو گئے۔ دو بھکشوؤں نے بڑی بے دردی سے قاصد کو اٹھایا اور اسے شمشان میں لے جا کر پھینک دیا۔ پھر پیچھے پلٹ کر دیکھے بغیر مٹھ میں واپس آ گئے کہ مبادا 'سانپ گھر' میں ہونے والے دلچسپ تماشے سے محروم نہ رہ جائیں۔

قاصد کا جسم تقریباً سرد ہو چکا تھا۔ شمشان کے ننگے فرش کے سخت لمس کی وجہ سے اس کے ہونٹوں سے ہلکی کراہ نکلی۔ مگر بعد میں وہ دیر تک بے حس و حرکت پڑا رہا۔ شمشان کے چاروں طرف گھنے درخت تھے اور پورے شمشان میں لمبی لمبی گھاس اگی ہوئی تھی۔ شمشان پر گہری خاموشی طاری تھی۔ کبھی کبھی کسی کیڑے کی کریا کسی پرندے کی چہکار سے اس گہری خاموشی کی چادر پر جیسے چھینٹے سے پڑ جاتے۔ تھوری دیر بعد قاصد نے آنکھیں کھولیں۔ اسے محسوس ہو رہا تھا وہ شکستہ جسم اس کا اپنا نہیں ہے بلکہ وہ اپنے پورے وجود کے ساتھ بہت گہرے کہیں دبکا سہما سا بیٹھا ہے۔ اس کے ننگے پیروں پر کچھ کیڑے مکوڑے رینگنے لگے۔ مگر اپنے پیروں کو ہلانے تک کی اس میں سکت باقی نہیں تھی۔ تھوڑی دیر بعد گھاس پر کسی کے چلنے کی آواز سنائی دی۔ پھر کوئی اس پر جھکا، اسے گردن کے نیچے سے سہارا دے کر اٹھایا اور اس کے ہونٹوں سے ایک پیالہ لگا دیا۔ پیالے میں کسی قسم کا گرم مشروب تھا۔ اس گرم مشروب کا ایک گھونٹ حلق سے نیچے اترتے ہی اسے اپنے مردہ بدن میں کچھ جان سی پڑتی محسوس ہوئی۔ مگر دوسرے ہی لمحے درد کا احساس بھی شدید ہو گیا۔ اس نے ضبط کرتے ہوئے رک رک کر کہا۔

"اب۔۔۔ تم۔۔۔ مجھے کون سی۔۔۔ اذیت دینا چاہتے ہو؟"

اس شخص نے کوئی جواب نہیں دیا بلکہ نہایت احتیاط سے اسے اٹھا کر بٹھا دیا اور اس کے زخموں سے چور جسم پر ایک دبیز ملائم چادر ڈال دی۔

"میں تمہیں کوئی اذیت دینا نہیں چاہتا۔" اس نے ٹھہرے ہوئے لہجے میں کہا۔

"اس شمشان کی بغل میں میری کٹیا ہے۔ میں تمہیں وہیں لے جانے کے لئے آیا ہوں۔ وہیں تم بے خوف ہو کر آرام کر سکتے ہو۔ وہاں محل اور مٹھ کا سا آرام تو میسر نہیں ہے۔ مگر وہاں روٹی کی خاطر کسی کو اذیت بھی جھیلنی نہیں پڑتی۔"

محل اور مٹھ کا نام سنتے ہی دوت کے جسم پر لرزہ طاری ہو گیا۔ وہ بولا۔

"تم کوئی بے حد رحم دل انسان معلوم ہوتے ہو۔ مگر اب کافی دیر ہو چکی ہے۔ تمہاری رحم دلی اب مجھے کوئی فائدہ نہیں پہنچا سکتی۔ اگر تم مجھے اپنے گھر لے بھی گئے تو تھوڑی دیر بعد دوبارہ یہیں لانا پڑے گا۔ اس لئے کیا میرا یہیں پڑا رہنا مناسب نہیں؟ اب میرا جسم ہلنے ڈلنے سے بھی قاصر ہے۔ میرے جسم کو غور سے دیکھو۔ پشت پر جہاں سے کھال ادھیڑی گئی ہے اگر ہوا کا معمولی جھونکا بھی چھو جاتا ہے تو پورے جسم میں درد کی ٹیسیں اٹھنے لگتی ہیں اور ادھر دیکھو جسم پر جو آبلے ہیں ان میں تو جیسے انگارے بھرے ہوئے ہیں۔"

"راج دوت! میں معافی چاہتا ہوں۔ مجھے تمام باتوں کا علم ہے۔"

اس لمبے تڑنگے گنوار شخص نے کہا، "شاید تم نے مجھے پہچانا نہیں۔ میں وہی سیاہ پوش ہوں جس نے تمہاری پیٹھ کی کھال ادھیڑی تھی۔ تمہارے جسم پر کھولتے تیل کے قطرے ٹپکائے تھے۔ میں ڈوم ہوں اور یہ سب میرے فرائض میں شامل ہے مگر اب میں اپنا سیاہ لباس اتار چکا ہوں اب میں آزاد ہوں لہٰذا مجھ پر اعتماد کرو اور میرے ساتھ چلو۔"

اس کے الفاظ سے قاصد کو ایسا لگا جیسے اس پر بجلی گری ہو۔ رگ وپے میں چھائی ہوئی بے حسی اچانک پگھلنے لگی اور دل ودماغ پر مسلط غبار چھٹنے لگا بہت اندر کہیں جو زندگی کی ایک ننھی سی رمق رہ گئی تھی وہ تیز ہونے لگی اور یکایک اندر سے جیسے اس کا پورا وجود روشن ہو گیا۔ قاصد نے مضطربانہ انداز میں اس کا ہاتھ تھام لیا اور بے تابی سے بولا۔

"ڈوم! سمراٹ کا پیغام اب سورج کی روشنی کی طرح میرے ذہن میں صاف ہو گیا ہے۔ اب اس پیغام کو تیرے سامنے بیان کرنا میرے لئے ناگزیر ہو گیا ہے۔ کیوں کہ اب میں اپنے چہرے پر موت کی سرد سانسیں محسوس کر رہا ہوں۔ شاید قدرت کو یہی منظور تھا کہ سمراٹ کا وہ پیغام تیرے سامنے بیان کیا جائے۔"

"یہ میرے لئے انتہائی خوش قسمتی کی بات ہے۔ تم اطمینان سے مجھے وہ پیغام سنا سکتے ہو۔" ڈوم نے انکساری سے کہا۔

"مجھے نہیں معلوم یہ پیغام تمہارے لئے کتنا خوش کن ہو سکتا ہے۔ مگر اس پیغام کے الفاظ بہت اہم اور ہولناک ہیں۔ میری بات کو دھیان سے سنو!"

قاصد کی بے چینی بڑھتی جا رہی تھی۔ "اگر تم اس پیغام پر عمل کرنے سے قاصر رہے تو تمہیں موت کی سزا دی جا سکتی ہے۔ سمراٹ اپنے علم غیب سے ہر بات کو جان جاتا ہے۔ اگر یہ سوچ کر کہ کوئی اور اس پیغام سے واقف نہیں تم نے بے توجہی برتی یا اس پیغام میں ایک لفظ کا بھی رد و بدل کیا تو شدید اذیتیں جھیلو گے اگر اس عظیم ذمہ داری کو نبھانے کا حوصلہ ہو تو پیغام سنو۔ ورنہ کسی اور کو بلا لاؤ جسے میں یہ پیغام سنا سکوں۔ مگر جو بھی کرنا ہے جلدی کرو۔ میر آخری وقت نکلا جا رہا ہے۔"

"تم بے فکر رہو۔ میں عظیم کالیکا کی سوگند کھا کر اقرار کرتا ہوں کہ جب تک میری جان میں جان ہے میں سمراٹ کے مقدس پیغام پر لفظ بہ لفظ عمل کروں گا۔"

"تو پھر غور سے سنو! سمراٹ کا پیغام ایک 'ڈوم' کے بارے میں ہی ہے۔ اس ڈوم کا نام 'کال مکھ' ہے۔ سمراٹ کو شیلشور مندر میں بشارت ہوئی تھی کہ 'کال مکھ' کو تین دن کے اندر اندر موت کی سزا نہ دی گئی تو پورے ملک پر زبردست آفتیں نازل ہوں گی۔ ملک پر غنیم کا حملہ ہو گا۔ بے گناہوں کا قتل عام ہو گا اور خون کی ندیاں بہیں گی۔ یہاں

تک کہ خود سمراٹ بھی موت کے گھاٹ اتار دیئے جائیں گے۔ سمراٹ نے فی الفور مجھے یہ پیغام دے کر روانہ کیا تھا کہ 'کال مکھ' کی کھال کھینچ کر تمام رعایا کے سامنے اسے کھولتے تیل کے کڑھاؤ میں ڈال دیا جائے۔ آج سورج غروب ہونے سے قبل اس پر عمل ہونا لازم ہے کیوں کہ بشارت کے مطابق آج تیسرا اور آخری دن ہے۔ اب یہ پیغام جوں کا توں رعایا تک پہنچانا تمہارا فرض ہے۔ یاد رکھو اگر اس میں رتی بھر کوتاہی ہوگی تو خود تمہاری کھال کھینچی جائے گی اور تم کھولتے تیل کے کڑھاؤ میں ڈبو کر مار ڈالے جاؤگے 'کال مکھ' کا نام اچھی طرح ذہن نشین کر لو۔"

ڈوم ایک جھٹکے سے پیچھے ہٹ گیا۔ جیسے بچھو نے ڈنک مار دیا ہو۔ وہ آنکھیں پھاڑے قاصد کے لمحہ لمحہ سرد ہوتے جسم کی طرف دیکھ رہا تھا۔ قاصد اپنی ساری قوت کو آنکھوں میں سمیٹے پوچھ رہا تھا۔

"بولو! کال مکھ کا نام تم بھول تو نہیں جاؤ گے ؟"

"نہیں۔۔۔ میں اس نام کو کیسے بھول سکتا ہوں راج دوت! کیوں کہ میں ہی اس بستی کا اکیلا ڈوم ہوں اور میرا نام کال مکھ ہے"

ڈوم نے بھرائی ہوئی آواز میں کہا۔ قاصد نے بے یقینی سے اس کی طرف دیکھا۔ اس کی آنکھوں کی پتلیوں میں بہت گہرے کہیں جگنو سے چمکے۔ لمحے بھر کو چراغوں کی لویں تھرتھرائیں اور دوسرے ہی لمحے اس کی آنکھیں ویران ہو گئیں۔ چہرہ تاریک ہو گیا۔ اس کی کھوپڑی اور چہرے کی ہڈیاں دھیرے دھیرے اس طرح نمایاں ہونے لگیں جیسے زمین سے آہستہ آہستہ کوئی کونپل پھوٹ رہی ہو۔

***

غلام

اُن تنگ و تاریک گلیوں سے گزرتے ہوئے مسافر کو یوں محسوس ہو رہا تھا جیسے کسی مردہ جانور کی سڑی گلی آنت میں سے آگے کو سرکتا جا رہا ہے۔ چلتے چلتے اس کے پاؤں شل ہو گئے تھے۔ اس نے ایک ایک راستہ ایک ایک گلی چھان ڈالی تھی، جیسے کوئی الجھے ہوئے دھاگوں کو ایک ایک کر کے الگ کرتا ہے لیکن اس قدر گھومنے بھٹکنے کے باوجود اسے ایمرا کا ٹھکانہ نہیں ملا تھا۔ اگر وہ کسی سے کچھ پوچھنا چاہتا تو ٹخنوں تک ڈھیلا ڈھالا لباس پہنے کالے کلوٹے لوگ نہایت انکساری کے ساتھ ادب سے کمر تک جھک جاتے لیکن جوں ہی وہ ایمرا کا نام لیتا وہ چراغ پا ہو جاتے اور نفرت سے زمین پر تھوک کر ایک طرف کو اشارہ کر دیتے۔

ایک ایک کر کے ساری گلیاں ختم ہو گئیں اور اب مسافر محلے کے آخری سرے تک آ گیا تھا۔ آگے پستہ قد خار دار جھاڑیوں کے علاوہ حد نظر تک تپتا ہوا ریگستان اور بالکل آخر میں جھلستے افق کے سوا کچھ نہیں تھا۔ محلے میں بھٹکتے وقت دراڑوں کی مانند نظر آنے والی تنگ گلیوں میں اب اندھیرا پھیلنے لگا تھا اور کسی مردے کی اکڑی ہوئی انگلیوں کی طرح گنجلک دکھائی دینے والے مکانوں میں بمشکل روشنی پہنچ پا رہی تھی۔ البتہ ان گلیوں سے آگے اندھیرے کے لئے بالشت بھر جگہ کی بھی گنجائش نہیں تھی۔ جہاں سورج کی تیز روشنی کے علاوہ چمکتی دہکتی ریت کے ذروں کا لامتناہی سلسلہ پھیلا ہوا تھا۔ اچانک کسی نے

اس کا ہاتھ پکڑ لیا۔

مسافر چونک کر تیزی سے پلٹا۔ اسے یوں چونکتے ہوئے دیکھ کر کوئی ہذیانی ہنسی دیکھا وہاں فصیل کے آخری سرے پر ایک مکان نظر آ رہا تھا۔ جہاں بغیر کواڑوں کے دروازے کے پاس ایک مضبوط ہاتھ پیروں والا شخص کمر پر دونوں ہاتھ رکھے کھڑا اسی کی طرف دیکھ رہا تھا۔ اس کی پشت پر مکان میں اندھیرا تھا لیکن باہر اس قدر تپتی دھوپ کے باوجود اندر جلتا ہوا ایک دھندلا فانوس اسے یہاں سے بھی نظر آ رہا تھا۔

مسافر کو امید کی کرن نظر آئی۔ وہ اس مکان کی طرف بڑھا۔ اس کے پیچھے وہ کبڑا بھی اچھلتا کودتا آ رہا تھا۔ وہ رہ رہ کر لجلجے انداز میں اس طرح ہنسنے لگتا جیسے اس کی ہلچل سے اس کی ڈھیلی ڈھالی ہڈیاں کھنکنے لگی ہوں۔ مسافر جوں ہی اس مکان کے قریب پہنچا دروازے کے پاس کھڑے شخص نے سپاٹ لہجے میں اس سے دریافت کیا۔

"تم ایمرا سے ملنا چاہتے ہو؟"

مسافر نے قدرے حیرت سے اثبات میں گردن ہلائی اور بولا، "تم کیسے جانتے ہو؟"

اس کے سوال کو نظر انداز کرتے ہوئے وہ شخص ہاتھ کے اشارے سے اسے اندر آنے کی دعوت دیتا ہوا بولا، "اندر آؤ۔ میرا ہی نام ایمرا ہے۔"

مسافر لمحے بھر کو ٹھٹکا کہ اندر جائے نہ جائے۔ ایمرا کا چہرہ ایسا لگتا تھا جیسے کالے سفید چمڑے کے ٹکڑوں کو جوڑ کر بنایا گیا ہے۔ اسی ایمرا کے لئے وہ سیکروں میل کا فاصلہ طے کر کے آیا تھا۔ اس کی جھجک غائب ہو گئی اور وہ جلدی سے اندر داخل ہو گیا۔ اندر غالیچے پر بیٹھ جانے کے بعد مسافر کو اپنے ارد گرد کا منظر زیادہ صاف طور پر دکھائی دینے لگا۔

اندر اندھیرا تو تھا مگر وہاں لٹکے ہوئے جالی دار فانوسوں کی روشنی کے سبب اتنا دبیز نہیں تھا جتنا باہر سے معلوم ہو رہا تھا۔ البتہ کمرے کا دوسرا حصہ بالکل کسی گپھا کی مانند

دکھائی دے رہا تھا۔ وہاں دو آدمی بے حس وحرکت بیٹھے ہوئے تھے جو اس اندھیرے کا ہی حصہ معلوم ہو رہے تھے۔ ان کے تہ کئے ہوئے زانوں پر چوڑے پھل کا ایک ایک تیغہ رکھا ہوا تھا۔ رے ہ رہ کر فانوسوں کی روشنی ان تیغوں کی دھار پر ایک روشن لکیر کی مانند سرکتی جاتی تھی۔ ایمرا اندر آیا اور دیوار کے ساتھ بنے ایک لمبے چبوترے پر بیٹھ گیا۔ کبڑا بھی کیکڑے کی مانند اوپر چڑھا اور بالکل فانوس کے قریب جا کر بیٹھ گیا۔ وہاں سفید کپڑے کی کچھ کترنیں پڑی تھیں۔ کبڑے نے ان میں سے ایک کترن اٹھائی اور رنگین کھریے سے جلدی جلدی اس پر کچھ لکھنے لگا۔

"تم کہاں سے آئے ہو؟ ایمرا سے تمہیں کیا کام ہے؟" ایمرا نے پوچھا۔ نظر اٹھا کر دیکھے بغیر کبڑا کھرکھراتی آواز میں ہنسا اور بولا، "المکتوب مکتوب جو لکھا جا چکا ہے وہ لکھا جا چکا۔"

المکتوب مکتوب مسافر نے اپنے سفر کے دوران سیکڑوں بار یہ الفاظ سنے تھے۔ بستی اور محلوں میں ہر جگہ یہی ایک جملہ گشت کرتا اور کسی رٹے ہوئے سبق کی طرح دہرایا جاتا۔ المکتوب مکتوب جو لکھا جا چکا ہے وہ لکھا جا چکا۔ بن غازی کا اونٹ بازار ہو یا الحق کا وسیع میدان جہاں صدیوں سے ہاتھی دانت اور کھجور لے جانے والے کارواں باہم ملتے آئے تھے یا پھر کورفیور، جہاں حبشی غلاموں کا بازار لگا کرتا تھا۔ ہر جگہ کوئی نہ کوئی منھ لٹکا کر، ہاتھ جھٹکتا یا دیدے گھماتا اور پھر یہ الفاظ سنائی دیتے، المکتوب مکتوبعین کارواں کے کوچ کے وقت اگر کوئی اونٹنی بچہ جنے، یا اچھی خاصی نقد رقم دے کر خریدا ہوا پہاڑ جیسا غلام اچانک چکرا کر گرے اور کسی مچھر کی مانند دم توڑ دے، یا پانچ فٹ لمبا نایاب ہاتھی دانت اونٹنی کے بھڑکنے کی وجہ سے گر کر ٹوٹ جائے، یا عین ریگستان میں اچانک وحشی بدو حملہ کر دیں، ایسے مواقع پر ان ناگہانی آفات سے گھبرایا ہوا شخص یہی ایک جملہ دہرا کر

سب کچھ چپ چاپ برداشت کرلیتا۔

المکتوب مکتوب۔۔۔

"اس کی جانب دھیان مت دو، اس کے الفاظ ریت پر اڑتے خالی ہوا کے جھونکوں کی مانند ہیں۔" ایمرا نے مسافر سے کہا۔ ویسے بھی مسافر کا کبڑے کی طرف دھیان نہیں تھا۔ مکان کے اندر اندھیرا تھا گرمی اور ٹھنڈک کے سبب یوں محسوس ہو رہا تھا جیسے کسی قوی الجثہ جانور کے کھلے جبڑے میں داخل ہو گئے ہیں۔ اس نے آرام سے پیر پھیلائے اور بولا،

"میں سیکڑوں میل کی مسافت طے کر کے یہاں تک پہنچا ہوں۔ میرا وطن یہاں سے ہزاروں کوس دور ہے۔ اس کی تہذیب بہت پرانی ہے۔ جب لوگ پتھروں کو ہتھیار کے طور پر استعمال کرتے تھے تب ہم نے ان سے سبک مورتیاں بنائیں اور ان پر حرف کندہ کئے۔ جب دوسرے انسان صرف شکار کو گھیرنے کے لئے اپنی آواز سے چیخنے اور چلانے کا کام لیتے تھے ہمارے نغمہ نگاروں نے گرجتے سمندروں کے گیت گائے اور حسن کی تعریف میں نظمیں کہیں۔ وہاں کے آسمان کا رنگ پگھلے ہوئے نیلم کی مانند ہے اور یہاں کے کسی گھر میں جب سورج کی کرنیں داخل ہوتی ہیں تو وہ دھول مٹی کے ذروں سے پاک ہوتی ہیں۔"

میرے دیش میں سنگ مرمر کے ستونوں والے بے شمار مندر ہیں۔ وہاں کی جھیلوں میں راج ہنس تیرتے ہیں اور وہاں کی عورتیں اس قدر نازک ہوتی ہیں کہ جب وہ مدھر سنگیت پر رقص کرتی ہیں تو ان کے تلوؤں کے نیچے کمل کے پھولوں کی ایک ایک پنکھڑی سلامت رہتی ہے۔ لیکن میں نے خوب سیاحت کی ہے۔ برفانی سمندر میں وھیل مچھلی کا جسم چیرا ہے۔ کتا گاڑی میں بیٹھ کر پرندوں کا شکار کرنے والے بونوں کے دیش میں اجگر

کے ٹکڑے کھا کر اپنی بھوک مٹائی ہے۔ میرے قدم ایک جگہ ٹکتے ہی نہیں۔"

"لیکن، اس سے تمہیں کیا ملا؟" ایمرا پوچھ رہا تھا، "اپنے پرستان جیسے وطن کو چھوڑ کر اس ویران ریگستان میں کیوں آئے ہو؟"

مسافر نے اپنے کندھے اچکاتے ہوئے کہا، "یوں سمجھو، جیسے کوئی بچہ جنم سے اپنے ہاتھ پاؤں کی چھ انگلیوں کے ساتھ پیدا ہوتا ہے۔ میں بھی کچھ ویسا ہی ہوں۔ ہر دم آگے اور آگے جانے کی خواہش مجھے ہمیشہ اکساتی رہتی ہے۔ کوئی غیب سے مجھے اشارہ کرتا رہتا ہے کہ آگے بڑھ، بڑھتا جا میرے پیروں تلے کبھی کائی نہیں جمتی۔ ایسی صورت میں پانے اور کھونے کا حساب رکھنا کوئی معنی نہیں رکھتا۔ بس تلوار کی دھار پر چلتے ہوئے اس پر اتر جانے کی تڑپ اصل چیز ہوتی ہے۔ اس انمول خوشی کو پانے کے لئے بے شمار صعوبتیں جھیلنی پڑتی ہیں۔ بعض اوقات جان سے بھی ہاتھ دھونا پڑتا ہے مگر اس میں نئی بات کچھ نہیں۔ یہ سب ہوتا رہتا ہے۔ تلوار کی دھار کا سفر کبھی ختم نہیں ہوتا۔ انسان کا انت ہے مگر سیاحت کی اس مجنونانہ چاہت کا کوئی انت نہیں۔ ہو سکتا ہے یہ میرا دیوانہ پن ہو۔"

"نہیں۔۔۔ تم دیوانے نہیں بہت سوں سے سیانے ہو۔" ایمرا گردن ہلاتا ہوا بولا، "میں تو سانپ کے سامنے دانستہ انگلی نچانے والے مداری کو بھی سیانا ہی سمجھتا ہوں۔ مگر میرا معاملہ ذرا دوسرا ہے۔ اپنی کوٹھری کی کھڑکی سے صبح شام گذرتے کاروانوں کو دیکھتے رہنا ہی میرا مشغلہ ہے۔ اس محلے کو چھوڑ کر میں زندگی میں کبھی باہر نہیں گیا اور پرایا آسمان میں نے کبھی نہیں دیکھا۔ لیکن ایک کارواں کی طرح مسلسل سفر میں رہنے والے کئی سیاحوں سے میں مل چکا ہوں۔ لیکن خاص ایمرا سے ہی تمہیں کیا کام ہے؟ اس کا ہنوز تم نے جواب نہیں دیا؟"

"مجھے جس قسم کا غلام درکار ہے اسے ایمرا ہی مہیا کر سکتا ہے۔" مسافر بولا۔

"العیدن کے سفر کے لئے کوئی غلام بیچنے کو تیار نہیں ہوتا۔ کیوں کہ وہاں جانے کا مطلب ریگستان میں اپنی ہڈیاں دفنانے جیسا ہی ہے۔ اس کے علاوہ سب جانتے ہیں کہ العیدن میں جو بھی غلام داخل ہوتا ہے اسے قتل کر دیا جاتا ہے۔ یہ وہاں کی پرانی ریت ہے۔ اسی لئے تو اس بستی سے آگے کے سفر کے لئے مجھے کوئی کارواں بھی نہیں ملا۔"

"مگر تم العیدن کیوں جانا چاہتے ہو؟"

مسافر لمحے بھر کو گومگو کی کیفیت میں مبتلا رہا لیکن چہرے کے تاثر سے کچھ ظاہر کئے بغیر اپنے خشک ہونٹوں پر زبان پھیر کر بولا، "مجھے العیدن کے سدی کے پاس جانا ہے۔ اس کے علاقے سے اعمان نام کی ندی نکلتی ہے۔ مجھے اس ندی کے منبع کی تلاش ہے۔" مسافر یہ بات کہہ رہا تھا مگر اس کے تصور میں وہاں پائے جانے والے شتر مرغ کے انڈوں کی جسامت والے ہیرے چمک رہے تھے۔ ایمرا ہنس دیا۔ اس کے سفید دانت اس کے سیاہ چہرے پر روشنی کی ایک لکیر کی طرح چمکے۔ وہ کہہ رہا تھا، "تمہارے دیش کے بیشتر لوگ اس منبع کو کھوجنے کے خواہش مند ہوتے ہیں۔ ہے نا؟"

مسافر تھوڑی دیر تک چپ رہا سامنے تیغ لئے دوزانو بیٹھے ہوئے دونوں افراد دکھائی نہیں دے رہے تھے۔ اسے حیرت ہوئی کہ ان کے جانے کا اسے احساس تک نہیں ہو سکا۔ کبڑا ہنسا اس کی ہنسی ایسی تھی جیسے کوئی بوسیدہ کپڑا اپھاڑ رہا ہو۔ پھر اس نے کپڑے کی ایک کترن ایمرا کو دکھائی۔ ایمرا خالی نظروں سے اس کپڑے کو چند لمحے دیکھتا رہا پھر اسے کبڑے کو واپس لوٹا دیا۔ کبڑا کسی مکڑے کی طرح چبوترے سے نیچے اترا اور وہ کپڑا مسافر کو دکھانے لگا۔

مسافر یہ دیکھ کر حیران رہ گیا کہ کپڑے پر ہو بہو اس کی تصویر بنی ہوئی تھی ایک آنکھ کا نیچے کو سرکا ہوا ڈھیلا گردن پر نیزے کے زخم کا نشان، یہاں تک کہ بائیں پنجے کی

ٹوٹی ہوئی تین انگلیاں، تصویر میں سب کچھ واضح طور پر دکھائی دے رہا تھا۔ لیکن اب اسے حیرت کے ساتھ گھبراہٹ بھی ہونے لگی تھی۔ وہ کپڑے پر سے نظریں ہٹا کر خوامخواہ سامنے دیکھنے لگا۔ اسے محسوس ہوا وہاں کا اندھیرا خاصا نظر فریب ہے۔ کیونکہ اندھیرے میں بے حرکت بیٹھے ہوئے وہ دونوں افراد کہیں نہیں گئے تھے۔ وہ وہاں اسی طرح بت بنے بیٹھے تھے اور ان کے زانوں پر رکھی ہوئی تیغ کی دھار اسی طرح چمکیلی لکیر کی مانند نظر آ رہی تھی۔

"لگاتار ریگستان کو دیکھنے والی آنکھیں پرچھائیوں کے کھیل کو سمجھنے سے قاصر رہتی ہیں۔" اس نے بے چینی سے کہا۔ کبڑے نے وہ کپڑا اس کے ہاتھ سے جھپٹ لیا اور اس کے چیتھڑے کر دئے۔ وہ دوبارہ فانوس کے نیچے جا کر بیٹھ گیا۔ اس نے کپڑے کا ایک اور بڑا ٹکڑا اٹھایا اور دوبارہ اس پر جھک گیا۔

"تمہیں جیسا غلام درکار ہے۔ ویسا ایک غلام میرے پاس ہے۔ وہ سات برس پہلے میرے قبضے میں آیا تھا۔ غلام کہاں سے آتے ہیں؟ ہم کبھی اس کی تفتیش نہیں کرتے۔ ویسے اس سے پوچھنے کا کوئی مطلب بھی نہیں تھا۔ کیونکہ کسی نے اس کی زبان ہی کاٹ دی تھی۔ وہ بھوک پیاس کی پرواہ کئے بغیر چار دن کی مسافت طے کر سکتا ہے۔ اسے کسی غیبی طاقت سے آندھی کی آمد کا پہلے ہی اندازہ ہو جاتا ہے لیکن ایک بات دھیان میں رکھو موقع ملنے پر وہ اپنی ماں کا کلیجہ چیرنے میں بھی پس و پیش نہیں کرے گا۔"

مسافر کے چہرے پر اطمینان کی جھلک نمودار ہوئی۔ اس نے اشرفیوں کی تھیلی باہر نکالی۔ تبھی ایمر انے ہاتھ اٹھا کر اسے روکتے ہوئے کہا، "اس کی قیمت سکوں میں طے نہیں ہو سکتی۔ وہ کوئی مشکیزہ ڈھونڈنے والا بہشتی یا ربوڑ ہانکنے والا گڈریا نہیں۔ جب وہ آیا تھا تو اس کی ہتھیلیاں اونچے گھرانے کے کسی فرد کے جیسی ملائم تھیں۔ کھانا کھانے سے قبل اس

نے اپنی انگلیاں پانی میں ڈبوئی تھیں۔ وہ رات کو اس طرح نہیں سوتا تھا جیسے کھجور کا بوریا دیوار پر ڈال دیا گیا ہو بلکہ دیوار سے پشت لگا کر بیٹھے بیٹھے یوں سویا تھا جیسے کوئی رئیس زادہ نیم دراز مسہری پر استراحت کرتا ہے۔ سب سے بڑی بات یہ کہ تم اسے العیدن لے جانا چاہتے ہو۔ وہاں اسے قتل کر دیا جائے گا۔ لہٰذا اب وہ صرف غلام ہی نہیں بلکہ ایسا غلام ہے جس کی قربانی دی جانے والی ہے۔ ایسے غلام کی قیمت عام غلام سے زیادہ ہوتی ہے۔ اس لئے مجھے اس کے بدلے میں وہ سرخ ہیرا چاہئے جو تم نے اپنے کمر بند میں باندھ رکھا ہے۔"

مسافر ایسے چونکا جیسے کسی نے اس پر حملہ کر دیا ہو۔ اس نے بوکھلا کر پوچھا، "تمہیں کیسے علم ہوا کہ میرے پاس سرخ ہیرا ہے؟ میں اسے سدی کو سوغات کے طور پر دینا چاہتا ہوں۔"

ایمرا دوبارہ ہنسا، "تمہارے دونوں سفید اونٹوں پر جو سامان لدا ہے۔ اس کی ساری تفصیل مجھے معلوم ہے۔ العیدن میں ہیرے کے تحفے کی کوئی اہمیت نہیں۔ وہاں کے گڈریے اونٹوں اور بھیڑوں کے ریوڑ لوٹنے کے لئے مٹھی کے برابر بڑے ہیرے پتھروں کی طرح پھینکتے ہیں اور تم وہاں کے سدی کو یہ انگور جتنا حقیر ہیرا تحفے میں دوگے؟ ارے اسے چاہئے ہاتھی دانت سچا ہاتھی دانت پانی میں گھس کر پینے سے حرم میں ہزار چاند مسکراتے ہیں۔" ایمرا نے ہنستے ہوئے ہاتھ بڑھا کر ایک طاق سے ہاتھی دانت کی ایک چھوٹی سی صندوقچی باہر نکالی اور مسافر کو دکھائی۔ صندوقچی مستطیل نما تھی اور اس کے چاروں طرف اونٹوں کے کاروانوں کی تصویریں کندہ تھیں۔ اوپر کے حصے میں ایک سانپ سورج کو نگل رہا تھا۔ سانپ کا جبڑا اس طرح پھیلا ہوا تھا کہ وہ آسانی سے سورج کو نگل سکتا تھا۔

"یہ صرف کوئی مستطیل نما شیئے ہے یا کوئی صندوقچی ہے۔" مسافر نے اسے اوپر نیچے دیکھتے ہوئے کہا۔

"وہ چھوٹی صندوقچی ہی ہے۔ اسے کھولا بھی جاسکتا ہے۔ یہی نہیں بلکہ اس میں کوئی قیمتی تحفہ بھی رکھ کر تمہیں دے سکتا ہوں۔ سدی کے لئے اپنی کسی خاص سوغات کے طور پر۔"

مسافر نے ہاتھ آگے بڑھایا مگر ایمرا نے اپنا ہاتھ کھینچ لیا اور اس صندوقچی کو دوبارہ طاق پر رکھ دیا۔

"یہ تمہیں اس وقت نہیں ملے گی۔ جب تمہارے اونٹ بستی کے باہر نکل جائیں گے اس وقت یہ تمہارے حوالے کی جائے گی۔ تحفہ جانے والے کو دیا جاتا ہے۔ تم تو ابھی ہمارے درمیان موجود ہو۔"

مسافر نے کمر بند سے ہیرا نکالا اور اسے جوں ہی ہتھیلی پر رکھا ایسا لگا جیسے کوئی سرخ آنکھ روشن ہوگئی ہو۔ ایمرا نے ہیرا لے لیا اور اپنے ڈھیلے ڈھالے جبے کے نیچے کہیں سرکا دیا۔ "تم العیدن جارہے ہو۔ ایک ندی کا منبع تلاش کرنے کے لئے۔"

ایمرا تمسخرانہ ہنسی ہنستا ہوا بولا، "اس لئے تمہاری معلومات کے لئے کہنا مناسب معلوم ہوتا ہے۔ یہ سچ ہے کہ وہاں بھیڑوں کے سروں کے برابر بڑے ہیرے ادھر ادھر گڈھوں میں پڑے ہیں لیکن ان میں سے کوئی ایک ٹکڑا بھی باہر لے جاتا ہوا پایا گیا تو اس کی آنکھیں پھوڑ دی جاتی ہیں۔ خیر تمہیں اس کی فکر کرنے کی ضرورت نہیں کیونکہ تم تو ایک ندی کا منبع تلاش کرنے جارہے ہو۔ ہے نا؟"

"دیکھا جائے گا۔" مسافر اس کی آنکھوں میں آنکھیں ڈال کر ڈھٹائی سے بولا، "ہمارے ملک کا کوئی شخص آج تک العیدن نہیں گیا۔ اس لئے ہیروں سے قطع نظر اگر

میں العیدن جاتا ہوں تو کیا یہ کم فخر کی بات ہے کہ جواب تک کسی نے نہیں دیکھا وہ میں دیکھ سکوں گا۔"

"ٹھیک ہے۔ جب تم یہاں سے لوٹو اور یہی الفاظ میرے سامنے دہراؤ تو یہ حقیر ایمرا تمہارا قائل ہو جائے گا۔"

ایمرا نے جھک کر سلام کیا۔ ہاتھ لہرایا اور غلام کو لانے کے لئے اندر کی طرف مڑ گیا۔ اندرون خانہ ایک بھاری دروازے کے کھلنے کی آواز کے ساتھ لوہے کی بیڑیوں کے فرش پر رگڑنے کی جھنکار بھی سنائی دی۔ مسافر ایک بار پھر اندھیرے میں آنکھیں پھاڑ پھاڑ کر دیکھنے لگا کیونکہ تیغ بردار دونوں حبشی ایک بار پھر نظروں سے اوجھل ہو گئے تھے لیکن یہ احساس بھی صرف لمحہ بھر قائم رہا کیونکہ دوسرے ہی لمحے وہ دونوں اسی جگہ اسی طرح بیٹھنے ہوئے دکھائی دے رہے تھے۔ خاموش بے حس و حرکت۔۔۔ کسی کے حکم کے منتظر سے۔

ایمرا غلام کو لئے باہر آیا۔ غلام کے بدن پر چابک کے نشان تھے جو اب دھندلے پڑ گئے تھے اور اس کے سینے پر داغنے کا نشان تھا۔ جس کی شکل بلال کی سی تھی لیکن غلام کا چہرہ بے جان تھا۔ جیسے ابھی اس میں خون اور جان ڈالنا باقی ہو۔

"ہاں ایک بات۔۔۔" ایمرا پوچھ رہا تھا، "تمیں غلام کو برتنے کا تجربہ تو ہے نا؟"

اس سوال کو سنتے ہی مسافر کو جیسے تن بدن میں چنگاریاں سی بھر گئیں۔ اس نے تیزی اپنی چھاتی کے بٹن کھول دئے اس کے سینے پر ایک موٹا چمکیلا نشان تھا۔ چاقو سے لمبا گہرا زخم لگانے کے بعد اس میں روزانہ خشک مٹی بھرتے رہیں تو موٹی رسی کی مانند ایسا ابھرا ہوا نشان بن جاتا ہے۔ اتنا عرصہ گذر جانے کے بعد بھی اس ناقابل برداشت تکلیف کو یاد کرکے مسافر کانپ اٹھا۔ اس نے اپنے بایاں پنجہ ایمرا کو دکھایا جس کی تین انگلیاں

ٹوٹی ہوئی تھیں۔

"غلام سے کیسا سلوک کیا جاتا ہے اس کا مجھے خوب تجربہ ہے۔ میں خود ایک خانہ بدوش جماعت کا غلام رہا ہوں۔" اس نے نہایت تلخی سے کہا، "اس کے علاوہ میرے ساتھ میرا ایک رفیق بھی ہے۔ ایک بار اس نے ایک بلبلاتے اونٹ کی گردن اپنی بغل میں دبا کر اسے زمین بوس کر دیا تھا۔ لہٰذا اس بابت تمہیں فکر کرنے کی ضرورت نہیں۔"

اتنے میں کبڑا درمیان میں پھر کھکھلا کر ہنسا اور اپنے باقی ماندہ دو چار دانتوں کی نمائش کرتا ہوا بولا "بعض اوقات انسان اپنے مستقبل کو حال میں بدلتے دیکھ سکتا ہے لیکن حال کو ماضی میں بدلتے ہوئے دیکھنے کے لئے وہ زندہ نہیں رہتا۔" اتنا کہہ کر وہ ایک بار پھر وہی مکروہ ہنسی ہنسا اور دوبارہ لکیریں کھینچنے میں مشغول ہو گیا۔

"اس طرف دھیان مت دو۔" ایمرا گردن سے اشارہ کرتا ہوا بولا، "جس رات وہ پیدا ہوا تھا آسمان سے چاند ندارد تھا اور یہ کہ پیدا ہوتے ہی اس پر اوٹ کا پیر پڑ گیا تھا۔ خیر! میں یہ کہہ رہا تھا اس غلام کو ہمیشہ 'ترانی' طریقے سے باندھ کر رکھنا تاکہ وہ چل پھر تو سکے گا کھا پی بھی سکتا ہے مگر بھاگ نہیں سکتا اور رسی کے سرے پر ایک چھوٹی سی گھنٹی ضرور باندھنا تاکہ اس کی حرکات و سکنات کا تمہیں علم ہوتا رہے۔"

مسافر جوں ہی جانے کے لئے اٹھا۔ غلام بھی کسی خودکار کھلونے کی طرح اس کے پیچھے پیچھے چلنے لگا۔ مسافر کو ایک بات کا بڑا اطمینان تھا کہ اس کی کمر میں جو مور کی گردن جیسا اودے رنگ کا ہیرا ہے اس سے ایمرا لاعلم ہے۔ وہ دوبارہ آنتوں کے گچھوں کے اندر سے سرکتا ہوا اپنے ڈیرے پر آ گیا۔ اس کا ساتھی بے تابی سے اس کی راہ دیکھ رہا تھا۔ ابھی سورج غروب ہونے میں تھوڑا وقت باقی تھا لیکن تمازت کم ہونے لگی تھی۔ اگر فوراً کوچ کریں تو چار پانچ گھنٹے کی مسافت آسانی سے طے کی جا سکتی تھی۔

اس کے ساتھی نے اونٹوں کو تیار کیا اور بچا کھچا سامان غلام کے سر پر لاد کر وہ لوگ نکل پڑے۔ تبھی اسے کبڑا آتا دکھائی دیا۔ اس کی داڑھی پنکھے کی طرح ہل رہی تھی اور اس کا کوبڑ پکھال کی مانند نیچے اوپر ہو رہا تھا۔ اس نے ہاتھی دانت کی صندوقچی مسافر کو پیش کی۔ اسے جھک کر آداب کرتے ہوئے وہ نصف کے قریب بالو میں دھنس گیا لیکن اس وقت بھی اس کی سماعت کو چھیلتی ہنسی برابر سنائی دے رہی تھی۔ جیسے خشک بیج ہوا کہ جھونکوں سے ہل رہے ہوں۔

آخر اس تپتی، بے رحم، سنسناتی ریت میں ان کا سفر شروع ہوا۔ غلام کی گھنٹی کی کھن کھن ایک خاص لے میں سنائی دے رہی تھی۔ جیسے زندگی کا ایک ایک پل پگھل پگھل کر ٹپک رہا ہو۔ اونٹوں کے قدم ریگستان ناپ رہے تھے۔ سورج طلوع ہوا، پھر غروب ہوا۔ ریگستان کی صاف شفاف گنبد نما راتیں چاندنی میں کھلیں اور مٹ گئیں لیکن ان کے ارد گرد شدید پیاس کا دائرہ تنگ ہوتا جا رہا تھا۔ چھاگلوں کا پانی کم ہوتے ہی پیاس کی شدت میں اضافہ ہو گیا اور ایسا لگنے لگا لو کی گرمی لہو میں آگ بھر رہی ہے۔

مسافر کے ساتھی کی چال میں اب ایک ڈھیلا پن آ گیا تھا اور وہ چلتے ہوئے لڑکھڑانے لگا تھا۔ اس کے ننگے ہاتھوں کی جلد کسی خشک درخت کی چھال کی مانند کھردری ہو گئی تھی اور آنکھیں اس طرح پھیل گئی تھیں جیسے انہیں چاروں طرف سے کھینچا گیا ہو۔ اس کی زبان سیسے کی مانند سخت ہو گئی تھی اور وہ کیا کہہ رہا ہے یہ سمجھنے کے لئے مسافر کو اس کے قریب جا کر کان لگاتا پڑتا تھا۔ آس پاس کا علاقہ ایک دم سپاٹ تھا اور دور تک دائرے میں اس طرح پھیلا تھا کہ لگتا تھا اس کے آگے زمین کی حد ختم ہو جائے گی اور وہ لوگ وہاں پہنچنے کے بعد سیدھے نیچے گر جائیں گے۔

وہ تو ایسے علاقے میں بھی سفر کر چکا تھا جس کی شور آمیز مٹی اگر جسم کی معمولی

خراش کو بھی چھو جائے تو کلیجے کو چیر دینے والی اذیت کا احساس ہوتا تھا۔ وہاں کبھی کبھار آسمان میں کوئی گدھ سیاہ دھبے کی مانند خوفناک پنکھوں کے ساتھ اڑتا ہوا آکر تیزی سے غوطہ لگاتا تو اس کی سرسراہٹ صاف سنائی دیتی۔ بلکہ اس کی خونخوار، زرد، نکیلی، چونچ بھی دکھائی دے جاتی لیکن یہ کیسا علاقہ تھا کہ جہاں کوئی چوپایہ یا پرندہ تو درکنار ایک پتنگا تک دکھائی نہیں دیتا۔ مسافر نے سوچا اس دنیا میں ایسا منحوس علاقہ دوسرا نہیں ہو سکتا کہ جہاں گدھ تک آنے سے کتراتے ہوں۔

اتنے میں اس کا رفیق اپنا توازن قائم رکھنے کی کوشش میں ڈولتا ہوا ایک طرف اشارہ کر کے چلایا، "وہ دیکھو، نارنگیوں والا ٹیلہ۔ وہاں ایک بہت بڑا تالاب بھی ہے۔"

مسافر پر تشویش نگاہوں سے کچھ دیر تک اس کی طرف دیکھتا رہا کیونکہ نارنگیوں والا ٹیلہ تو ہزاروں میل دوران کے وطن میں تھا لیکن اس کے ساتھی نے جس طرف اشارہ کیا تھا وہاں ملگجا، سرخی مائل کوئی ڈھیر نظر تو آرہا تھا۔ لہٰذا مسافر بھی اپنے رفیق کے پیچھے پیچھے چلنے لگا۔ تھوڑی دور چلنے کے بعد اسے محسوس ہوا ٹیلے جیسا نظر آنے والا ڈھیر اب سکڑ سمٹ کو چھوٹا ہو گیا ہے۔ دراصل وہاں کوئی ٹیلہ نہیں تھا وہ سراب تھا وہاں اونٹوں کے دوچار پنجر پڑے ہوئے تھے اور گرد آلود خشک جھاڑیوں کا ایک جھنڈ ہوا سے اڑتا ہوا آکر ان میں اٹک گیا تھا۔ ان پنجروں کو دیکھتے ہی اس کا ساتھی کچھ عجیب سے الفاظ نکالنے لگا جن کے کوئی معنی نہیں تھے اس نے ریت، اون اور وہاں پڑی صاف اور خشک ہڈیوں سے ایک بیٹھے ہوئے اونٹ کا پتلا تیار کیا۔

مسافر خاموشی سے یہ سب دیکھتا رہا۔ وہ سوچ رہا تھا اس پاگل پن میں وقت ضائع نہ ہوتا تو اب تک چار پانچ کوس کا فاصلہ آرام سے طے کر لیا گیا ہوتا۔ مگر یہ بات وہ اپنے ساتھی سے کہنے کی جرأت نہ کر سکا۔ اس کا ساتھی تو اب ادھیر سے ادھریوں اچھل کو د رہا

تھا جیسے اس پر کوئی آسیب آ گیا ہو۔ اچانک وہ خوشی سے چلایا ساتھ ہی جھک کر ریت کے ڈھیر سے کسی چیز کو کھینچ کر باہر نکالا۔ مسافر نے گھبرا کر ادھر دیکھا۔ وہ انسانی ہڈیوں کا ایک ڈھانچہ تھا۔ پاگلوں طرح ہنستے ہوئے اس کے ساتھی نے اس آدھے مودے ڈھانچے کو اونٹ کے پتلے پر بٹھا دیا اور کودتا پھاندتا اس کے گرد گھوم گھوم کر اپنے اس کارنامے کا جائزہ لینے لگا۔

"پیارے! ہمارے واپس آئے تک یوں ہی بیٹھے رہنا۔ کہیں مت جانا۔" وہ اپنی موٹی کھردری آواز میں اس پنجر کو تاکید کر رہا تھا۔ مسافر اس کے قریب آیا اس کے کاندھے پر ہاتھ رکھ کر اسے واپس چلنے کا اشارہ کیا۔ وہ لوگ واپسی کے لئے مڑے۔ ساتھی کی ہیجانی کیفیت ختم ہو چکی تھی۔ اس لئے مسافر نے اس کے لڑکھڑاتے بھاری جسم کو سہارا دے رکھا تھا۔ اس نے غلام کی مدد سے جوں توں اسے اونٹ پر بٹھایا اور اس کے ساتھ ریت میں پاؤں گھسیٹتا ہوا آگے بڑھا۔ وہ ہڈیوں کے پنجر اس کے ذہن پر اب تک چھائے ہوئے تھے۔ وہ سوچ رہا تھا ہڈیوں کا وہ انبار کہیں اس کے مستقبل کا اشارہ تو نہیں۔ اسے کبڑے کے الفاظ یاد آئے اور وہ کانپ کر رہ گیا۔

اب اس کے رفیق کی گردن سینے پر ڈھلک گئی تھی اور اس کا سارا جسم ڈھیلا پڑ گیا تھا۔ اس کے منہ سے اب بھی بے معنی الفاظ نکل رہے تھے۔ مسافر رک کر ان الفاظ کو سننے کی کوشش کرنے لگا لیکن ان بھاری 'مبہم الفاظ کو سمجھنا کیچڑ کے ڈھیر میں کنکر تلاش کرنے جیسا ہی تھا۔ آخر اس کا ساتھی خود نیچے جھک آیا۔ اس کی حیرت زدہ بے جان آنکھوں میں ایک چمک نظر آئی اور وہ سرگوشی کے سے انداز میں کہہ رہا تھا، "تم پیچھے مڑ کر مت دیکھنا لیکن وہ متواتر ہمارا تعاقب کر رہا ہے۔"

مسافر نے گھبرا کر ادھر ادھر دیکھا لیکن چاروں طرف حد نظر تک کوئی بھی نظر

نہیں آرہا تھا سوائے ایک افقی دائرے کے جو گلے کے پھندے کی مانند ایک گول لکیر سی بنا رہا تھا۔

"کون آرہا ہے؟ کون تعاقب کر رہا ہے" اس نے قدرے سے غصے سے پوچھا۔

"وہ سفید پوش ایک سفید اونٹ پر سوار ہے۔" رفیق اونٹ پر سنبھل کر بیٹھتا ہوا بولا، "اس کے ہاتھ میں ایک سرخ رنگ کا لمبا سا نیزہ بھی ہے۔"

مسافر نے اسے دلاسہ دیا اور اس کی ڈھارس بندھانے کے لئے اس کے پیچھے پیچھے چلنے لگا۔ اب اس کے پاؤں میں بھی چھالے پڑ گئے تھے۔ جن میں ریت کے ذرے بری طرح کھٹک رہے تھے۔ افق میں دور تک کہیں ایک انگشت برابر ابھار نظر نہیں آرہا تھا۔ اونٹوں کے پیروں کے بال جھڑ گئے تھے۔ ان کے جبڑوں کی کھال جھلس گئی تھی۔ ہونٹ لٹک گئے تھے۔ جن سے دانت جھانک رہے تھے۔ ایک لمحے کو اس نے یہ بھی سوچا اگر اس وقت زرد چونچ والا گدھ آجاتا تو اس جسم کو اس کے حوالے کر کے نجات پایا جا سکتا تھا۔

"وہ آرہا ہے۔ وہ دیکھو اس نے نیزہ پھینکا۔" ساتھی اچانک اس طرح چلایا جیسے اس کے اندر کچھ ڈھے رہا ہو اور ساتھ ہی اونٹ پر سے لڑھک کر زمین پر گر پڑا۔ اس کے یوں اچانک چیخنے سے اونٹ بھڑک گیا اور اس کے جسم پر کودنے لگا۔ غلام نے رسی کھینچ کر اونٹ کو قابو میں کیا اور اس کے نرم نتھنوں پر رسی کی گانٹھوں سے ضربیں لگائیں۔ نتھنوں سے خون نکلنے لگا۔ اونٹ پر سکون ہو گیا مگر اب اس کے نتھنوں سے ہچکیوں جیسی آوازیں آرہی تھیں۔ مسافر گھٹنے ٹیک کر اپنے ساتھی پر جھکا مگر اب اس کے جسم تو گوشت پوست کی لگدی بن گیا تھا۔ البتہ اس تپتی دھوپ میں جب کہ پلکیں اٹھانا بھی محال ہو رہا تھا اس کی کھلی آنکھیں پلک جھپکائے بغیر سورج پر جمی ہوئی تھیں۔

مسافر کے پیروں کی تو گویا جان ہی نکل گئی۔ اس نے بوکھلا کر آس پاس نظر دوڑ آئی۔ قریب ہی ریت کا ایک تودہ نظر آ رہا تھا جس کا سایہ ایک گڑھے پر کسی بڑے توے کی مانند پڑ رہا تھا۔ مسافر اپنا جسم گھسیٹتا ہوا وہاں تک پہنچا اور اس تودے کی چھاؤں میں شکاری کتوں سے گھرے چوپائے کی طرح ڈری ڈری مگر چوکس نظروں سے دیکھتا ہوا پڑا رہا۔ گھنٹی کی رستی ہوئی ٹن ٹن کی آواز لمحے بھر کو رکی۔ غلام نے اپنے سر کا بوجھ ایک طرف رکھا۔ اس نے دونوں ہاتھوں سے ریت میں گڑھا بنایا اور ساتھی کے مردہ جسم کو اس میں ڈھکیل دیا۔ اس پر بالو ڈالتے ہی ساتھی کا گویا ہر شئے سے رشتہ ختم ہو گیا۔

غلام نے دوبارہ سامان اٹھا لیا۔ مگر مسافر یہ سب خالی نگاہوں سے دیکھتا ہوا پڑا رہا۔ اس کے ذہن میں یادوں کی کتنی ہی پرچھائیاں لہرائیں اور مٹ گئیں۔ جب ذہن کچھ سوچنے سمجھنے کے قابل ہوا تو اسے لگا جو ہوا ٹھیک ہوا۔ اب رات بے رات چھاگل سے پانی چرائے جانے کا خطرہ تو نہیں رہا۔ اس سفلانہ خیال سے اسے قدرے سکون ملا اور اس نے گرم اور بے لذت پانی کے دو چار قطرے اپنے خشک خلق میں ٹپکائے۔ غلام نے اندازہ لگا لیا کہ آج کا سفر ختم ہو چکا ہے۔ ٹیلوں کے سائے طویل ہونے لگے اور ریگستان سرخی مائل ہو گیا تھا۔ تھوڑے فاصلے پر غلام نے اونٹوں کے گھٹنوں کو موڑ کر انہیں نیچے بٹھایا اور پیٹی پٹاروں کو نیم دائرے کی شکل میں رکھنے کے بعد ایک تودے کے قریب خیمہ نصب کیا اور سائے کی طرح اونٹ کے پاس بیٹھ کر گویا کسی کا انتظار کرنے لگا۔

مسافر لڑکھڑاتے قدموں کے ساتھ خیمے میں داخل ہوا اور چھاگل کو اپنے سینے سے لگا کر لیٹ گیا۔ جب غلام اونٹ کے آس پاس گھوم رہا تھا۔ خیمہ نصب کر رہا تھا اس وقت اسے نہ جانے کیوں کسی شئے کی کمی کا احساس ہو رہا تھا لیکن وہ کیا شئے تھی اس کا وہ قطعی اندازہ نہیں لگا پا رہا تھا۔ غلام کی رسی کو اس نے مضبوطی سے اپنی کلائی میں لپیٹ لیا اور

ٹٹول کر یہ بھی دیکھ لیا کہ کمر میں پیش قبض محفوظ ہے یا نہیں۔

اب اس کے پپوٹے دھیرے دھیرے بوجھل ہونے لگے اور جلد ہی نگاہوں سے ریگستان اوجھل ہوگیا۔ نیلی جھیل میں کمل کھل گئے۔ آسمان میں سرخ چونچ والا سفید ہنس نظر آیا۔ دیوی کی قربان گاہ میں بلی چڑھائے گئے کبوتروں کو گردنوں سے خون کی دھار پھوٹ پڑی اور خشک ہونٹ جھل مل کرتے ٹھنڈے پانی کے خوش گوار لمس سے تر ہو گئے۔ ندی پر دھیمی رفتار سے ایک کشتی تیرتی ہوئی گزری جس پر ملاح اپنی مدھر آواز میں گا رہا تھا، "اے گہرے پانیوں والے سرخ سمندر، میرا تمام سفر تجھ سے عبارت ہے مگر افسوس تو اپنے سینے پر میرے قدموں کا ایک نقش بھی سلامت نہیں رکھتا۔" صبح ٹھنڈی ہوا کے جھونکے سے اس کی آنکھ کھل گئی اور اسی وقت اسے اندازہ ہوگیا کہ کوئی غیر معمولی حادثہ ہوا ہے۔

اس نے کلائی میں بندھی ڈوری کو جھٹکا دیا۔ ڈوری آسانی سے اس کے قدموں میں آ گری۔ اس نے گھبرا کر پانی کی چھاگل کو ٹٹولا وہ خالی ہو چکی تھی۔ اس نے دھندلکے میں کچھ ٹٹولنے کی کوشش کی۔ کوئی شئے زمین پر گری اور گھنٹی کی کراہ سنائی دی۔ اس آواز کو سنتے ہی مسافر کے ذہن میں بجلی سی کوند گئی۔ کل اسے جس شئے کی کمی محسوس ہو رہی تھی اصل میں وہ یہی گھنٹی تھی۔ غلام متواتر کام تو کر رہا تھا مگر اس کی حرکات و سکنات کے ساتھ گھنٹی کی ٹن ٹن سنائی نہیں دے رہی تھی۔ مسافر بے تحاشا دوڑتا ہوا خیمے سے باہر نکلا۔ سامان کے پاس ہی رسی کے ٹکڑے پڑے تھے۔ دونوں سفید اونٹوں کے پیٹ چیر دیئے گئے تھے اور ان کی آلائشوں کے سبب ارد گرد کی سفید ریت سبزی مائل ہوگئی تھی۔ اس نے اپنا کمر بند ٹٹولا۔ ہاتھی دانت کی صندوقچی غائب تھی اور غلام جو سائے کی طرح ہر دم ساتھ رہتا تھا اب وہاں موجود نہیں تھا۔

مسافر اس ناگہانی حادثہ کو برداشت نہ کر سکا اور چکرا کر زمین پر بیٹھ گیا۔ مگر رفتہ رفتہ جذبہ انتقام کی شدت اور غصے کی زیادتی سے اس کا جسم کانپنے لگا۔ وہ دانت پیستا ہوا بڑبڑایا، "یاد رکھ! میں تجھے زندہ نہیں چھوڑوں گا، اگر تو پاتال میں بھی چھپ جائے تو تجھے باہر کھینچ کر تیری آنتیں کتوں کے آگے ڈال دوں گا۔" وہ پاؤں گھسیٹتا چلنے لگا۔ دن چڑھنے تک تو اسے کچھ پتا نہیں چلا مگر جوں ہی سورج عمود کی طرف بڑھنے لگا آنکھوں میں چنگاریاں سی بھرنے لگیں۔ زبان خشک ہو گئی۔ پاؤں ڈگمگانے لگے اور قدموں کے نیچے بالو کھسکنے لگی۔ تبھی اسے خاردار جھاڑیوں کا ایک جھنڈ دکھائی دیا اور وہ خوشی سے پاگل ہو گیا۔

اس نے سوچا ان کے سائے میں رات گزاری جا سکتی ہے۔ وہ وہیں ان جھاڑیوں کے نیچے نیم بے ہوشی کی حالت میں دراز ہو گیا۔ پتا نہیں رات کا کون سا پہر تھا کہ اس کا ہاتھ کسی ٹھنڈی شئے سے چھو گیا۔ وہ چونک کر اٹھ بیٹھا۔ جیسے بچھو نے ڈنگ مار دیا ہو۔ جھاڑی پر شبنم کا بوندیں اکٹھا ہو گئی تھیں۔ اس نے لرزتے ہاتھوں سے اپنے انگرکھے کو ادھیڑ دیا اور اسے جھاڑیوں پر بچھا کر اس میں شبنم کو جذب کرنے لگا۔ بعد میں اسے نچوڑ کر گھونٹ بھر میلا گدلا پانی اپنے سلگتے ہونٹوں سے حلق میں انڈیلا اور نڈھال ہو کر زمین پر گر پڑا۔

صبح اس میں تھوڑی سکت تھی۔ لیکن اسے یقین ہو گیا کہ آج کی رات گزارنا مشکل ہے۔ البتہ اس کا خوف اب کم ہو گیا تھا۔ فضا خاکستری رنگ کے غبار سے بھر گئی تھی اور افق کا کنارا یوں لگ رہا تھا جیسے اس کا ایک ٹکڑا کٹ کر جھڑ گیا ہو۔ مسافر گردن جھکائے لڑکھڑاتا جھومتا چل رہا تھا جیسے کوئی نادیدہ دیوار اسے پیچھے کی طرف دھکیل رہی ہو۔ لیکن بہت جلد وہ نڈھال ہو کر کسی مزاحمت کے بغیر ریت پر اوندھے منھ گر پڑا۔ تھوڑی دیر تک اسی طرح پڑا رہا۔

پھر دھیرے دھیرے گردن اٹھائی اور جب سامنے نگاہ ڈالی تو اسے اپنی آنکھوں پر

یقین نہیں آیا۔ ملگجے رنگ کے غبار کا پردہ چاک ہو گیا تھا اور سامنے ایک ٹیلہ نظر آ رہا تھا جیسے ریگستان میں سرخ ناگ پھنی اگی ہو۔ ٹیلے پر سرخ مٹی کی ایک چوڑی فصیل کھڑی تھی اور فصیل پر چھوٹے بڑے کئی برج بھی نظر آ رہے تھے۔ ہر برج میں ایک جھروکا دکھائی دے رہا تھا اور ہر جھروکے میں نیلے لباس میں ملبوس ایک ایک انسانی پیکر دکھائی دے رہا تھا جن کے چہرے سیاہ نقاب سے ڈھکے ہوئے تھے۔

چلچلاتی دھوپ میں ہ سرخ فیصل اور اس پر بنے برج کسی عفریت کے ہولناک پنجے کی مانند دکھائی دے رہے تھے جس کی کھال ادھڑ گئی ہو۔ مسافر نے العیدن کے بارے میں بہت کچھ سن رکھا تھا اسے یقین ہو گیا کہ اس کی منزل آگئی ہے۔ اس کا دل طمانیت سے بھر گیا اور اس کا تناؤ بھی ختم ہو گیا۔ اس نے اپنے جسم کو ڈھیلا چھوڑ دیا اور کچھ دیر اسی طرح بے حس و حرکت پڑا رہا۔

العیدن کی فصیل تک پہنچتے پہنچتے اس کا جسم تھکن سے چور چور ہو گیا۔ ریت میں رینگ کر آگے بڑھتے ہوئے اسے ایسی تکلیف ہو رہی تھی جیسے اس کے جسم کا ایک ایک عضو ادھیڑا جا رہا ہو۔ فصیل کا عالی شان پھاٹک کھلا تھا لیکن وہاں تک پہنچنے کے لئے سیڑھیاں بنی تھی۔ پھاٹک کی دونوں جانب نیلے لباس والے انسانی پیکر ساکت کھڑے تھے۔ البتہ سیاہ نقاب کے سوراخوں سے ان کی تیز نگاہیں جھانکتی ہوئی صاف دکھائی دے رہی تھیں۔ وہ کراہتا ہوا ایک ایک سیڑھی چڑھنے لگا مگر نیلے ہیولوں میں ذرہ برابر جنبش نہیں ہوئی۔ نہ ہی ان میں سے کسی نے اسے سہارا دینے کی کوشش کی۔

مسافر زینے پر چڑھ کر اوپر آیا۔ پھاٹک پار کر کے اندر داخل ہوتے ہی سامنے دور فاصلے تک ایک بالاخانہ دکھائی دیا لیکن نگاہ اس کے آخری سرے تک پہنچنے سے قاصر تھی کیونکہ درمیان میں سبزی مائل نیلے پانی کا طویل حوض تھا۔ پانی پر نظر پڑتے ہی گویا اس کی

جان اس کی آنکھوں میں کھنچ آئی اور وہ کسی تھکے ماندے چوپایے کی طرح بے تحاشا دوڑتا ہوا جاکر اپنے آپ کو پانی کے حوالے کر دیا۔ کچھ دیر بعد جب اس کا تپتا ہوا بدن قدرے ٹھنڈا ہوا وہ باہر آیا اور پاس والے چبوترے پر بیٹھ کر چاروں طرف ایک چوکس نگاہ ڈالی۔ حوض کے دونوں طرف ویسا ہی ڈھیلا ڈھالا نیلا لباس پہنے ہوئے لوگوں کو ہجوم اسے خاموشی سے گھور رہا تھا۔

سامنے چھوٹی سیڑھیوں والے چبوترے پر ایک چمکدار تخت بچھا تھا جس پر ایک شخص نیلا لباس زیب تن کئے شاہانہ تمکنت کے ساتھ جلوہ نشین تھا۔ اس کا چہرہ بھی سیاہ نقاب سے ڈھکا ہوا تھا مگر اس کے سر پر شتر مرغ کے پروں کا شاندار تاج تھا۔ تخت کے قریب ہی اپنے دونوں ہاتھ بغل میں دبائے ایک بوڑھا شخص ایستادہ تھا۔ اس پوری بھیڑ میں صرف وہی بوڑھا ایسا تھا جس کے چہرے پر نقاب نہیں تھا۔ اس کا سر بالوں سے یکسر عاری تھا جس کی وجہ سے وہ کچھ زیادہ ہی قوی الجثہ اور پر رعب معلوم ہو رہا تھا۔ اس کا لباس بھی دوسروں سے مختلف گہرے سرخ رنگ کا تھا اور اس کی سیاہ رنگ کی پیٹی میں بائیں طرف ایک چمک دار کٹار لٹک رہی تھی۔

وہ جوں ہی حوض سے نکل کر چبوترے پر آکر بیٹھا چاروں طرف گہرا سناٹا چھا گیا۔ مسافر سے ڈھٹائی سے ارد گرد نگاہ ڈالی اور گویا ہوا، "میں شہنشاہ العیدن کے حضور میں آداب بجالاتا ہوں۔ نیز جناب والا سے فراخدلانہ سلوک کی توقع کرتا ہوں لیکن سب سے پہلے مجھے اپنے ایک معاملے میں انصاف درکار ہے۔ میرا غلام آپ کی سلطنت میں آیا ہے۔ میں نے اسے کھانا، کپڑا اور سہارا دیا مگر اس نے میرے ساتھ غداری کی۔ اس نے میرے اونٹوں کو بے دردی سے ہلاک کیا اور میری سوغاتوں کو چرا لیا۔ کیا العیدن کی مقدس سرزمین ایسے محسن کش کو پناہ دینے کی روادار ہو سکتی ہے؟"

اس کی فریاد سے نیلے لباس والے انسانوں کی اس بھیڑ میں کسی قسم کی کوئی ہلچل نہیں ہوئی۔ لیکن سرخ لباس والا بوڑھا دو قدم آگے بڑھا۔ اس کے ہاتھ اب بھی اسی طرح اس کی بغل میں دبے تھے اس نے مسافر پر نظریں گزار کر کہا، "تمہارا غلام یہاں موجود ہے۔ تم انصاف کی دہائی دے رہے ہو مگر تم نے اس سے غلاموں جیسا برتاؤ کیا تھا۔"

جواب دینے سے پہلے مسافر نے لمحے بھر کو توقف کیا۔ پھر نہایت تحمل سے بولا، "میں بھی کبھی ایک غلام تھا۔ غلامی کے زمانے میں جو سلوک میرے ساتھ کیا گیا ویسا ہی سلوک میں نے اس کے ساتھ کیا۔"

"یہاں الفاظ کی کرتب بازی دکھانے سے کچھ حاصل نہ ہو گا۔ جنہوں نے تمہارے ساتھ جو سلوک کیا تھا اگر وہ تمہارے ہاتھ لگ جائیں تب بے شک تم بھی ان کے ساتھ وہی سلوک کرنا مگر ہمارے سامنے اسے دوہرانے کی ضرورت نہیں۔" بوڑھا کرخت لہجے میں بولا۔

"دشمنی کا سکہ اپنے علاقے میں ہی چلتا ہے۔ اس کا استعمال دوسرے علاقے میں ناجائز ٹھہرتا ہے۔ بتاؤ! تم نے اپنے غلام کے کاندھے پر گرم سلاخ رکھی تھی یا نہیں؟"

"رکھی تھی۔ کیوں کہ ایسا کرنے سے اس کی رفتار بڑھ جاتی ہے۔"

"تم نے اسے پینے کے لئے نمک کا پانی دیا تھا؟"

"دیا تھا۔ اس سے پیاس بڑھ جاتی ہے اور پانی پانے کے لئے غلام زیادہ کام کرتا ہے۔"

"تم نے اسے کھانے کے لئے اونٹ کا سڑا ہوا گوشت دیا تھا؟"

"ہاں، دیا تھا۔ سڑا ہوا گوشت کھانے سے بدن میں آگ سی لگ جاتی ہے۔ ہاتھ پاؤں میں بجلیاں بھر جاتی ہیں اور آدمی پاگلوں کی سی پھرتی کے ساتھ کام میں جٹ جاتا ہے۔ اسی وجہ سے تو ایک بار میرے غلام نے پانچ دن کا سفر دو دن میں طے کیا تھا۔"

اس پر بوڑھا کچھ نہیں بولا مگر اس کے چہرے سے ناگواری ٹپک رہی تھی۔ مسافر ایک قدم آگے بڑھا اور بولا، "میں پھر کہتا ہوں میں نے کوئی جرم نہیں کیا ہے۔ کسی فعل کو جرم ثابت کرنے کے لئے اس علاقے کے سماجی اور معاشرتی پس منظر کی روایت درکار ہوتی ہے۔ میں تو ان ساری باتوں کو بہت پیچھے چھوڑ آیا تھا اس بے کنار، بے رحم ریگستان میں جہاں ہر حال میں زندہ رہنا ہی زندگی کا سب سے بڑا مقصد تھا۔ وہاں ہم دونوں کے سوا کوئی نہیں تھا۔ لہٰذا وہاں میں نے جو کچھ کیا وہی میرا اصول تھا اور جو کچھ کہا وہی میرا قانون آخر آپ مجھ پر کس ضابطے کے تحت مقدمہ قائم کرنا چاہتے ہیں؟ اپنے ملک کے دستور کے مطابق یا میرے ملک کے آئین کے مطابق؟ کیونکہ اس بابت دونوں ملکوں کا قانون خاموش ہے۔ ندیوں اور جھیلیوں کے ملک کا قانون ریگستانی علاقے میں لاگو نہیں ہوتا اور ریگستان کا قانون سمندر میں نہیں چلتا۔ میں نے جو کچھ کیا اس کا جواز پیش کرنے کا اختیار بھی صرف مجھے ہے۔ لہٰذا میں ایک بار پھر کہتا ہوں کہ میں بے قصور ہوں۔"

بوڑھا اسے گھورتا ہوا بولا، "یہ صحیح ہے کہ تم روایتوں کے چنگل سے بھاگ کر ریگستان میں آئے ہو۔ جس علاقے میں تم دونوں تھے وہاں کسی ملک کا قانون نافذ نہیں ہوتا۔ وہاں اپنے اصولوں پر عمل کرنے کا اختیار جس طرح تمہیں حاصل تھا اسی طرح تمہارے غلام کو بھی تھا۔ لہٰذا اس نے بھی وہی کیا جو اسے کرنا چاہئے۔ اس نے تمہارے اونٹ ہلاک کئے اور غلامی سے نجات حاصل کی۔ تم دونوں کے اختیارات یکساں تھے۔ فرق یہی ہے کہ تم ناکام ہو گئے اور وہ کامیاب ہو گیا۔ اس حالت میں اگر تم غلام ہوتے تو تم بھی وہی کرتے جو اس نے کیا۔ جب تمہارے غلام نے کوئی جرم ہی نہیں کیا تو پھر تم کس کے خلاف انصاف کے طلبگار ہو۔"

مسافر بوڑھے کی بات سن کر بری طرح سٹپٹا گیا۔ اسے فوراً کوئی جواب سجھائی نہیں

دیا۔ وہ قدرے سنبھلا پھر چیخ کر بولا۔ "میں اس غلام کو العیدن کے شہنشاہ کی خدمت میں پیش کرنے کے لئے لایا تھا اور العیدن کی روایت کے مطابق یہاں آنے والے ہر غلام کا سر قلم کر دیا جاتا ہے۔ کیا آپ کو اپنے ملک کی روایت کا بھی پاس نہیں؟"

"ہماری روایت کیا ہے؟" اور اس کی پاسداری کیسے کی جاتی ہے؟ یہ ہمیں یاد دلانے کی ضرورت نہیں۔" بوڑھا ایک ہاتھ کٹار کے قبضے پر رکھتا ہوا بولا۔ "العیدن اس وقت وجود میں آیا تھا جب پہلا آفتاب طلوع ہوا اور آخری چاند کے غروب ہونے تک اس کی روشنی قائم رہے گی۔"

اس کا اشارہ پاتے ہی تخت کے پیچھے سے دو سیاہ ہیولے بر آمد ہوئے اور سیڑھیوں سے نیچے اتر کر خاموشی سے مسافر کے دونوں طرف کھڑے ہو گئے۔ ان کے ہاتھوں میں چوڑے پھلوں کی دو تیغیں تھیں۔ جو روشنی میں برق پاروں کی مانند چمک رہی تھیں۔ مسافر نے گھبرا کر ان کی طرف دیکھا۔ ان کے چہروں میں اسے اپنا انجام صاف دکھائی دے رہا تھا۔ اتنے میں جگمگ کرتے تخت پر بیٹھا ہوا سدی اٹھا اور زینے طے کرتا ہوا نیچے آیا اور مسافر کے سامنے کھڑا ہو گیا۔ اس نے آہستگی سے اپنا تاج اتار کر ایک طرف رکھا جسم کو ہلکی سی جنبش دیتے ہی اس کا ڈھیلا ڈھالا نیلا لباس سرک کر اس قدموں میں ڈھیر ہو گیا۔ پھر جوں ہی اس نے اپنا سیاہ نقاب الٹا مسافر حیرت اور بے یقینی کے ساتھ اسے دیکھتا رہ گیا۔ اس کے سامنے اس کا غلام کھڑا تھا۔ اس کے پیچھے سرخ لباس والا بوڑھا بھی کچھ سیڑھیاں اتر کر نیچے آیا۔ بوڑھا کہہ رہا تھا،

"یہ العیدن کا حکمراں ہے۔ سات برس پہلے جب شکار کے لئے گیا تھا دھوکے سے غلام بنا لیا گیا۔ اس کی غیر موجودگی میں ہم نے اس کے ایک برس کے بچے کو وارث بنایا اور اس کے نام پر حکومت کا کاروبار چلاتے رہے۔ اب وہ واپس آ گیا ہے اور اس کا حق

اسے مل گیا ہے۔"

بوڑھے نے اشارہ کیا اور تیغ برداروں میں سے ایک نے اپنے اجگر جیسے ہاتھ سے مسافر کو پکڑا اور اسے گھٹنوں کے بل جھکنے پر مجبور کرتے ہوئے اس کی گردن چبوترے پر ٹکا دی۔ مسافر کی ساری کوششیں رائیگاں جا چکی تھیں۔ اس نے انتہائی مایوسی کے ساتھ اپنے آپ کو حالات کے حوالے کر دیا۔ اس نے ندی کا منبع تلاش کرنے کی کوشش کی تھی مگر حالات اسے اپنی زندگی کے دہانے تک لے آئے تھے۔ اس کی اپنی زندگی جو آلیو کے درختوں کے باغ میں ایک چھوٹے سے گھر سے شروع ہوئی تھی۔ کسی کا کہا ہوا ایک قول اسے یاد آیا۔ پانسے پھینکنا ہمارے ہاتھ میں ہوتا ہے مگر بازی پر ہمارا اختیار نہیں ہوتا اور اسی وقت اس کے ابلتے لہو میں وہ جملہ گونجا 'المکتوب۔ مکتوب اس نے نگاہ اٹھا کر غلام کی طرف دیکھا۔

غلام کے ہاتھ میں ہاتھی دانت کی وہ صندوقچی تھی۔ اس آخری گھڑی میں بھی مسافر کے دل میں ایک تجسس جاگا۔ اس نے اضطراری طور پر کہا "اس صندوقچی میں کیسی سوغات تھی؟ میں دیکھنا چاہتا ہوں۔ اسے میری آخری خواہش سمجھو۔" غلام نے اطمینان سے سورج کو سانپ کے منہ میں ڈھکیل دیا اور چٹ کی آواز کے ساتھ صندوقچی کا ڈھکن کھل گیا۔ اس نے صندوقچی مسافر کی طرف بڑھائی۔ مسافر نے دیکھا کہ صندوقچی میں کپڑے کی ایک کترن تہہ کی ہوئی رکھی ہے۔

اس نے کپڑے کی تہہ کھولی اور یہ دیکھ کر حیران رہ گیا کہ کپڑے پر جو منظر مصور کیا گیا تھا وہ ہو بہو آس پاس کے موجودہ منظر سے ملتا جلتا ہے۔ سرخ دیوار کے پاس نیلگوں لباس والے افراد کا ہجوم تھا اور غلام اپنا نیلا لباس اتارے کھڑا تھا۔ لیکن چبوترہ خون سے لت پت تھا اور نیچے دھڑ، ہاتھ پاؤں، پنجے وغیرہ اعضا بکھرے پڑے تھے۔ ان میں سے

ایک پنجے کی تین انگلیاں ٹوٹی ہوئی تھیں۔ تصویر کے نیچے کچھ لکھا تھا لیکن حروف دھندلا گئے تھے۔ مسافر نے اسے اپنے گیلے لباس پر رگڑا اور دوبارہ دیکھا حروف واضح ہو گئے تھے۔ اسے کسی نے جھنجھوڑ کر رکھ دیا۔ لکھا تھا،

"بعض اوقات انسان اپنے مستقبل کو حال میں بدلتے ہوئے دیکھ سکتا ہے لیکن حال کو ماضی میں بدلتے ہوئے دیکھنے کے لئے وہ زندہ نہیں رہتا۔"

وہ ہونقوں کی طرح پتہ نہیں کتنی ہی دیر تک اس تصویر کو دیکھتا رہا تبھی اسے اپنے کاندھے پر دوبارہ فولادی ہاتھ کا دباؤ محسوس ہوا۔ وہ کپڑے کو تہہ کرنے لگا۔ لیکن اچانک اس کے ہاتھ رک گئے اور دوبارہ اس تصویر کو ایک نئی حیرت کے ساتھ دیکھنے لگا۔ تصویر کا زاویہ بدل گیا تھا۔ سرخ دیوار، نیلا لباس پہنے نقاب پوش، فرش پر بکھرے انسانی اعضاء، سب کچھ ویسا ہی تھا لیکن اب غلام سیڑھی سے نیچے لڑھک رہا تھا کیونکہ پیچھے کھڑے سرخ لباس والے بوڑھے نے اپنی تیز کٹار اس کی پیٹھ میں گھونپ دی تھی۔ اسے لگا اس کا جسم ایک مدفن ہے۔ جس میں لاتعداد کیڑے مکوڑے کلبلا رہے ہیں۔ اس نے خشک ہوتے کپڑے کے ٹکڑے کو جلدی جلدی تہہ کیا اور اسے غلام کی طرف بڑھا دیا۔ غلام نے اسے دوبارہ صندوقچی میں رکھ دیا اور منتظر سا کھڑا رہا۔

مسافر نے چبوترے پر اپنی گردن رکھ دی لیکن اس سے رہا نہیں گیا۔ اس نے گردن اٹھا کر غلام کی طرف دیکھا اور یکایک زور زور سے ہنسنے لگا۔ اس کے ہنسنے کی آواز اس وقت کبڑے کی ہنسی سے ملتی جلتی تھی۔ کٹی پھٹی، مغلوب۔ مگر پیش آگاہ۔

***

سوامی

پیڑوں کی پھنگیوں میں اٹکتا ہوا سورج سامنے ٹیکری کے پیچھے چھپ گیا اور اچانک چاروں طرف ایک دھند سی چھا گئی۔ اس کے پیروں کے نیچے وہ پگڈنڈی کسی عظیم الجثہ اژدھے کی مانند بے حس و حرکت پڑی تھی۔ ساتھ ہی اسے احساس بھی ہو گیا کہ اس نے پیدل راستے سے آکر غلطی کی ہے۔ اگر ذرا جلدی نکل کر سیدھا راستہ اختیار کرتا تو شاید اب تک بڑی سڑک پر پہنچ گیا ہوتا۔ ایک عرصے بعد وہ اس گاؤں میں آیا تھا۔ بھولی بسری یادوں کو جھاڑ پونچھ کر چمکاتا ہوا گلیوں میں گھوم پھر رہا تھا کہ وقت یوں نکل گیا جیسے پھٹی جیب سے ریز گاری نکل جاتی ہے۔

ماں نے بطور خاص ماروتی کے جس مندر کے بارے میں تاکید کی تھی اس نے اسے دیکھا تھا۔ اگر مراد پوری ہونے والی ہو تو اس مورتی کو بآسانی اٹھایا جا سکتا تھا ورنہ اس میں بال برابر جنبش نہیں ہوتی تھی۔ (اس نے مورتی کو بڑی آسانی سے اٹھا لیا تھا نتیجے کے طور پر اس کے کرتے پر سیندور کا چکٹ داغ لگ گیا تھا۔) اس نے بچپن میں جس قد آدم پیڑ کے چھوٹے چھوٹے آم کھائے تھے اسے دو پیڑ بھی دکھائی دیا۔ اس نے اس پیڑ پر بڑی اپنائیت سے ہاتھ پھیرا اور آخر میں جس مکان میں اس کا جنم ہوا تھا وہاں بلاوجہ تھوڑی دیر رکا بھی رہا۔

اس نے دیکھا کہ رس دار گلر کا پیڑ بوڑھا ہو گیا ہے۔ وہ پاری جات کا پیڑ بھی اب کہیں

دکھائی نہیں رے دہا تھا۔ جس کے نیچے ساون میں پھولوں کا فرش سا بچھ جاتا تھا۔ وہاں رہنے والوں نے آخر دوسرا پیڑ کیوں نہیں لگایا؟

کیا آنگن اور کیا پچھواڑا کہیں کوئی پیڑ نہیں تھا۔ کہیں معمولی سی چھاؤں بھی نہیں تھی۔ کیا ایسا بھی گھر ہو سکتا ہے جس کی بغل میں ایک پیڑ تک نہ ہو۔ بھلا ایسے گھر میں لوگ کیونکر رہ سکتے ہیں۔ گھر کے آنگن میں تلسی کی دیدی بھی نہیں تھی اور اسے لیپا پوتا بھی نہیں گیا تھا۔ اسے لمحے بھر کے لئے حیرت ہوئی مگر یہ حیرت جلد ہی دور ہو گئی۔ اسی وقت اس گھر سے ایک جوان عورت نکلی، یہ جانتے ہوئے بھی کہ سامنے ایک پرایا مرد کھڑا ہے اس نے آنچل سے اپنی کمر کے کھلے حصے کو ڈھانکنے کی ضرورت محسوس نہیں کی۔ اس کے گلے میں منگل سوتر تھا مگر ماتھے پر سیندور نہیں تھا اور کلائیاں بھی چوڑیوں سے عاری تھیں۔ اسے لگا اس عورت میں اور مکان کی صورت حال میں زیادہ فرق نہیں ہے۔ جیسا مکان ویسے مکین۔

وہ وہاں سے روانہ ہو گیا، سچ پوچھئے تو اب اس کے لئے وہاں کچھ نہیں بچا تھا۔ شاید وہاں کوئی اس خاندان سے بھی واقف نہیں تھا۔ پھر بھلا اسے کون پہچانتا۔ شروع میں تین چار بچے ضرور اس کے گرد جمع ہو گئے تھے مگر تھوڑی دیر بعد ہی وہ بیزار ہو کر چلے گئے اور وہ اسی طرح اکیلا بھٹکا رہا نہ کسی نے اسے وہاں رکنے کے لئے کہا نہ کسی نے ایک کپ چائے کے لئے پوچھا۔ اس گاؤں نے اسے پوری طرح دھتکار دیا تھا۔ ایسے میں اسے دیر ہو گئی تھی اور ابھی تقریباً فرلانگ بھر فاصلہ باقی تھا۔ چاروں طرف خودرو گھاس اگی ہوئی تھی جس کے سبب اسے پگڈنڈی سجھائی نہیں دے رہی تھی۔ دس منٹ پہلے اس کا پاؤں ایک گڈھے میں پڑا تھا اور اس کے ٹخنے میں موچ آگئی تھی۔

اب کسی طرح اسے جلد از جلد یہ فاصلہ طے کرنا تھا کیونکہ اگر یہ بس نہیں ملی تو اسے

پوری ایک رات اسی طرح بے سروسامانی میں گذارنی پڑے گی۔ معاً نکڑ پر بس کی ہیڈ لائٹس نظر آئیں۔ وہ اپنے ٹخنے کی تکلیف کی پرواہ کئے بغیر دوڑنے لگا لیکن سڑک پر پہنچتے پہنچتے بس زناٹے سے آگے نکل گئی۔ وہ بھنا گیا۔ اس نے سوچا اگر کوئی اس اسٹاپ پر اترنے والا ہوتا تو بس ضرور ایک آدھ منٹ کے لئے رکتی اور اسے مل بھی جاتی۔ یہاں یقیناً روزانہ کوئی نہ کوئی ضرور اترتا ہوگا مگر آج مجھے جانا تھا اس لئے کوئی کیوں اترنے لگا مرنے کے لئے۔ اس نے چہرے سے پسینہ پونچھا۔

اب صبح آٹھ بجے تک کوئی گاڑی نہیں تھی۔ رات کہاں کاٹی جائے۔ آس پاس کوئی درخت بھی نہیں تھا جس کے نیچے پڑ کر رات گذاری جاسکے۔ آخر کیا کیا جائے۔ اتنے میں پیچھے سے ایک آواز آئی۔ "بس تو نکل گئی اب کیا کروگے؟" وہ چونک کر پلٹا، قریب ہی ایک سنیاسی کھڑا تھا۔ اس نے بغیر آستینوں کا لمبا جبا پہن رکھا تھا۔ سر پر کس کر بندھی ہوئی پگڑی تھی، جس کا ایک سرا اس کے بائیں کندھے پر پڑا تھا۔ وہ پرسکون انداز میں ہنسا اور دوبارہ دریافت کرنے لگا، "اب تم کیا کروگے؟ واپس جاؤگے؟"

اس نے قدرے فکر مندی کے ساتھ جواب دیا، "میں یہی تو سوچ رہا ہوں۔ واپس کہاں جاؤں گا۔ اندھیرے میں پگڈنڈی بھی تو سجھائی نہیں دے رہی ہے۔ سڑک سے جانے میں پانچ چھ میل کا فاصلہ ہے اور پھر اس گاؤں میں جاکر میں کروں گا بھی کیا؟ وہاں مجھے کوئی نہیں جانتا۔ انہیں میرا نام بھی تو نہیں معلوم، وہاں جاکر رات گزارنا مشکل ہے۔"

کھڑاؤں کھٹ کھٹاتا ہوا وہ سینا سید و قدم آگے بڑھایا۔ اس کا چہرہ چوڑا گال بھرے بھرے اور جبڑے سخت تھے۔ وہ کسی فاقہ مست سنیاسی کی بجائے کسی مٹھ کا مہنت معلوم ہو رہا تھا۔

"جب اس گاؤں میں تمہیں کوئی نہیں جانتا پھر تم وہاں کیوں آئے تھے؟" اس نے قدرے تعجب سے پوچھا۔

"اس پر تو مجھے بھی حیرت ہے۔ اگر ایک روز قبل کوئی مجھ سے کہتا کہ تمہیں ایک رات اپنے آبائی گاؤں میں گزارنا پڑے گا تو میں اس آدمی کی حماقت پر ہنس دیتا۔ ہوا یہ کہ یہاں سے گزرتے ہوئے پتا نہیں مجھے کیوں خیال آیا کہ میں اپنے آبائی گاؤں کے اتنے قریب آگیا ہوں تو چل کر ایک نظر دیکھ لینے میں کیا حرج ہے۔ پھر پتا نہیں سیکڑوں میل کی مسافت طے کر کے دوبارہ اس طرف آنا ہو گا بھی یا نہیں۔ بس یہ خیال آتے ہی میں یکلخت بس سے اتر گیا۔ لیکن گاؤں میں جانے کے بعد اندازہ ہوا کہ مجھے ایسی حماقت نہیں کرنی چاہئے تھی۔ لہٰذا میں وہاں ٹھہرے بغیر ہی نکل آیا اور اسی دوران بس نکل گئی اور اب صبح تک کوئی سواری نہیں۔" اس نے قدرے مضطرب ہوتے ہوئے کہا۔

مہنت چپ تھا، لیکن اس کی نظریں اس کے چہرے پر جمی ہوئی تھیں۔ اس نے ایک بار پھر پوچھا، "آخر کیا کرنے کا ارادہ ہے تمہارا؟" اسے فوری طور پر کوئی جواب نہیں سوجھا، "دیکھیں کیا ہوتا ہے، ہو سکتا ہے ایک آدھ سواری یہاں سے گزرے۔ کم سے کم اگلے کسی اسٹاپ تک بھی پہنچ جاؤں تو رات وہاں گزار لوں گا۔"

اس نے یہ بات کہہ تو دی مگر اس کے لہجے سے بے یقینی صاف جھلک رہی تھی۔

"تم ایک کام کیوں نہیں کرتے۔" مہنت اس کے بالکل قریب آگیا۔

"تم آج کی رات ہمارے مٹھ میں قیام کرو، وہاں تمہارے غسل کا، ٹھہرنے کا اور کھانے کا انتظام ہو جائے گا۔ مٹھ یہاں سے زیادہ دور بھی نہیں ہے۔ اس راستے کے اس طرف سامنے چھوٹی سی ٹیکری نظر آرہی ہے اسی پر ہمارا مٹھ ہے۔ اندھیرا ہو گیا ہے ورنہ تمہیں سامنے پگڈنڈی بھی دکھائی دیتی۔"

اس نے سامنے نگاہ ڈالی، ٹیکری کسی خاردار کھال والے عفریت کی مانند پڑی سستا رہی تھی۔ ٹیکری کی چڑھائی پر نیلگری کے اونچے اونچے درخت تھے جو دور سے یوں معلوم ہو رہے تھے جیسے اس عفریت کی لمبی ہڈیاں زمین میں گڑی ہوئی ہیں۔

"نہیں۔ آپ کو خوامخواہ زحمت ہوگی۔" اس نے ہچکچاتے ہوئے کہا، "یوں اچانک آپ کا مہمان بن جاؤں تو آپ سب کو تکلیف ہوگی۔"

مہنت زور سے ہنس پڑا۔ بولا، "یہ سچ ہے کہ مٹھ میں زندگی سخت اور سادہ ہوتی ہے، مگر ہمارا مٹھ ذرا الگ قسم کا ہے۔ بغیر اطلاع دئے کسی بھی وقت اگر سو مہمان بھی آجائیں تو ہم بڑی آسانی سے ان کے نہ صرف طعام کا بلکہ قیام کا بھی بندوبست کر سکتے ہیں۔ تم ایک بار چل کر دیکھو تو سہی۔" اسے شبہ تھا کہ اس ویرانے میں ایسی بھی کوئی جگہ ہو سکتی ہے اسے مہنت کی بات کا یقین نہیں آیا لیکن خوامخواہ کی بحث میں نہ پڑتے ہوئے وہ مہنت کے ساتھ چلنے پر رضامند ہو گیا۔ مہنت کھڑاؤں کھٹکھٹاتا بڑے آرام سے چل رہا تھا راستہ اس کا دیکھا بھالا لگتا تھا۔ البتہ وہ بار بار ٹھوکریں کھاتا جوں توں اس کا ساتھ دے رہا تھا۔

"ہاں۔ ایک بات تمہیں بتانا ضروری ہے، غسل کے بعد تمہیں مٹھ کا دیا ہوا لباس زیب تن کرنا ہوگا۔ یعنی ایسا ہی جبا اور اندر معمولی سے کپڑے تم ایک دن کے لئے کھڑاؤں تو پہن سکو گے نا۔"

"نہیں بابا۔ میں ننگے پاؤں گھومنا زیادہ پسند کروں گا۔" اس نے ہنس کر کہا۔

"جبا اگر آپ کے جبے کی طرح ہوگا تو مجھے کوئی اعتراض نہیں۔ البتہ کھڑاؤں کی ضرورت نہیں۔ بچپن میں ایک دفعہ میں نے کھڑاؤں پہنے تھے۔ چلتے ہوئے کھڑاؤں تلوؤں کے نیچے سے سرک سرک جاتے اور قدم کہیں کے کہیں پڑتے۔"

اس بات پر مہنت ہنسا نہیں اس نے صرف اتنا کہا، "تمہیں تو اس سے بھی زیادہ عمدہ

جبا ملے گا۔"

وہ لوگ جھاڑیوں والا ایک موڑ پار کر کے آگے بڑھ گئے۔ وہاں تھوڑی سپاٹ زمین تھی۔ مہنت کے رکتے ہی وہ بھی رک گیا اور حیران نظروں سے سامنے دیکھنے لگا۔

سامنے ڈھلان کے اختتام پر ایک ٹیکری دکھائی دی۔ جس پر اگی چھوٹی چھوٹی جھاڑیوں کا سلسلہ اوپر تک چلا گیا تھا۔ دور سے یہ جھاڑیوں بالوں کے گچھوں کی مانند دکھائی دے رہی تھیں۔ اس ٹیکری کے دامن میں وہ شاندار مٹھ یوں نظر آرہا تھا جیسے اس نے ٹیکری کو اپنی پشت پر اٹھا رکھا ہو۔ مٹھ کا پھاٹک کافی بڑا تھا۔ اس وسیع و عریض پھاٹک کے مقابلے میں مٹھ چھوٹا نظر آرہا تھا۔ مٹھ کے پیچھے بڑے بڑے چار پائپ تھے جو ٹیلے کے اوپر تک چلے گئے تھے ہر پائپ کے اختتام پر اس کے مڑے ہوئے سرے کو ڈھکنے کے لئے ایک لوہے کی چھتری سے بنی تھی۔ لیکن اس کی حیرت کا سبب کچھ اور تھا۔ مٹھ کے دروازے پر تیز روشنی پھینکتا ہوا ایک بلب جل رہا تھا اور مٹھ کے اوپر کریلے کی شکل کا ایک مینار سا بنا تھا جس سے سرخ رنگ کی روشنی چنگاریوں کی طرح پھوٹ رہی تھی۔ وہیں بازو میں وہ جھنڈیاں لہرا رہی تھیں۔ جھنڈیاں چوکون کپڑے کو درمیان سے کاٹ کر وہ پنکھوں کی شکل میں تراشی گئی تھیں۔ ان کے نیچے چھوٹے قمقموں سے لکھا تھا "تپ نواس یعنی ریاضت گاہ۔"

"یہ رہا ہمارا مٹھ۔" مہنت بولا۔

"باہر سے اس کی اندرونی وسعت کا اندازہ نہیں لگایا جا سکتا۔ ہمارے اولین سوامی نے بہت سوجھ بوجھ کے ساتھ اس کی تعمیر کروائی تھی۔"

اس دور افتادہ معمولی سی بستی میں بجلی کا ایسا زبردست انتظام دیکھ کر اسے اپنی آنکھوں پر یقین نہیں ہو رہا تھا، مہنت آگے کہہ رہا تھا۔ "یہ صحیح ہے کہ یہاں سے بیس

پچیس کوس کے رقبے میں بجلی کا نام ونشان نہیں ہے۔ لیکن ہمارا مٹھ اس معاملے میں خود کفیل ہے۔ ذرا دائیں طرف نگاہ ڈالو وہ سارے کھیت کھلیان مٹھ کی ملکیت ہیں۔ ہم میں سے چند خادم وہاں محنت کرتے ہیں اور مٹھ کے لئے اناج اگاتے ہیں یعنی اگر ہم اپنے مٹھ کے دروازے بند بھی کرلیں تو کم از کم ایک برس تک ہمیں کسی بیرونی رسد کی ضرورت نہیں پڑے گی۔" جھاڑی سے نکل کر وہ لوگ جوں ہی مٹھ کے گرد بنی اونچی باڑ تک پہنچے مہنت نے اسے ٹوکا۔

اب تم میرے پیچھے پیچھے اس پھاٹک سے اندر آؤ۔ اس باڑ کے اندر جھاڑیوں میں کانٹے دار تار لگائے گئے ہیں جس میں چوبیسوں گھنٹے بجلی کا کرنٹ جاری رہتا ہے۔ اندر داخل ہونے کا صرف یہی ایک راستہ ہے اور یہ بھی ہمیشہ مقفل رہتا ہے۔" اندر آنے کے بعد مہنت نے اپنے گلے میں پڑی چابی کو اپنے جبے کے نیچے سرکا دیا۔ اب وہ لوگ مٹھ کی طرف بڑھ رہے تھے۔ مٹھ کسی سانپ کے پھن کی طرح دکھائی دے رہا تھا۔

اس پر نظر جمائے وہ آگے بڑھتا رہا۔ خوف کی ایک لہر اس کے رگ وپے میں سرایت کر گئی۔ آس پاس کے درختوں کے جھنڈ کے پیچھے سے تین تین چار چار کی شکل میں ویسے ہی جبے پہنے ہوئے کئی ہیولے ان کے پیچھے پیچھے چلنے لگے۔ چلتے چلتے مہنت رک گیا پھر دائیں جانب ایک سمادھی کے پاس جاکر کھڑا ہو گیا۔ سمادھی قد آدم کے برابر اونچی اور سیاہ رنگ کی تھی۔ ہشت پہلو سیاہ پتھروں سے بنی اس سمادھی کو پرنام کرنے کے بعد مہنت گویا ہوا، "یہ اولین سوامی کی سمادھی ہے۔ بعد کے سوامیوں کی آرام گاہ بھی یہیں ہے۔"

ابھی وہ سوچ ہی رہا تھا کہ اسے پرنام کرنا چاہئے یا نہیں کہ مہنت داخلی دروازے کی طرف مڑ گیا۔ اس کے قریب جاتے ہی منقش دروازہ کھل گیا۔ اس کے اندر داخل ہوتے

ہی داخلی دروازے پر لگا تیز روشنی کا بلب بجھ گیا۔ عقب میں زرد پر چھائیوں کی مانند آتے ہوئے جبہ دھاریوں میں سے دو نے بھاری دروازے کو بزور دھکیلتے ہوئے بند کر دیا۔ شہتیر جیسے بھاری ارگل کے لگاتے ہی مٹھ باہر کی دنیا سے یوں الگ ہو گیا جیسے کسی ڈنٹھل کو پودے سے کاٹ دیا گیا ہو۔ مہنت کے اندر آتے ہی اندر پھیلی زرد روشنی میں دو جبہ دھاری بھکشو آگے بڑھے اور انہوں نے نہایت ادب سے اسے ایک شال اوڑھائی جس کی کٹاری پر کارچوبی کام کیا ہوا تھا اور آہستگی سے پیچھے ہٹ کر زرد روشنی میں تحلیل ہو گئے۔ اس نے بوکھلا کر چاروں طرف نگاہ ڈالی۔ وہ دیوان خانہ اس قدر وسیع تھا کہ درمیان میں لگے قمقموں کی روشنی آخری سرے تک پہنچنے سے قاصر تھی۔ البتہ ڈھیلے ڈھالے جبوں میں ملبوس بے شمار ہیولے پر چھائیوں کی مانند دیواروں سے لگ کر کھڑے تھے۔ انہیں دیکھ کر ایک بات اس نے محسوس کی کہ وہاں موجود تمام بھکشوؤں کے سر منڈے ہوئے تھے۔

اس نے جھجکتے ہوئے پوچھا، "کیا آپ ہی اس مٹھ کے سربراہ ہیں؟"

مہنت ہنسا۔ اس نے ایک بھکشو کو اشارہ کیا۔ بھکشو نے جھٹ ایک کرسی لا کر رکھ دی۔ مگر مہنت اسی طرح کھڑا رہا۔ وہ بولا، "نہیں میں مٹھ کا سربراہ نہیں ہوں۔ لیکن سابقہ سوامی نے ازراہ مہربانی یہ ذمہ داری مجھے سونپی ہے۔ یہاں خادم اور مخدوم کا امتیاز نہیں۔ یہ بھکشو نئے ہیں۔ میں ان سے پہلے آیا ہوں بس ان میں اور مجھ میں یہی فرق ہے۔ البتہ میں بھی انہیں کی طرح یہاں کا ایک خادم ہوں۔"

"پھر اس مٹھ کے سوامی کون ہیں؟ اور وہ کہاں ہیں؟"

مہنت نے کوئی جواب نہیں دیا۔ دیواروں سے لگ کر کھڑے ہوئے سایوں میں ہلکی سی حرکت ہوئی۔ مگر وہ دوبارہ اسی طرح ساکت ہو گئے۔

"تمہیں بہت جلد پتا چل جائے گا۔" مہنت نے قدرے اطمینان سے کہا، "تم تھک گئے ہوگے۔ پہلے غسل کرلو۔ رات کے کھانے میں ابھی وقت ہے۔ تھوڑا ناشتہ کر لو۔ سب کچھ معلوم ہو جائے گا۔ میں نے راستے میں تمہیں بتایا تھا کہ تم جب تک یہاں قیام کرو گے تمہیں یہاں کا لباس زیب تن کرنا ہو گا۔ یہ یہاں کا خاص اصول ہے۔ مجھے امید ہے کہ تمہیں ہماری اس شرط کو قبول کرنے میں کوئی اعتراض نہیں ہو گا۔"

"ویسے بھی میرے پاس بدن کے کپڑوں کے سوا دوسرے کپڑے نہیں ہیں اور یہ کپڑے دھول مٹی سے میلے چکٹ ہو رہے ہیں۔" وہ بولا۔ مہنت کے اشارے پر ایک خادم اس کے پاس آیا۔ اس نے نہایت ادب سے اسے ایک طرف چلنے کا اشارہ کیا۔ وہ اس کے ساتھ چلنے لگا۔ حمام میں جانے سے پہلے خادم اسے قریب ایک کمرے میں لے گیا۔ وہاں اس نے اپنے کپڑے اتارے۔ خادم نے اسے مٹھ کا مخصوص زرد لباس دیا۔ جسے پہن کر وہ حمام میں داخل ہوا۔ حمام کی بناوٹ دیکھ کر اس کے دل میں خیال آیا کیا واقعی یہ کوئی مٹھ ہے جہاں دنیا سے سنیاس لینے والے رہتے ہیں۔

نیلے رنگ کی چھت سے لگے شاور سے گرم پانی کی پھوار بدن پر پڑتے ہی اس کی رگوں میں ایک فرحت انگیز لہر سی دوڑ گئی۔ بدن خشک کرنے کے بعد بھی صابن کی خوشبو اسے مست کیے دے رہی تھی۔ اس نے سوچا یہاں کی زندگی اگر اس قدر پر لطف ہے تو وہ تاحیات یہاں رہنے کے لئے تیار ہے۔

غسل خانے سے باہر آتے ہی ایک خادم نے چاندی کی چوکی پر رکھا لباس اس کی طرف بڑھایا۔ وہ حیران رہ گیا کیونکہ وہ بہت ہی اعلیٰ قسم کا ریشمی لباس تھا۔ سامنے کے حصے میں کمر سے پاؤں تک زربافی کا قیمتی کام کیا گیا تھا اور دونوں آستینوں پر ریشمی دھاگوں سے کشیدہ کاری کی گئی تھی۔ وہ ڈھیلا ڈھالا آرام دہ لباس زیب تن کرتے ہی اس کے نرم

و نازک لمس سے اس کے ذہن پر غنودگی سی چھانے لگی۔ جب وہ واپس آیا تو دوسرے خادم نے مخملیں گدی دار کرسی پیش کی وہ اطمینان سے اس پر بیٹھ گیا تبھی ایک خادم نے چاندی کے ایک طشت میں چاندی ہی کے گلاس میں دودھ اور ساتھ میں کچھ پھل لا کر رکھے۔

اس نے جوں ہی نیم گرم دودھ کا ایک گھونٹ لیا اسے لگا اس کے حلق سے ریشم کی مانند نرم روشنی نیچے اتر رہی ہے مگر یکلخت جیسے وہ ہوش میں آگیا۔ اس نے بے چینی سے ادھر ادھر دیکھا مہنت کی طرح تمام خادم ٹھہری ہوئی نگاہوں کے ساتھ اس کی طرف دیکھ رہے تھے۔ اس نے قدرے تیز لہجے میں پوچھا، "وہ خوشبودار غسل خانہ، یہ شاندار تخت، ریشمی لباس، یہ چاندنی کے قیمتی ظروف، آخر ان تمام چیزوں کا آپ لوگوں کی درویشانہ زندگی سے کیا تعلق ہے؟"

"آج تم ہمارے مہمان ہو اور تم جیسے مہمان کی جتنی بھی پذیرائی کی جائے کم ہے۔"

مہنت کہہ رہا تھا، "اس کے علاوہ ہمارے سابقہ سوامی کی ہدایت ہے کہ سونے چاندی کی لالچ بری ہے مگر سونا چاندی سامنے آجائے تو اس سے انکار کرتے ہوئے مٹی کے برتنوں کے لئے اصرار کرنا یہ بھی ایک قسم کی جھوٹی انانیت ہے۔ میں ان کے خیال کی بلندی کو نہیں پا سکتا۔ لیکن مجھے مٹی کے برتن میں کھانا پروسا گیا تو میں وہ بلا چوں چرا قبول کر لوں گا لیکن اپنی ذاتی ناپسندیدگی کو جتانے کے لئے میں سامنے آئے ہوئے چاندنی کے برتن سے اجتناب نہیں کروں گا۔ ویسے ایک بات بتادوں آج تمہاری مہمان نوازی کا خصوصی طور پر لحاظ رکھا گیا ہے۔

تم نے سوامی کے بارے میں دریافت کیا تھا۔ اصل میں ہمارے سوامی کو سورگباس ہوئے تین مہینے گزر گئے۔ تم نے آتے ہوئے راستے میں جو ورنداون دیکھا تھا وہیں ان کی

سمادھی ہے۔ ان کے بعد سے گدی خالی ہے۔ دستور کے مطابق ایک سو آٹھ دنوں کے اندر نئے سوامی کو گدی نشین کرنا مٹھ کا فرض ہے۔ ہم چاروں کھونٹ گھوم گھوم کر ایسی ہستی کی تلاش کر رہے ہیں جس میں سوامی بننے کی علامتیں ہوں۔"

"یعنی سوامی کے انتقال کے بعد تم میں سے کسی کا انتخاب نہیں کیا جاتا۔" اس کے لہجے میں تجسس تھا۔

مہنت نے گردن ہلا کر جواب دیا، "یہی نہیں خود سوامی کو بھی یہ اختیار نہیں ہے کہ وہ اپنا جانشین مقرر کرے۔ اسی لئے تو ایک سو آٹھ دنوں کی مہلت دی جاتی ہے۔ اولین سوامی کے بعد آنے والے سوامیوں پر نظر ڈالیں تو معلوم ہوگا کہ ان پر سب کے ناموں کے آخر میں "شیو چرن" لکھا جاتا ہے۔ ایک سوامی کاشتکار تھے۔ عرصے تک ہسپتال میں پڑے رہے۔ وہ بے سہارا تھے۔ اس کے باوجود انہیں یہاں کا سوامی ہونے کا اعزاز نہیں ہوا۔ بعد کے ایک سوامی اپنے ابتدائی دنوں میں عطر، جنیو، گنگا جل وغیرہ بیچتے پھرتے تھے۔ ایک سوامی تو کاشی یاترا کے لئے نکلے ہوئے جٹا دھاری بیراگی تھے۔ یعنی سوامی بننے سے پہلے سخت تپسیا، تقویٰ، پرہیز وغیرہ لازمی نہیں۔ سوامی کے نشانات کہاں ظاہر ہوں گے۔ سوامی کس روپ میں درشن دیں گے۔ یہ ہم جیسے بے علموں کو کیوں کر معلوم ہو سکتا ہے۔ تم آج یہاں مہمان بن کر آئے ہو، کون جانے تمہارے بھیس میں سوامی وارد ہوئے ہوں۔ اس لئے جو کچھ ہم سوامی کے لئے کر سکتے تھے وہی تمہارے لئے کر رہے ہیں۔"

"لیکن فلاں شخص ہی آپ لوگوں کے سوامی کا اوتار ہوگا اس کا علم آپ لوگوں کو کیونکر ہوتا ہے؟"

مہنت کے چہرے پر ملائمت چھاگئی۔ وہ بولا، "تمہیں میری بات کا یقین نہیں ہوگا۔ پھر بھی مجھے کہنے دو۔ سوامی کے خاص آسن پر بیٹھ کر اگر کوئی ہاتھ بلند کرے تو اس کی

انگلیوں سے تین پتوں کی بیل پھوٹتی ہے۔"

مہنت کی بات سن کر وہ غیر یقینی انداز میں اس کی طرف دیکھتا رہا۔ قدرے توقف کے بعد ہنستا ہوا بولا، "تھوڑی دیر کے لئے آپ لوگوں نے جو لباس مجھے پہنایا ہے اسے بھول جایئے۔ لیکن ایک بات میں پورے وثوق سے کہہ سکتا ہوں۔ تمہیں اپنے سوامی کی علامتیں کہیں نظر آسکتی ہیں البتہ مجھ میں تو بالکل ہی نظر نہیں آسکتیں۔ بھائی مجھ جیسا شخص اگر سچ مچ کوئی پودا لگائے نا تو وہ بھی اگنے سے انکار کر دے۔ پھر میری انگلیوں سے بیل پتے کیوں کر اگ آئیں گے۔"

مگر اس کی اس بات پر مہنت نے کوئی رد عمل ظاہر نہیں کیا اس لئے وہ بھی ایک دم سے خاموش ہو گیا۔ مہنت کے اشارے پر ایک سنیاسی نے آگے بڑھ کر اس کے سامنے سے دودھ کا خالی گلاس اٹھالیا۔ مہنت کہہ رہا تھا، "رات کے کھانے میں ابھی وقت ہے۔ تب تک میں تمہیں مخصوص عبادت گاہ کی ایک جھلک دکھانا چاہتا ہوں۔ اس عبادت گاہ کو سوامی نے ایک خاص انداز سے تعمیر کیا ہے جس حصے میں تم بیٹھے ہو اگرچہ یہ بہت کشادہ دکھائی دے رہا ہے مگر یہ اصل عمارت کا ایک چھوٹا سے حصہ ہے۔ تم جیسے مہمان جب آتے ہیں تو انہیں کے لئے اس کا استعمال کیا جاتا ہے۔ مندر کا اصل حصہ تو زمین کے نیچے ہے۔"

اتنی دیر سے بے حرکت کھڑے ہوئے زرد ہیولے دھیرے دھیرے ارد گرد کے اندھیرے میں تحلیل ہو گئے۔ اب دیوان خانے میں اس کے اور مہنت کے سوا کوئی نہیں تھا۔

"مندر کی اس مخصوص تعمیر کی بھی ایک وجہ ہے۔ ہوا یوں کہ ہمارے اولین سوامی پیدل ہی سیاحت کرتے ہوئے شری شیل پربت کے پاس پہنچے وہاں اچانک ان کے دماغ

میں ایک خیال کوندا جیسے اندھیرے میں بجلی چمکی ہو۔ کسی پہاڑی کی چوٹی کی طرح بلند قامت ایک سفید داڑھی والا رشی انہیں دکھائی دیا اور اس نے سوامی سے کہا، یہاں سے مغرب کی جانب جنگل میں جاؤ وہاں تمہیں کوئی پگڈنڈی تک نظر نہیں آئے گی۔ البتہ ایک جگہ آم کا ایک سوکھا پیڑ دکھائی دے گا۔ اس پیڑ پر شہد کا بہت بڑا چھتا بھی ہوگا۔ اس نشانی کو دیکھنے کے بعد تم بے خوف ہو کر دائیں طرف چل پڑو۔ وہاں ایک گپھا ملے گی۔ اس گپھا میں تپسیا کرو۔ تم گیانی ہو جاؤ گے۔" سوامی گھنے جنگل میں سے راستہ بناتے ہوئے گپھا تک پہنچے۔ گپھا میں وہ آگے بڑھتے گئے بعض جگہوں پر تو انہیں رینگتے ہوئے آگے بڑھنا پڑا۔

آخر انہیں ایک جگہ شیولنگ دکھائی دیا۔ پتا نہیں وہ کس پتھر کا بنا تھا۔ مگر چھونے پر نہایت ملائم معلوم ہوتا تھا۔ یہی نہیں اس کے گرد گرمی سے بھاپ نکل رہی تھی۔ سوامی نے اس جگہ چالیس دن تک ریاضت کی۔ واپس آنے کے بعد انہوں نے اپنے دھیان چنتن کے لئے اس مندر کی تعمیر کروائی۔ تم بہت کم خوش قسمت لوگوں میں سے ہو کیوں کہ سوامی جب تک حیات تھے ان کی گدی تک جانا کسی کو نصیب نہیں تھا لیکن اب تم آسانی سے مقدس مندر کی سیر کر سکو گے۔ آؤ میرے ساتھ۔ دہلیز پر قدم سنبھال کر رکھنا کیوں کہ یہیں سے نیچے جانے کے لئے سیڑھیاں بنی ہیں۔"

وہ کھڑا ہو گیا۔ دیکھتے ہی دیکھتے چاروں طرف سناٹا مزید گہرا ہو گیا۔ جب وہ دہلیز کی طرف بڑھا تو مہنت اس کے پیچھے چلنے لگا۔ زرد روشنی گل ہو گئی اور دیوان خانہ بھی نظروں سے اوجھل ہو گیا۔ اس کے پیچھے داخلے کا دروازہ بھی بند ہو گیا اور رہی سہی روشنی بھی یوں غائب ہو گئی جیسے کسی کپڑے کو جھٹک دیا گیا ہو۔ اسے لگا کوئی اسے خود اس سے چھینتا ہوا آگے آگے دھکیل رہا ہے۔ مہنت اس کے پیچھے کسی دبیز سائے کی مانند آ رہا تھا۔ نیچے اترنے کا زینہ چکر دار سیڑھیوں کا بنا تھا۔ اس طرح چار موڑ گزرنے کے بعد اس کے پیر

سپاٹ فرش سے لگے۔ مہنت نے ہاتھ آگے بڑھا کر جوں ہی ایک بٹن دبایا بھک سے چاروں طرف نیلے قمقمے روشن ہو گئے۔ اس روشنی میں اسے محسوس ہوا جیسے وہ گہرے پانی کے اندر کھڑا ہے۔

اچانک اسے ایک بے نام خوف کا احساس ہوا اور اس نے پسینے سے تر اپنے چہرے پر ہاتھ پھیرا، وہ جس دالان میں کھڑے تھے وہ اس قدر وسیع تھا کہ اس کا آخری سرا نظر نہیں آ رہا تھا۔ اس کی ایک جانب بغیر کواڑوں کی کوٹھریوں کا سلسلہ تھا۔ دالان میں پھیلی نیلی روشنی ان کوٹھریوں کے اندر رینگتی ہوئی اندھیرے میں غرق ہو گئی تھی۔ نیچے آنے والے تمام خادم ان کوٹھریوں کے سامنے ادب سے کھڑے تھے۔ نیلی روشنی میں ان کے لباس یوں معلوم ہو رہے تھے جیسے ان پر کائی کی تہہ جم گئی ہو۔ ان کے جسم پر ان کے منڈے ہوئے سر پانی سے جھانکتے پھیکے زہریلے پھلوں کی مانند دکھائی دے رہے تھے۔

مہنت بولا،

"جب میں نے کہا تھا کہ ہم کسی بھی وقت کم سے کم سو آدمیوں کے کھانے اور رہنے کا انتظام کر سکتے ہیں تو شاید تمہیں یقین نہیں آیا تھا لیکن دیکھو، یہ سارے سنیاسی یہیں رہتے ہیں۔ یہ یہاں ریاضت کرتے ہیں۔ یہ کوٹھریاں ان کی آرام گاہیں ہیں۔ سامنے جو نیلا قمقمہ نظر آ رہا ہے وہ میری کوٹھری ہے۔ بدن کے لباس کے سوا صرف ایک عدد چٹائی اور کھانے کی ایک تھالی یہی ہمارا سر و سامان ہے۔ اب ہم لوگ نیچے چلیں گے۔"

دوبارہ اتنی ہی سیڑھیاں اترنے کے بعد وہ لوگ اور ایک وسیع دالان میں آئے جہاں ہرے رنگ کے بلب روشن تھے۔ اسے لگا وہ گہرے پانی سے گزر کر اب اس کی تہہ میں پہنچ گیا ہے جہاں چاروں طرف سبز نباتات کا جنگل سا اگا ہوا ہے۔ مہنت کہہ رہا تھا،

"یہاں دیواروں میں لگے دروازے از خود سر کتے ہیں۔ یہاں سب کے کھانے کا انتظام

ہے۔ بعض خادم اس کام میں لگے ہیں۔ یہاں سے نیچے جائیں گے تو ہم خود بخود سوامی کے آسن تک پہنچ جائیں گے۔ اس حصے کو مندر کی آتما سمجھو۔

مگر وہ مہنت کی بات ٹھیک سے نہیں سن پا رہا تھا۔ وہ خود اپنے ہی ایک خیال میں الجھا ہوا تھا۔ مہنت نے چلنے کے لئے اس کے بازو کو چھوا تب بھی وہ اسی طرح کھڑا رہا، وہ سوچ رہا تھا اس دالان میں عام دالانوں کے مقابلے میں کس چیز کی کمی ہے؟ پھر اچانک اسے یاد آ گیا یہاں ایک بھی کھڑکی نہیں تھی۔ اس نے مہنت سے پوچھا، یہ سچ ہے کہ ہم لوگ زمین کے اتنے نیچے آ گئے ہیں کہ یہاں کھڑکیاں لگانا ممکن ہی نہیں۔ آخر ہوا کا انتظام کیوں کر ہوتا ہے؟"

"سوال بہت مناسب ہے۔ ہمارے مٹھ کی اس خصوصیت کو بیان کرنا تو میں بھول ہی گیا۔" مہنت کے لہجے میں جوش تھا۔ "تم نے اندر آتے ہوئے دیکھا ہوگا کہ چار بڑے بڑے پائپ ٹیکری کے سرے پر اوپر تک گئے ہوئے تھے۔ ہر دالان سے ویسا ایک پائپ جڑا ہوا ہے۔ جس کا دوسرا سرا یہاں تک پہنچایا گیا ہے۔ اسی سرے سے حسب ضرورت پائپ کی دو تین نلکیاں جوڑ کر دالان میں چاروں طرف ہوا کو گزارا جاتا ہے۔ خود سوامی کے دھیان مندر میں بھی ایسا ہی ایک بڑا نلکا لگا ہے جس سے مزید دو نلکیاں جوڑی گئی ہیں۔ اسی لئے تو اس گہرے تہہ خانے میں بھی صاف اور بھرپور ہوا مل جاتی ہے۔ البتہ روشنی کا کہیں گزر نہیں۔ بس رات دن بلب جلتے رہتے ہیں جن سے نیلے رنگ کی روشنی پھوٹتی رہتی ہے۔"

"لیکن نلکوں کے اوپری سروں کے منہ تو کھلے ہیں۔ فرض کیجئے رات کے وقت کوئی الو، کوئی چمگادڑ نلکے میں گر جائے یا پھر کوئی پتھر وغیرہ اندر لڑھک جائے تو؟"

مہنت اس کی طرف حیرت سے دیکھنے لگا۔ اس نے متعجبانہ لہجے میں کہا، "تمہارے

خیالات بالکل ہمارے سابقہ سوامی کے خیالات سے ملتے جلتے ہیں۔ انہوں نے بھی مجھ سے ٹھیک یہی سوال پوچھا تھا۔ اصل میں ہم نے نلکوں میں تھوڑے تھوڑے فاصلے پر جالیاں لگائی ہیں۔ پہلے والی جالی بہت مہین تھی۔ تب تک سب کچھ ٹھیک تھا لیکن اس صورت میں اوپر والے دیوان خانے تک بھی مناسب ہوا نہیں آپاتی تھی۔ اس لئے ہم نے بڑی بڑی چوکور جالیاں لگوادی ہیں لیکن سچ پوچھئے تو ہماری حفاظت کا اصل سبب وہ جالیاں نہیں ہیں۔ نلکوں کے آخری سرے چوب دار ہیں۔ جن میں ہم نے تانبے کے چھلے فٹ کر دئے ہیں۔ ان چھلوں میں بجلی کا کرنٹ دوڑایا گیا ہے۔ اس لئے اس قسم کے کسی خطرے کا امکان کم ہی ہے۔ اس پورے عرصے میں صرف ایک بار وہ بھی زبردست آندھی میں وہ جالی ٹوٹ گئی تھی۔ بس اس کے بعد سے آج تک کبھی کوئی مشکل پیش نہیں آئی۔"

اب نیچے اترنے کے لئے سیڑھیاں نہیں تھیں۔ دیوار میں ایک چھوٹی سی کمان بنی تھی۔ جس میں سے دور تک جھک کر گزرنا پڑتا تھا۔ اس طرح جھک کر چلنے کے سبب اس کی کمر میں درد ہونے لگا۔ راستہ اس قدر تنگ تھا کہ اس کے دونوں کندھے دیواروں سے رگڑ کھارہے تھے۔ آگے چل کر ایک جگہ قدرے اونچی تھیں۔ وہ پورے قد سے کھڑا ہو گیا۔ اسے راحت کا احساس ہوا۔ اس نے ستانے کے ارادے سے جوں ہی ہاتھ اٹھائے اس کی مٹھیاں چھت سے ٹکرا گئیں اور وہ درد سے بلبلا اٹھا۔ اس کا سفر ابھی تمام نہیں ہوا تھا۔ آگے کنویں کی مانند گہرا راستہ تھا جس کے دونوں طرف پتھر کی چوکور کھونٹیاں ٹھکی ہوئی تھیں۔ جو سلسلہ وار گہری تہہ میں اترتی چلی گئی تھیں۔ ان پر ایک قدم رکھ کر نیچے اترنا تھا۔ وہاں دائیں طرف ایک دائرہ نما خلاء تھا وہاں پہنچنے کے بعد مہنت نے کہا، "یہاں اترتے ہوئے چوکس رہو۔ اگر دیوار کی طرف منہ کرکے الٹا اتریں تو زیادہ آسانی ہو گی۔ دیکھو میں بتاتا ہوں۔"

مہنت نے اس کی طرف منہ گھمایا اور وہ دائرہ نما گلیارے میں نیچے اترنے لگا۔ دائرہ اتنا تنگ تھا کہ ایک وقت میں صرف ایک ہی شخص اتر سکتا تھا۔ مہنت کی تقلید کرتے ہوئے اس کے پیچھے وہ بھی اترنے لگا۔

وہ پیروں کے نیچے کی سیڑھیوں کو ٹٹولتا ہوا دیواروں کا سہارا لیتا ہوا گویا گہرے اور گہرے ڈوبتا جارہا تھا۔ اسے لگا اب یہ سب اس سے نہیں ہوگا اور اسے یہ سب کرنا بھی نہیں ہے۔ ٹیڑھے میڑھے گھماؤ دار راستے سے اترتے ہوئے اس کی ہڈیاں چٹخنے لگی تھیں اور چہرہ پسینے سے تر ہو گیا تھا۔ ہوا بھی بھاری ہو گئی تھی اور سانس لینے میں دشواری محسوس ہو رہی تھی۔ مگر نیچے سے جوں ہی مہنت نے آواز دی وہ کسی نادیدہ دھاگے سے بندھا ہوا سا نیچے اترتا چلا گیا اور جوں توں تھر تھراتے پیروں اور پھولتی سانسوں کے ساتھ مہنت کے سامنے کھڑا ہو گیا۔

یہاں بھی جگہ اس قدر تنگ تھی کہ دونوں بمشکل کھڑے ہو سکتے تھے۔ ان کے سامنے دیوار میں ایک دراز نظر آرہی تھی۔ جس میں سے ترچھا ہو کر اندر جایا جا سکتا تھا۔ اندر ایک تخت تھا جس پر سرخ مخمل کا غلاف چڑھا ہوا تھا۔ تخت کے سامنے اتنی ہی اونچی ایک میز رکھی ہوئی تھی۔ مہنت نے وہاں دیئے کی بتی کی طرح کے باریک بلب کو بجھا دیا۔ پھر بڑا بلب روشن ہوتے ہی سرخ رنگ کی روشنی دیواروں پر سے پھسلتی ہوئی اس دراز میں بھر گئی۔ اس کی آنکھیں چندھیا گئیں۔ وہ بوکھلا گیا۔ اسے لگا وہ اندھیرے میں اتر کر ایک دیو قامت جسم کی شریانوں سے گزرتا ہوا یہاں تک پہنچا ہے۔ اس عجیب و غریب خیال کے آتے ہی اس پر کپکپی طاری ہو گئی۔

"یہاں سوامی دھیان سادھنا کرتے تھے۔ تم اوپر جا کر اس آسن پر بیٹھ کر دیکھو۔" مہنت کہہ رہا تھا۔

"اور انگلیوں کی پوروں سے بیل کے پتے پھوٹتے ہیں یا نہیں یہ بھی دیکھوں۔" اس نے مذاق سے کہا۔

"ایسی بات نہیں۔ یہ اعزاز ہر ایک کے نصیب میں نہیں ہوتا۔" مہنت نے تفہیمی انداز میں کہا۔

"تم نے جب ہوا کی نلکیوں کے بارے میں دریافت کیا تھا تبھی اندازہ ہو گیا تھا کہ تم بہت عقل مند ہو لیکن ہنوز ایک بات تمہاری سمجھ میں نہیں آئی ہے وہ بات جب تم اس تخت پر بیٹھو گے تبھی سمجھ سکو گے۔"

وہ ہرگز اس نیم دائروی تنگ درراز میں داخل ہونے کے لئے تیار نہیں تھا۔ اس کی کپکپی میں اضافہ ہو گیا اور وہ اندر کی چوکور جگہ اسے کسی خون آلود گڈھے کی مانند دکھائی دے رہی تھی۔ مگر نہ جانے کیوں وہ خواب میں چلتے کسی شخص کی مانند اس کے اندر داخل ہو گیا۔ چوکور اس قدر تنگ تھا کہ جوں ہی وہ تخت پر بیٹھا اسے لگا دائیں بائیں دیواریں اسے دبوچنے کو قریب آ گئی ہیں۔

اس نے کسی دیوانے کی طرح ہنستے ہوئے کہا، "اب تو یہ جاننے کے لئے کہ میری انگلیوں سے بیل پتے پھوٹتے ہیں یا نہیں میں اپنے ہاتھوں کو اوپر بھی نہیں کر سکتا۔"

اتنے میں اس کے پیچھے بھاری بھر کم فولادی دروازے کے سرکنے کی آواز کے ساتھ ہی اس چوکور کا دہانہ بند ہو گیا۔ وہ چونک کر پلٹا مگر تب تک دائرہ نما چوکور بند آنکھوں کی طرح اندھیرے میں غرق ہو چکا تھا۔

مہنت باہر سے کہہ رہا تھا۔ "بیل کے وہ پتے پھوٹیں نہ پھوٹیں ایک بات تمہاری سمجھ میں اچھی طرح آ گئی ہو گی کہ اب اس مٹھ کے نئے سوامی تم ہی ہو۔ سابقہ سوامیوں کی طرح تمہیں بھی اپنی پوری زندگی اسی جگہ گزارنی ہو گی۔ اس لئے میں جو کچھ کہہ رہا

ہوں اسے غور سے سنو!"

اسے لگا مہنت کی آواز بہت دور کہیں سے آرہی ہے اور اس چوکور کی سرخ گہری روشنی پر بھاپ کی طرح تیر رہی ہے۔ وہ کہہ رہا تھا، "تم جس آسن پر بیٹھے ہو اس کے دائیں بائیں صندل کی لکڑی کی چوکھٹ بنائی گئی ہے۔ سامنے کی چوکھٹ کا میکنزم براہ راست میرے کمرے سے جڑا ہوا ہے۔ اس لئے اسے صرف میری مرضی سے ہی اوپر نیچے سرکایا جاسکتا ہے۔ وہاں سے تمہیں دن میں دوبار ہلکا ناشتہ اور ایسا لذیذ کھانا پروسا جائے گا جو تم نے اپنی زندگی میں کبھی چکھا نہیں ہو گا۔ تمہارے سامنے میز کے نیچے چاندی کی تھالی رکھی ہے۔ جس وقت کھانا پروسا جائے وہ تھالی تمہیں واپس کرنا ہوگی۔ خاطر نشان رہے، پروسا ہوا کھانا خاصے وقفے تک ہی رکھا جائے گا۔ اگر تم نے وقت پر کھانا قبول نہیں کیا تو وہ واپس اوپر کھینچ لیا جائے گا۔

پچھلے سوامی اپنے کھانے کے برتن اور اپنا لباس خود ہی دھو لیا کرتے تھے۔ باقی دونوں چوکھٹ بھی تمہارے لئے ہی ہیں۔ بائیں جانب کی چوکھٹ کو اوپر سرکاتے ہی تمہیں ایک گول دروازہ نظر آئے گا۔ وہاں سے رینگتے ہوئے تم آگے بڑھو گے تو تمہیں ایک غسل خانہ دکھائی دے گا۔ وہاں صرف اتنی جگہ ہے کہ کھڑے ہو کر غسل کر سکو۔ اوپر سے تمہیں ہر وقت گرم پانی مہیا کیا جائے گا، وہاں ایک کونے میں خوشبودار صابن، تیل، پھلیل اپٹن وغیرہ غسل کا سامان موجود ہے۔ دائیں طرف کی چوکھٹ ہٹاؤ گے تو تم اپنی آرام گاہ میں داخل ہو سکو گے وہاں کسی بھی بے فکر شخص کو اطمینان سے نیند آسکتی ہے۔ چوبیس گھنٹے یہ جگہ اسی طرح روشن رہے گی۔

سوامی کے مرنے کے بعد یہاں کے برتن کپڑے وغیرہ ان کی میت کے ساتھ باہر نکال لئے جاتے ہیں۔ یہاں تک کہ ان کا بستر بھی ضائع کر دیا جاتا ہے اور ہاں! میرا ایک

خاص معتمد خود دن میں دوبار اس دھیان مندر کی صفائی کرتا تھا۔ لٰہذا یہاں کی ہر چیز کو بلا جھجک تم استعمال کرسکتے ہو۔ فی الحال تمہیں کوئی دقت نہیں ہو گی۔ اولین سوامی مہاراج کی سالگرہ کے موقع پر یہ چیزیں دوبارہ مہیا کی جاتی ہیں۔ ایسا اصول ہے مگر ہمارا مشاہدہ یہ ہے کہ یہاں آنے والے سوامیوں کا ان چیزوں پر سے دل اچاٹ ہو جاتا ہے۔ بدن کے کپڑوں کی ضرورت محسوس ہو تو بے شک کھانے کے جھوٹے برتنوں کے ساتھ واپس کر سکتے ہو۔ تمہیں نئ چیزیں دے دی جائیں گی۔

ایک بات اور۔۔۔" مہنت سانس لینے کو رکا پھر آگے بولا، "تمہیں سب سے زیادہ دقت بڑھتے ہوئے ناخنوں سے ہو گی۔ بالوں سے تمہیں کوئی تکلیف نہیں ہو گی۔ بلکہ بالوں کی وجہ سے تمہاری درویشی میں مزید وقار پیدا ہو گا۔ یہاں ایک جگہ سے دوسری جگہ سرکتے وقت بڑھے ہوئے ناخنوں سے بڑی تکلیف ہوتی ہے۔ اس لئے ان ناخنوں کو تراشنے کا البتہ یہاں انتظام کیا گیا ہے۔ حمام میں تم سرو قد کھڑے ہو سکو اس لئے دونوں طرف دو محرابیں بنی ہیں۔ ان میں ایک دھار دار چمٹا ایک فولادی پٹی میں پیوست ہے، وہ حسب ضرورت نیچے اوپر ہوتا ہے مگر وہاں سے نکالا نہیں جا سکتا۔ تمہاری صحت اور سلامتی کی ہمیں خوب فکر ہے۔"

اسے یقین ہی نہیں آرہا تھا کہ ٹھہرے ہوئے لہجے میں ادا کئے جانے والے سفاک الفاظ اس سے کہے جارہے ہیں۔ اس کا پورا جسم جیسے پتھر کا ہو گیا تھا مگر جوں ہی اس کے صدمے کی شدت قدرے کم ہوئی وہ آپے سے باہر ہو گیا اور بے تحاشا فولادی دروازے پر زور زور سے مکے مارنے لگا اور چیخ کر بولا، "اب یہ مسخرہ پن بند کرو اور مجھے فوراً اس پنجرے سے باہر نکالو۔"

اس نے دروازے پر پٹکنے کے لئے پاس پڑی ہوئی میز کو اٹھانے کی کوشش کی مگر

کامیاب نہیں ہو سکا۔ وہ دوبارہ دروازے پر زور زور سے مکے مارنے لگا۔

"سوامی! ہم نے پہلے ہی ساری باتوں پر غور کر لیا ہے۔" مہنت کہہ رہا تھا، "وہ میز تم سے نہیں اٹھے گی کیونکہ اسے فرش پر مضبوطی سے جڑ دیا گیا ہے۔ فرض کرو اگر تم اسے زمین سے اکھاڑنے میں کامیاب بھی ہو جاؤ تب بھی کوئی فائدہ نہیں۔ اصل میں وہاں صرف اتنی ہی جگہ ہے جہاں تم سکون سے بیٹھ کر غور و فکر کر سکتے ہو۔ لہٰذا اگر تم نے کھڑے ہونے کی غلطی کی تو تمہارا سر چھت سے ٹکرا جائے گا۔ ایسی تنگ جگہ میں بھلا کوئی میز کو اکھاڑ کر دروازے پر کیونکر مار سکتا ہے؟

تم فضول میں اپنی طاقت خرچ نہ کرو۔ دروازہ چار انچ موٹی فولادی چادر سے بنا ہے اور دیواریں چھ فٹ چوڑی ہیں۔ جو پتھروں کی سلوں سے بنائی گئی ہیں اور پھر تم تنگ جگہ کی وجہ سے پریشان کیوں ہو جگہ کا رقبہ میلوں میں ہو یا فٹ میں اس سے کیا فرق پڑتا ہے۔ جگہ کے رقبے کے مطابق جسم تو چھوٹا بڑا نہیں ہو تا نا۔ جسم حرکت کر سکے بس اس سے زیادہ کی جگہ کا مطالبہ کرنا کیا حماقت نہیں ہے؟ جب چاروں دشاؤں میں پھیلی ہوئی آتما تنگ جسم کے پنجرے میں سما سکتی ہے تو یہ جسم اس تنگ جگہ میں سکون سے کیوں نہیں رہ سکتا؟"

"غور سے سنو میرے یہاں سے رخصت ہو جانے کے بعد تم سے بات کرنے والا کوئی نہ ہو گا۔ اس لئے اگر تمہیں کچھ پوچھنا پچارنا ہو تو ابھی پوچھ لو۔ جس طرح تم اب کبھی سورج کی روشنی نہیں دیکھ سکو گے اسی طرح اب کبھی تم کسی انسان کی آواز تو کیا کسی کے قدموں کی آہٹ تک نہیں سن سکتے۔"

وہ دھپ سے آسن پر بیٹھ گیا۔ اس کی آنکھیں بجھ سی گئیں۔ اس کے اطراف کا وہ سرخ گڈھا، گڈھے پر تیرتی باہر سے آنے والی وہ سفاک آواز دونوں ہتھیلیوں سے چپکی وہ

سرد دیواریں جو اسے کچل دینے کا اشارہ پانے کی گویا منتظر ہیں، اسے لگا وہ ایک ڈراؤنا خواب دیکھ رہا ہے اور کسی بھی لمحے اس کے حلق سے آواز نکلے گی اور یہ سب کچھ ایک دم سے غائب ہو جائے گا۔ مگر رندھے ہوئے گلے سے وہ آواز کب نکلے گی؟ کب؟

"لیکن میں یہاں اس گھور تنہائی میں جہاں کسی انسان کا ساتھ نہیں، سورج کی روشنی نہیں کیوں کر زندہ رہ سکتا ہوں؟ آخر تم لوگوں نے مجھے یہاں اس طرح کیوں قید کر دیا ہے؟" اس نے ایک کربناک بے بسی سے کہا۔

"پچھلے تجربے کی بنیاد پر مجھے معلوم تھا کہ تم یہ سوال ضرور پوچھوگے؟" مہنت کہہ رہا تھا، "سچ کہوں تو تمہارے اس سوال سے احسان فراموشی ظاہر ہوتی ہے۔ تم چونکہ ہمارے سوامی ہو اس لئے میں تمہاری تعظیم کرنے پر مجبور ہوں۔ مگر میرا تجربہ تم سے زیادہ ہے۔ اس لئے جو کہہ رہا ہوں اسے غور سے سنو! تم باہر رہ کر بھی کون سا کارنامہ انجام دینے والے تھے۔ پیٹ کاٹنے کے لئے غلاموں کی طرح محنت مزدوری کرتے۔ تنگی ترشی کے ساتھ گزارا کرتے۔ یہاں تمہیں کھانے پینے کی کمی نہیں ہوگی۔ سونے کے لئے مخمل کا بستر موجود ہے۔ تمہارا اس جگہ پر پورا اختیار ہے۔ یہاں تم کسی کے غلام نہیں۔ پھر بتاؤ تمہیں اس سے زیادہ اور کیا چاہئے؟ ہم تمہارا قتل کر کے تمہیں بھینٹ نہیں چڑھا رہے ہیں۔ تم جتنے دن اوپر زندہ رہتے اتنے دن یہاں بھی زندہ رہوگے۔ ہم نے یہاں تمہاری آرام کی خاطر کیا نہیں کیا ہے؟ غور کرو۔ آج تک زندگی میں کسی نے تمہارا اتنا خیال نہیں رکھا ہوگا۔

ایک اور بات تمہیں یہاں بیرونی دنیا کی کوئی آواز تک سنائی نہیں دے گی اور پھر رفتہ رفتہ تمہارے ذہن سے دنیا کی یاد کا ہر نقش مٹ جائے گا۔ باہر سیلاب آئے یا جنگ چھڑے تمہارا ان سے کوئی سروکار نہیں ہوگا۔ دوسروں کے دکھ تمہیں پریشان نہیں

کریں گے۔ تم نے کبھی سوچا ہے وہ دکھ جن کا تم مداوا نہیں کر سکتے۔ مگر جنہیں تم نظر انداز بھی نہیں کر سکتے۔ ایسے دکھوں کو برداشت کرتے ہوئے زندگی گزارنا کتنا بڑا عذاب ہے۔ بلکہ انہیں یاد رکھنے کی بجائے انہیں بھول جانے سے بڑھ کر بھلا کون سا سکھ ہو سکتا ہے۔ اب جب کہ اتفاق سے تمام تر آسائشوں کے ساتھ یہ جگہ تمہیں نصیب ہوئی ہے تو اس کی قدر نہ کرنا کیا نادانی نہیں؟ اس کے علاوہ تمہیں معلوم ہونا چاہئے کہ انسان کا انسان کے تئیں جو لگاؤ ہے وہ ایک فریب ہے۔ یہ ہمارا مقدر ہے کہ ہم دوسروں کی صحبت میں زندگی گزارنے پر مجبور ہیں اور اسی مجبوری کو ہم نے رشتے کا خوبصورت نام دے رکھا ہے۔ سچ پوچھو تو وہ ہماری ایک انتہائی بے چارگی ہے۔

کیا تمہاری زندگی میں ایسے لمحے نہیں آئے ہوں گے جب تمہیں لگا ہو گا کہ اپنے ارد گرد انسانوں کی صرف ایک گردن ہوتی تو تم اسے مروڑ کر سب سے نجات پا لیتے۔ کیا تمہیں زندگی میں ایسے لوگوں سے سابقہ نہیں پڑا جو دوسروں کی زندگی کے مسرت آگیں لمحوں میں نفرت کا زہر گھولتے ہیں۔ جیسے کوئی غلیظ کپڑے کو مسل کر بدبو پھیلا دیتا ہے کیا تمہیں ایسے احمق لوگ نہیں ملے جو زلزلے کو گناہوں کی کثرت کا سبب کہتے ہیں اور جو گرہن کے وقت چاند سورج کو مکتی دلانے کے لئے غسل کرتے ہیں۔ سنگیت کی محفلوں میں بے وقوفوں کی طرح بیٹھنے والے اور شاعری پر برا سا منہ بنانے والے، اپنی جوانی لٹا کر سازندے بننے والے اور دوسروں کی خوشامد کر کے دولت یا عزت کما کر مٹکنے والے، کیڑے مکوڑوں کی طرح بج بجاتی، بے تحاشا امنڈتی بھیڑ۔

جو یہ سب برداشت کرتا یا پسند کرتا ہے تو سمجھ لینا چاہئے کہ اس شخص کا دل و دماغ گھورے کی طرح سڑ گیا ہے۔ اسی لئے جو شخص تھوڑا بہت سوچتا ہو، محسوس کرتا ہو اور جس میں ذرا سی بھی سمجھداری باقی ہو وہ خود اس بھیڑ بھاڑ سے دور بھاگ جانا چاہتا ہے۔ یا

پھر انہیں کے درمیان ایک اجنبی کی طرح زندگی گزار دیتا ہے۔ خود کو بھیڑ کا حصہ سمجھنے کا سکھ کس قدر پر فریب ہے۔ اس کا اندازہ تمہیں بہت جلد ہو جائے گا۔ میرے خیال سے یہاں تمہیں جو فائدہ خیر، چھوڑو۔ اس سے بھی بڑا ایک اور فائدہ ہے۔ انسان کو کبھی اپنے کام کے انتخاب کی آزادی نہیں ملتی۔ اگر کبھی ملی بھی ہے تو بہت معمولی نوعیت کی چیزوں کی حد تک۔ جیسے کوئی ننگا شخص اپنے ماتھے پر چیتھڑا باندھ کر مٹکتا پھرے ویسے بھی آندھی میں گھرے ہم لوگ فضول میں سوچتے سوچتے ایک دن ختم ہو جاتے ہیں۔

یہ کیوں کیا؟ وہ کیوں کیا؟ کچھ اور کرنے کا امکان تھا کیا؟ اپنے آپ سے ایسے سوالات پوچھنے کی ہمیں فرصت ہی کہاں ملتی ہے۔ کیونکہ ہم تو اپنے ہی دائروں کے حصار میں بری طرح جکڑے ہوتے ہیں اور جن گنے چنے افراد کے ذہن میں ایسے سوالات اٹھتے ہیں وہ جیسا کہ میں نے بتایا زنجیروں کو توڑ تاڑ کر نکل جاتے ہیں یا پھر بھیڑ میں رہ کر بھی تنہائی کا کرب جھیلتے ہوئے ختم ہو جاتے ہیں۔

میں سمجھتا ہوں تم اس وقت چالیس کے آس پاس ہو۔ اس کے امکانات بہت کم ہیں کہ تمہاری زندگی میں اب کوئی بڑا انقلاب آئے۔ اب تمہاری زندگی میں آگے اور آگے، جیسے کھوکھلے لفظوں کے کوئی معنی نہیں رہے۔ اس لئے تم یہاں سکون سے اپنی پچھلی چالیس سالہ زندگی کا جائزہ لے سکتے ہو۔ تم نے زندگی کی آپا دھاپی میں کبھی غور ہی نہیں کیا ہو گا کہ تمہاری زندگی کا ہر دن ایک سوال بن کر آتا تھا۔ ایسا موقع ہر ایک کو نہیں ملتا۔ اگر کسی کو ملتا بھی ہے تو اس وقت عمر کے بڑے حصے کو دیمک چاٹ چکی ہوتی ہے۔ اب تم پوری طرح آزاد ہو اور اپنی گذشتہ زندگی کی ایک ایک واردات کو خوردبین سے دیکھ سکتے ہو۔ انسان کو چاہئے کہ وہ کسی نہ کسی دن اپنی زندگی کو خوردبین کی آنکھ سے ضرور دیکھے۔ تم کچھ اور پوچھنا چاہو گے ؟"

"یہ کیسا مٹھ ہے؟ یہ بھکشو کون ہیں؟ کہاں سے آتے ہیں؟ مجھے یہاں کتنے دن ٹھہرنا ہوگا؟ میرے پاس کچھ روپیہ ہے اگر تم لوگ مجھے آزاد کر دو تو میں وہ سارا روپیہ مٹھ کو دان دے دوں گا۔" وہ اپنے لہجے کی لجاجت پر خود حیران رہ گیا۔

"تمہاری تجویز احمقانہ ہے۔ مٹھ کو تمہارے حقیر دان کی ضرورت نہیں۔" مہنت کی آواز میں کرختگی تھی مگر دوسرے ہی لمحے اس کا لہجہ دوبارہ ملائم ہو گیا، "مگر تمہارے باقی کے سوالات بہت مناسب ہیں۔ پہلی بات تو یہ کہ یہ مٹھ نہیں آشرم ہے۔ انسان کو خوامخواہ پاکبازی کا درس دینے کا ہمارا کوئی ارادہ نہیں۔ کسی ایک پیڑ کو پہلے آدرش ٹھہرائیں پھر اس سے زیادہ اونچے درخت کی پھنگیوں کو تراشیں پھر اس سے کم اونچے درختوں کی ٹہنیوں کو کھینچ کر اس کے برابر لانے کی کوشش کریں۔ ایسی بے تکی حرکت تو پاگل کتا بھی نہیں کرتا۔ انسان میں جو خوبیاں، خامیاں ہیں وہ اس کے ہاڑ مانس حواس اور دماغ کی وجہ سے ہیں۔ لہٰذا ان تمام چیزوں کے ساتھ خود تو انسان بنے رہیں اور دوسروں کو، فوق الفطرت بنا دیں کیا یہ مضحکہ نہیں ہے۔

اپنے غلیظ ہاتھوں سے دوسروں کی غلاظت دھونے، جیسا ایک سہل پسند کھیل ہے یہ یہاں بھکشو کہاں سے آتے ہیں اس کا کوئی خاص طریقہ نہیں ہے جو بھی یہاں رہنے کا خواہشمند ہوتا ہے وہ یہاں آ جاتا ہے۔ البتہ جو ایک بار یہاں آ جاتا ہے وہ واپس جا نہیں سکتا۔ شروع کا ایک سال اسے اپنی کوٹھری میں ہی گزارنا ہوتا ہے۔ بعد میں اسے آشرم کے حصار میں گھومنے پھرنے کی اجازت ہوتی ہے۔ اس وقت ایک کا ہاتھ دوسرے سے بندھا ہوتا ہے۔ یہاں داخلہ دیتے وقت کسی سے بھی اس کے ماضی کے بارے میں کچھ بھی دریافت نہیں کیا جاتا۔ ممکن ہے ان میں سے کوئی قاتل ہو۔ کوئی شکست خوردہ شخص ہو یا پھر اپنی شان و شوکت کو ٹھکرا آیا ہو۔"

"یہ تو بالکل ناممکن ہے۔ اپنی شان و شوکت کو ٹھکرا کر بھلا کوئی کیوں آنے لگا۔"

وہ درمیان میں بول پڑا، "شان و شوکت؟ تم نے وہ شان و شوکت دیکھی ہی کہاں ہے جس کے صرف تصور سے گھن آتی ہے۔ یہاں انسان کے ماضی کی کوئی قیمت نہیں ہے۔ اگر تم نے میرے ماضی کے بارے میں پوچھا ہوتا تو شاید میں ہر گز جواب نہ دیتا۔ مگر اب بتاتا ہوں۔ ارے یہاں تمہیں جتنے بھکشو نظر آرہے تھے اس سے دگنا نوکر تو اصطبل میں میرے گھوڑوں کی رکھوالی کے لئے تعینات تھے۔ اگر میں کہتا کہ مجھے سونے کی اشرفیوں پر چلنا ہے تو پورے محل میں میرے قدموں تلے اشرفیاں بچھا دی جاتیں۔ میں اپنے محل میں بڑے عیش و آرام سے رہ سکتا تھا لیکن میں نے ان سب سے منہ موڑ لیا اور اولین سوامی مہاراج کے پیچھے چلا آیا۔ اس کے بعد سے میری زندگی میں یکے بعد دیگرے تین سوامی ظاہر ہوئے۔ اسی لئے کہتا ہوں کہ تم یہاں اپنے آپ کو تنہا محسوس نہیں کرو گے۔ سارے سوامی یہیں ہیں تمہارے آس پاس۔"

وہ یک بیک بوکھلا کر کھڑا ہو گیا۔ اس کا ماتھا سامنے کی دیوار سے ٹکرایا۔

وہ بولا، "یہیں یعنی کہاں؟"

"وقت آنے پر تم خود انہیں ڈھونڈ لوگے۔ شروع میں وقت کاٹنا مشکل معلوم ہو گا۔ زنگ کی مانند تمہارے دل پر چڑھی ہوئی بے چینی تمہیں پریشان کرتی رہے گی۔ تب تم خود بخود انہیں ڈھونڈ لوگے۔ یہاں آتے وقت راستے میں تم نے ایک ویدی دیکھی ہوگی۔ مرنے کے بعد ہر سوامی کو اس ویدی کے نیچے دفنایا جاتا ہے اور بعد میں باقیات کو یہاں لا کر محفوظ کر دیا جاتا ہے۔ لہٰذا تم خود کو یہاں کبھی تنہا محسوس نہیں کرو گے۔ یاد رکھو، موت کے خوف سے ہونٹوں پر کھیلتی دانش مندی کی ہر مسکراہٹ غائب ہو جاتی ہے۔ ناک، کان، آنکھیں تمام حواس ختم ہو جاتے ہیں البتہ ایک چیز موت کی گرفت سے بچ کر

نکل جاتی ہے وہ ہوتی ہے خالص کھوپڑی کی مسکان، یہی وہ مسکان ہے جو انسان کے آخری فیصلے کو ظاہر کرتی ہے۔"

اب اس پر زبردست تھکن غالب آنے لگی تھی۔ وہ بری طرح ٹوٹ چکا تھا۔ تھکن اور مایوسی سے اس کی آنکھوں میں آنسو آ گئے۔ اس نے ملتجیانہ آواز میں کہا، "تم لوگوں نے جس طرح میرے کھانے پینے کا انتظام کیا ہے برائے مہربانی مجھ پر ایک اور کرم کرو۔ میرے لئے کاغذ اور پنسل کا بھی انتظام کر دو تاکہ میں تنہائی میں کم سے کم خود سے تو ہم کلام ہو سکوں۔"

"نہیں، تمہیں یہ چیزیں نہیں دی جا سکتیں۔ تمہیں معلوم ہونا چاہئے کہ خیال جوں ہی کاغذ پر لفظوں کی شکل اختیار کرتا ہے مر جاتا ہے۔ اس کے پر ٹوٹ جاتے ہیں اور وہ ایک طرح سے پابہ زنجیر ہو جاتا ہے۔ جب تک بولنے والا زندہ ہے الفاظ بھی زندہ رہتے ہیں لیکن اس کی موت کے بعد وہ پتھروں پر کندہ کر دئے جاتے ہیں۔ پھر تم نے دیکھا ہوگا ایک وقت ایسا آتا ہے کہ لوگ ان الفاظ کو بھی فراموش کر دیتے ہیں اور ان کے ماننے والے محض ان پتھروں کا بوجھ ڈھوتے رہتے ہیں۔ اس لئے اولین سوامی پوتھی پستک پر یقین نہیں رکھتے تھے۔ نہ انہوں نے کچھ لکھا نہ کسی سے کچھ لکھوایا۔"

"اب صرف ایک آخری سوال جب ایسا ہے تو پھر تم لوگوں کو سوامی کی ضرورت کیا ہے؟ خوامخواہ میری قربانی دے رہے ہو؟ میرے عزیز و اقارب مجھے تلاش کر رہے ہوں گے، میری جدائی میں ہلکان ہو رہے ہوں گے۔ میرے بغیر ان کی زندگیاں بھی برباد ہو جائیں گی۔"

"یہ تمہاری ایک اور غلط فہمی یا خوش فہمی ہے۔" مہنت بولا، "تمہارے لئے کوئی پریشان نہیں ہوگا۔ کچھ دن تمہیں تلاش کریں گے۔ اخباروں میں تلاش گمشدہ کے

اشتہارات بھی دیں گے۔ مگر سچ کہوں بس ایک ہفتے کے اندر اندر وہ دوبارہ بھول بھال کر اپنے معمولات میں مصروف ہو جائیں گے۔ یہ بھی ہو سکتا ہے تمہاری گمشدگی سے کچھ لوگوں کو خوشی بھی ہو۔ اگر تم نے اپنے وارثوں کا کوئی معقول انتظام نہ کیا ہو تو ممکن ہے وہ تمہیں کوسنے لگیں۔ لیکن اکثریت کو اس کی کوئی خاص فکر نہیں ہوگی۔ تم کیا اور میں کیا حتیٰ کہ ایک شہنشاہ کی بھی جب جگہ خالی ہوتی ہے تو ایک بلبلے کے ٹوٹتے ہی اس کی جگہ دوسرا بلبلہ پیدا ہو جاتا ہے۔

تم نے پوچھا تھا کہ سوامی کی کیا ضرورت ہے؟ ضرورت ہے، میرا یہاں کئی لوگوں سے واسطہ پڑتا ہے۔ ایسا نہیں ہے کہ یہ لوگ میری بات نہیں سنیں گے، سنیں گے۔ لیکن انہیں ہدایت دینے سے پہلے اگر میں کہوں کہ یہ سوامی کا حکم ہے تو فوراً میرے الفاظ کو ایک الوہی شان عطا ہو جاتی ہے۔ کیوں کہ وہ لوگ جانتے ہیں کہ صرف میں سوامی کے قریب ہوں۔ دوسروں کی وہاں تک رسائی نہیں ہے۔

یاد رکھو دھرم کا وقار اس وقت تک برقرار رہتا ہے جب تک لوگوں میں یہ بھرم قائم رہے کہ تمہاری ذات ان سے ارفع و اعلیٰ ہے جہاں تک دھرم یا مذہب کا تعلق ہے۔ یہ بات نہ صرف ضروری ہے بلکہ بڑی فائدہ مند بھی ہے۔ اب مجھے اجازت دو۔ اس کے بعد ہماری ملاقات نہیں ہوگی۔ اگر میں پہلے مر گیا تو ہو سکتا ہے تمہیں اس کی خبر بھی نہ ہو اور تم پہلے مر گئے تو تمہاری موت کے بعد ہی میں دوبارہ آ سکوں گا۔ لہٰذا ہماری اس ملاقات کو بس آخری سمجھو۔"

مہنت شاید چلا گیا تھا۔ وہ اس آسن پر جانے کتنی دیر تک بے حس و حرکت بیٹھا رہا۔ اس نے محسوس کیا کہ اس نیلے سرخ راستے سے گزر کر وہ دوبارہ گویا کسی کوکھ میں آپڑا ہے مگر اب اس کوکھ سے دوبارہ جنم لینے کا کوئی امکان نظر نہیں آتا۔ یہ خیال کسی صورت اس

کے ذہن سے زائل نہیں ہو رہا تھا۔ پھر اس نے سوچا کیا واقعی میرے گم ہو جانے کا کسی کو کوئی دکھ نہیں ہو گا؟ کیا کسی کو میری یاد نہیں آئے گی؟ کیا میری ساری عمر یونہی بیکار گئی جیسے کسی نے کتاب حیات کا ایک ایک ورق پھاڑ کر ہوا میں اڑا دیا ہو۔

میں نے اپنے عزیزوں کے لئے کیا نہیں کیا؟ میرے پیروں میں چپل نہیں تھے مگر میں نے بھائی کے لئے ریشم کا کرتا سلوایا تھا۔ پیسہ پیسہ بچا کر بیوی کے لئے اناری نگینے کی انگوٹھی خریدی۔ ایک بیمار دوست کو دو مہینے تک اپنے گھر میں رکھ کر اس کا علاج معالجہ کروایا۔ کیا ان میں سے کوئی بھی مجھے یاد نہیں کرے گا اور ایک دن جب موسلا دھار بارش ہو رہی تھی اور زوروں کی ہوا چل رہی تھی۔ موگرے کا منڈوا گر گیا تھا میں نے گھنٹہ بھر بارش میں بھیگتے ہوئے اس منڈوے کو دوبارہ کھڑا کر دیا تھا اور وہ گوڑیالا سانپ جسے ایک باز پنجے میں دبوچ کر لے جارہا تھا میں نے پتھر مار کر سا سانپ کو باز کے پنجے سے چھڑایا تھا کیا اس موگرے کے منڈوے کو، اس سانپ کو میری یاد آتی ہو گی؟ کہیں ایسا تو نہیں کہ ریشمی سوٹ کی بجائے صرف معمولی کرتا ملنے سے خفا بھائی اور قیمتی ہار کی بجائے وہ کوڑی کی انگوٹھی سے ناراض بیوی اور وہ دوست جس کا علاج کرایا تھا ایک بار ضرورت پڑنے پر صرف پچیس روپے ادھار مانگے تھے تو فوراً کہنے لگا اپنے پیسے وصول کرنے کا یہ اچھا طریقہ ہے۔

کیا یہ سارے لوگ صرف میری خامیوں کو یاد رکھیں گے؟ میرے اچھے سلوک کا ان کے دلوں پر کوئی اثر نہیں ہوا ہو گا؟ کیا یہ سب دھیرے دھیرے مجھے بھول جائیں گے؟ اگر ایسا ہوا تو پھر وہ موگرے کا منڈوا مجھے کیوں یاد رکھے گا۔ کیونکہ بعد میں تو وہ مرجھا گیا تھا۔ سانپ باز کے پنجے سے بچ تو گیا تھا مگر اس کی گردن زخمی ہو گئی تھی جس سے خون ٹپک رہا تھا۔ وہ بھلا مجھے کیوں یاد کرنے لگا اور وہ فقیر سنار جو زیارت پر جانا چاہتا تھا میں

نے اسے پانچ روپے دئے تھے اور وہ کھانا پکانے والی لکشمی بائی جس پر اس کے مالک نے چاندی کی کٹوری چرانے کا الزام لگایا تھا میں نے مالک کے گھر جا کر چاندنی کی کٹوری ڈھونڈ نکالی تھی اور اسے الزام سے بری کرایا تھا اور پڑوس کے راجو کو جو مور پنکھ کے لئے رو رہا تھا میں نے مور پنکھ لا کر دئے تھے۔ کم سے کم یہ لوگ تو مجھے یاد رکھیں گے نا۔ مگر وہ کیوں یاد رکھیں گے۔ ارے جب اپن خون ہی پرایا ہو جائے تو پھر پڑوسی آخر پڑوسی ہوتا ہے۔ لیکن اس وقت یہ سب لوگ مجھے کیوں یاد آرہے ہیں؟

پھر اچانک اسے اپنی اکلوتی بہن اپرنا یاد آئی جس نے مفلسی کے کڑے دنوں میں اس کا حوصلہ بڑھایا تھا پھر اسے کالج کا پہلا دن یاد آیا۔ لائبریری میں ڈھیروں کتابیں دیکھ کر دل کیسا جھوم اٹھا تھا۔ اس کے معمولی کپڑوں کے سبب لڑکے کس طرح اسے پاگل دیوانہ، کہہ کر اس کا مذاق اڑا رہے تھے جب وہ ایک طرف اداس بیٹھا تھا تو مندا دیش پانڈے آئی تھی۔ عمر میں بڑی، کسی فوجی سپاہی کی طرح اونچی پوری بغیر کسی جان پہچان کے آتے ہی اس نے کہا تھا۔ دل چھوٹا مت کرو، مجھے دیکھو میں بی اے ہو چکی ہوں مگر ان چار برسوں میں کوئی دن ایسا نہیں گیا جب میری آنکھوں میں آنسو نہ آئے ہوں۔ یہ شیطان لڑکے مجھے 'سارجنٹ سہادری' کے نام سے پکارتے تھے لیکن آخر میں نے چار سال گزار دئے۔ تمہارے بھی دن گزر جائیں گے۔

یہ سارے لوگ جن کی محبتوں ے چھوٹے چھوٹے آئینوں سے سجی پوشاک پہن کر میں نے اپنی اب تک کی زندگی بحسن وخوبی گزاری۔ اس نے سوچا۔ ایک اعتبار سے شاید مہنت کی کہی ہوئی بات ہی سچ ہو۔ جب انسان کا بیرونی دنیا سے تعلق ختم ہو جاتا ہے تبھی وہ قریب کے رشتوں کو اس قدر شفافیت کے ساتھ دیکھ سکتا ہے وہ گھنٹیاں پھر سنائی دے رہی ہیں جو فراموشگاری کی دھند میں ڈوب گئی تھیں۔ اپرنا کی یاد اس سے کیسے بھلائی

جا سکتی ہے اور مند ادیش پانڈے کو یاد کیئے ہوئے کتنا عرصہ ہو گیا آج کل وہ کہاں ہو گی؟ اور داتار بھاؤ، جو میری معمولی سی معمولی تصویر بھی ایک آنے میں خرید لیتا تھا۔ وہ نارنگی کو بھی اتنی احتیاط سے کھولتا تھا کہ اس کی کسی قاش پر خراش تک نہیں آتی تھی۔ ایسا نرم دل انسان تین مہینے تک بستر پر تڑپ تڑپ کر مر گیا آخر کیوں؟ اس سرخ گاڑھی روشنی میں بلبلوں کی طرح اٹھنے والے خیالات نے اسے مضطرب کر دیا۔

بڑی مشکل سے اس نے انہیں قابو کیا۔ سر کے اوپر چھت میں موٹا شیشہ لگا ہوا تھا جس میں سے سرخ رنگ کی روشنی یوں چھن رہی تھی جیسے لہو کو دھنک کر بکھرا دیا گیا ہو اور چاروں طرف رات دن پہرہ دینے والے یہ سرخ چوکور قمقمے رات دن، وہ چونک پڑا، کیا اب رات ہو گئی ہو گی۔ اگر ہو بھی گئی ہو تو کیا فرق پڑتا ہے؟ کتنے بجے ہوں گے؟ آٹھ، نو، دس، اس نے سماعت پر زور دیا کہ شاید کوئی آواز سنائی دے، مگر نہیں۔ اگر کوئی آواز یہاں تک آنے کی جرأت بھی کرے تو اس فولادی دیوار کے باہر ہی دم توڑ دے گی۔ صرف سکوت ایک گہرے سکوت کی دیواریں ہی اب اس کے چاروں طرف ایستادہ تھیں۔

آٹھ، نو، دس، باہر کی دنیا میں ان نقطوں کی کتنی اہمیت ہے۔ لوگ انہیں قدمچوں پر قدم جما کر دن کے ایک سرے سے دوسرے سرے کی جانب گامزن رہتے ہیں اور رات کے چہرے پر بھی آوازوں کی کتنی خراشیں پڑتی رہتی ہیں۔ ہوا سے ہلتی ٹہنیوں میں پتوں کی سرسراہٹ یا کسی پرندے کی پھڑ پھڑاہٹ راستے سے گزرتی کسی بیل گاڑی کی کھڑ کھڑ، کسی گوٹھے میں گائے کے گلے میں بندھی گھنٹی کی ٹن ٹن درمیان میں کسی بچے کے رونے کی آواز، اچانک کسی کتے کے لگاتار بھونکنے کی کرخت آواز اور کہیں دور سے آتی کسی ریل گاڑی کی ہلکی ہلکی چھک چھک، لیکن اب چاروں طرف سرخ روشنی اور گہرے سکوت کے سوا کچھ بھی تو نہیں۔

لگتا ہے وقت دن اور رات کا اپنا روایتی چولا اتار کر سرخ رنگ کا کفن پہنے مجھے گھور رہا ہے۔ اس سناٹے میں مجھے خود اپنی ہی آواز کی بازگشت کے سوا کیا سنائی دے گا؟ اور اپنی ہی پرچھائیں کی ہلچل کے سوا کیا دکھائی دے گا؟ کیا آوازوں اور ہیولوں کا میں اس قدر عادی ہو گیا تھا کہ ان کے بغیر میرے اندر ایک خالی پن سا پیدا ہو گیا ہے۔ شاید آوازیں رفتہ رفتہ زندگی کا ناگزیر حصہ بن جاتی ہیں۔ فجر کے وقت مندر میں گایا جانے والا بھجن، وادی میں چرتی ہوئی گایوں کے گلے کی گھنٹیاں، پائل کی چھن چھن، قریب سے گزرتی کسی عورت کے ریشمی کپڑوں کی سلسلاہٹ ایک ایک کر کے یہ سب اسے لگا، اس سے چھینا جا رہا ہے۔ اس پر لگی قلعی کی چمک اور تازگی ماند پڑنے لگی ہے۔

کیا انہیں چیزوں کے لئے انسان بیتاب رہتا ہے اور اپنے نفس پر قابو پانے کے لئے ان سے دامن کش ہوتا ہے اگر نفس پر قابو پا لیا جائے تو پھر بچتا کیا ہے؟ مسلی ہوئی اگر بتی کی طرح ایک ننگی تیلی؟ کیا یہی موکش ہے۔ کیا اسی موکش کے لئے چنتن کیا جاتا ہے؟ یہ موکش اور مکتی بھی خوب ہے؟ پہلے لباس کے تانے بانے ادھیڑو اور بعد میں جو بچ رہتا ہے اس پر چنتن کرو اور کافور کی طرح دھیرے دھیرے تحلیل ہو جاؤ لیکن تحلیل ہونے کے لئے وہاں باقی کیا رہتا ہے؟ گویا راجہ کے جسم پر پوشاک نہیں یا پوشاک میں راجہ نہیں یا ہو سکتا ہے راجہ اور پوشاک دونوں محض فریب نظر ہو۔ اتنے میں سامنے کی دیوار میں حرکت ہوئی پہلے تو وہ گھبرا گیا پھر اس نے دیکھا کہ دیوار میں لگی لکڑی کی فریم تھوڑی اوپر کو سرکی وہاں کھانے کی تھالی رکھی تھی۔ اس نے تھالی کو اندر کھینچ لیا اور مہنت کی ہدایت کے مطابق میز کے نیچے رکھی خالی تھالی کو اسی خانے میں رکھ دیا۔ دیوار برابر ہو گئی۔

اس نے کھانے کی تھالی کو میز پر رکھتے ہوئے سوچا شاید ابھی زیادہ رات نہیں ہوئی ہے۔ کیا اب وقت کا اندازہ ان آتی جاتی تھالیوں سے ہی لگانا پڑے گا۔ اسے خاص بھوک

نہیں تھی۔ تھالی کی طرف دیکھنے کے بعد جو تھوڑی بہت بھوک تھی وہ بھی ختم ہو گئی۔ بلکہ اسے ابکائی سی آنے لگی۔ تھالی سرخ روشنی میں ڈوبی تھی اور اس میں رکھی چیزیں کسی درندے کی خوراک معلوم ہو رہی تھیں۔ اسے لگا شاید انسان رنگوں کا بھی غلام ہے۔ ویسے تو لوگ سرخ رنگ کے پھل کھاتے ہیں۔ لال رنگ کا شربت پیتے ہیں مگر اس وقت میرا دل سرخ رنگ کے دودھ بھات کی طرف کیوں مائل نہیں ہو رہا ہے۔ اس نے بے دلی سے تھالی کو ایک طرف سرکا دیا اور اٹھ گیا۔ بائیں طرف گلیارے میں رینگتے ہوئے داخل ہونے کے سوا کوئی چارہ نہیں تھا۔ وہ جسم کو کھینچتا ہوا رینگنے لگا۔ اسے خیال آیا جب وہ بیٹھ سکتا تھا، کھڑا ہو سکتا تھا تب کم از کم انسان تو لگتا تھا اب تو وہ اس سعادت سے بھی محروم ہو چکا ہے۔ اب وہ انسان کہاں رہا۔ وہ تو اب اندھیرے میں رینگنے والا اور یہیں ختم ہو جانے والا ایک سانپ ہے۔ وہ نیلی سرخ روشنی کے گربھ میں اتر گیا ہے اور اس گربھ میں اس کا ارتقائے معکوس ہو رہا ہے یعنی پہلے آدمی، پھر سانپ، پھر ایک کیڑا اور پھر آخر میں خالی پن کا محض احساس یا پھر وہ بھی نہیں۔

غسل خانے میں صرف اتنی جگہ تھی جہاں سیدھا کھڑا ہوا جا سکتا تھا۔ وہاں بھی سرخ رنگ کا ایک روشن گولا تھا۔ دیواریں سنگ مرمر کی تھیں اور ایک محراب میں غسل کے لئے ضروری خوشبودار چیزیں رکھی تھیں۔ اس نے جوں ہی سامنے کا ایک نل کھولا۔ گرم پانی کی دھار گرنے لگی۔ اس نے ہاتھ دھو کر نل بند کیا اور دوسرے راستے سے رینگتا ہوا آسن تک آ گیا۔ وہاں دیوار میں ہی ایک تختہ جڑ دیا گیا تھا جس پر مخمل کا غلام چڑھا ہوا ایک نرم گدا بچھا تھا۔ گدے کو تختے سے مستقل طور پر جوڑ دیا گیا تھا۔ وہ اوپر چڑھ کر گدے پر لیٹ گیا۔ اس ہولناک ماحول میں بھی اسے مخملی گدے کا لمس خوشگوار محسوس ہوا۔ مگر لیٹتے ہی پاؤں دیوار سے ٹکرائے اور سر کے پیچھے صرف چار انگل جگہ بچی رہ گئی۔ اوپر ایک

ہاتھ کی بلندی پر وہی بے حس سخت دیوار۔

اسے لگا بس لیٹنے، کھڑے ہونے یا پالتھی مار کر بیٹھنے کے سوا وہ اب کوئی حرکت نہیں کر سکتا۔ زندگی کے بانس پر لگا ہوا یہ ترشول شروع شروع میں اسے مخملی بستر پر نیند نہیں آئی۔ سرخ رنگ کی موجوں پر متواتر ہچکولے کھاتا ہوا وہ بار بار نیند سے جاگ پڑتا ایک بار اسے محسوس ہوا۔ ارد گرد کی دیواروں سے بٹی ہوئی رسی کی مانند سخت عضلات والے سیاہ بھیانک ہاتھ نکل رہے ہیں۔ ایک ہاتھ اس کے گلے پر بھی پڑا اور وہ کونے میں سمٹ کر پھنسی پھنسی آواز میں چیخ پڑا۔ اچانک ہاتھ غائب ہو گیا اور دیواریں دوبارہ اصلی روپ دھارن کر کے جوں کی توں کھڑی ہو گئیں لیکن وہ زبان حال سے کہہ رہی تھیں تم ہم سے بچ کر کہاں جاؤ گے؟ گلا تو ہم آئندہ بھی دبائیں گے ضروری نہیں کہ تم ہر بار چیخ کر جاگ پڑو۔

سرخ روشنی غائب ہو گئی۔ وہ غسل خانے میں کھڑا تھا اسے اچانک ارد گرد کی دیوارں کے آر پار دکھائی دینے لگا۔ سامنے ہری ہری گھاس تھی۔ اس پر لال پیلے رنگ کے درخت نظر آ رہے تھے۔ تھوڑے فاصلے پر پہاڑ کے دامن میں ندی بہہ رہی تھی جس نے ایک ادائے محبوبیت کے ساتھ پہاڑ کے عکس کو اپنے دامن میں جذب کر لیا تھا اور اوپر آسمان میں ایک کے بعد ایک بگلوں کا قطاریں رواں دواں تھیں۔ ندی کے کنارے خوبصورت دوشیزائیں نہا رہی تھیں۔ وہ سر سے پاؤں تک عریاں تھیں۔ ان میں سے ایک دوڑتی ہوئی دیوار کے قریب آئی اور یوں ہنس پڑی جیسے کوئی بند مٹھی کھول کر سونے کی اشرفی دکھا دے۔

اتنے میں ایک طرف سے ایک دراز قد تندرست نوجوان وارد ہوا جیسے وہ اسی کا منتظر رہا ہو۔ وہ ایک دوسرے کے قریب آئے اور پھر ایک دوسرے کی بانہوں میں یوں

سما گئے جیسے کسی نے بالوں میں کیوڑا گنتھ دیا ہو۔ پھر نوجوان اس مست دوشیزہ کو بانہوں میں لئے پیڑوں کے جھنڈ کے پیچھے غائب ہو گیا۔

اس دوشیزہ کے تصور نے اس کے لہو میں سورج کی حرارت گھول دی۔ اس کا سارا بدن شہوت کی آگ سے جلنے لگا لیکن وہ بلوریں دیواریں مزید قریب سرک آئیں۔ تبھی ایک ہیبت ناک دیو پانی سے نمودار ہوا اس کا سر آسمان کو لگ رہا تھا۔ اس کے ہاتھ میں ننگی تلوار تھی۔ اس نے تلوار سے آسمان میں اڑتے ایک ایک بگلے کے ٹکڑے ٹکڑے کر دئے۔ ندی کا پانی سرخ ہو گیا پھر اس نے پانی میں ڈبکیاں لگاتی دوشیزاؤں کو ٹانگوں سے پکڑ کر چیر دیا۔ ندی کا لہو رنگ پانی اب دیوار سے ٹکرانے لگا۔ دیو نے اپنے ہاتھ کی ایک ضرب سے درختوں کو اکھاڑ کر پھینک دیا اور وہاں مستی میں ڈوبے نوجوان اور حسین دوشیزہ کو ایک ہاتھ سے مٹھی میں کس کر اٹھالیا اور دوسرے ہاتھ سے تلوار کا ایسا وار کیا کہ ان کے ٹکڑے ٹکڑے ہو گئے۔ سرخ پانی کا بہاؤ بڑھ گیا اور اسے لگا پانی اندر داخل ہو رہا ہے اور بڑھتے بڑھتے جلد ہی چھت سے جا لگے گا۔ وہ خوف کے مارے چیخنے لگا۔ میں ڈوب رہا ہوں، میری ناک اور منہ میں پانی جا رہا ہے۔

اسی وقت وہ دیو مہنت کی آواز میں کہنے لگا "تیری ناک اور منہ میں پانی جائے گا کیسے؟ یہ دیکھ تیرا سر تو میرے ہاتھ میں ہے اور اس نے اس کے سر کو زور سے ہوا میں اچھال دیا۔ سر سیڑھیوں سے لڑھکتا، تہہ خانے کے دروازے سے ٹکراتا اس کے پاس آ گرا اور ایک ناقابل برداشت کسک کے ساتھ اس کی گردن سے جڑ گیا۔ اسی وقت ایک بار پھر اس کی آواز اس کی مدد کو آئی۔ وہ چیخ پڑا اور اچانک اس کی آنکھ کھل گئی۔

دیوار سے ٹکرانے کے سبب سر میں درد کی ٹیسیں اٹھ رہی تھیں اس نے دونوں ہاتھوں سے سر کو دبایا اور اٹھ کر بیٹھ گیا۔ بڑی دیر تک اس کی سمجھ میں کچھ نہیں آیا۔

تھوڑی دیر بعد اسے بھوک محسوس ہوئی۔ وہ رینگتا ہوا آسن تک آیا۔ میز پر رکھا کھانا جوں کا توں پڑا تھا۔ وہ لمحے بھر تک شش و پنج میں پڑا رہا۔ سرخ کھانے پر اب بھی طبیعت مائل نہیں تھی۔ اس نے سرخ بلب اور کھانے کے درمیان اپنے بائیں ہاتھ کی ہتھیلی رکھی۔ سرخ رنگ کے کھانے کے بجائے سیاہ رنگ کا کھانا شاید ٹھیک لگے۔

اس نے ایک لقمہ چکھ کر دیکھا۔ ذائقہ برا نہیں تھا۔ دو نوالے کھانے کے بعد اس نے درمیان سے اپنے بائیں ہاتھ کی ہتھیلی ہٹا دی۔ کھانا پھر سرخ ہو گیا مگر سرخ رنگ کے باوجود ذائقہ میں کوئی تبدیلی نہیں آئی۔ تھوڑی ہی دیر میں اس نے پورا کھانا کھالیا۔ رکابی دھوکر دوبارہ میز پر رکھتے ہوئے اس نے دیکھا روشنی میں رکابی جھلملا رہی تھی۔ اس کی جھلملاہٹ کا عکس اجلے لباس کی طرح چھت پر ناچنے لگا۔ اسے تعجب ہوا۔ اب اس نے رکابی کو ہاتھ میں لے کر قصداً کمرے میں چاروں طرف گھمایا۔ رکابی کا عکس دیواروں پر ٹٹولتے ہوئے ہاتھ کی طرح رینگتا رہا اس نے رکابی کو میز کے نیچے سرکا دیا اور بستر کی طرف بڑھ گیا۔

اس نے سوچا اگر اس جگہ زندہ رہنا ہو تو اپنے معمولات کو بھی بدلنا ہوگا۔ کچھ دیر بعد بستر کا سرخ مخملی لمس بھی اچھا لگنے لگا۔ وہ کھانا کھانے کے بعد بستر پر لیٹا ضرور تھا مگر اسے نیند نہیں آرہی تھی۔ اس نے سوچا اس وقت کتنے بجے ہوں گے۔ کیا رات ہو گئی ہو گی؟ کہیں ایسا تو نہیں باہر اچھی خاصی دھوپ پڑ رہی ہو اور میں یہاں نیند کا انتظار کر رہا ہوں۔ غالباً پہلا کھانا رات کا رہا ہوگا اور دوسرا دوپہر کا۔ پھر رات کا، پھر دن کا لیکن اس کے بعد؟ اس کے بعد گنتی میں کچھ گڑبڑ ہو گئی۔ تھالیاں آتی رہیں مگر وقت کا تسلسل ٹوٹ گیا۔ پھر سونے کا وقت کون سا؟ سچ پوچھو تو وقت کے پیمانے میں کوئی تبدیلی نہیں ہوتی۔ جب نیند آئے وہی نیند کا وقت جب بھوک لگے وہی کھانے کا وقت۔ سورج تو بالکل ہی فالتو شئے

ہے۔ اس کا بھوک اور نیند سے کوئی تعلق ہی نہیں۔ وہ لیٹے لیٹے سامنے کی دیوار کو گھورے جارہا تھا۔ وہ اٹھ کر بیٹھ گیا۔

اس نے غور سے دیکھا۔ سامنے دیوار میں ایک آڑی لکیر سی دکھائی دی۔ بلکہ مزید غور سے دیکھنے پر لگا کہ اس لکیر کے ساتھ ایک چوکون سا بنا ہوا ہے اور نیچے کی لکیر کے ساتھ ایک ننھی سی کڑی لگی ہے۔ اسے تعجب ہوا کہ اس سے پہلے اس طرف اس کا دھیان کیوں نہیں یا۔ وہ اٹھا اس نے چوکون کو جگہ جگہ تھپتھپا کر دیکھا۔ لیکن آواز بے جان تھی۔ اس نے کڑی کے چاروں طرف سیلن زدہ میل کھرچ کر کڑی کو کھینچنے کی کوشش کی۔ اس میں کوئی جنبش نہیں ہوئی۔ اس نے اسے جھٹکے دئے اس میں ذرا سی حرکت ہوئی اور پھر اچانک وہ تیزی سے اوپر کی طرف سرک گئی بلکہ پورا چوکن ہی اوپر کھسک گیا تھا مگر وہاں اسے جو کچھ دکھائی دیا اسے دیکھ کر وہ بری طرح کانپنے لگا۔ مارے خوف کے وہ پشت کے بل بستر پر گر پڑا۔

چوکور ڈھکن کے اوپر سرکتے ہی اندر تینوں جانب سے سرخ رنگ کے بلب جل اٹھے۔ اندر ایک طاق سنا بنا تھا۔ طاق پر ریشمی کپڑے سے لپٹا ہوا لکڑی کا ایک تخت تھا۔ سامنے کی چوکھٹ میں بڑا شیشہ لگا تھا۔ شیشے کے پیچھے کالے مخمل کے پردے کے سامنے پالتھی مار کر بیٹھے ہوئے ہڈیوں کے تین ڈھانچے نظر آرہے تھے۔ ان کے کاندھوں اور پسلیوں کے پیچھے سے سرخ رنگ کی روشنی چھن رہی تھی۔ وہ تینوں اس کی جانب یوں نگراں تھے جیسے وہ عرصے سے اس کی راہ دیکھ رہے ہوں۔ تینوں کان سے کان تک پھیلے ہوئے چوڑے میلے دانتوں کو دکھاتے ہوئے گویا ڈراونی ہنسی ہنس رہے تھے۔

ایک، دو، تین، شاید یہ مجھ سے پہلے کے سوامی ہیں۔ نیچے ورنداون میں دفنانے کے ایک عرصے بعد ان ڈھانچوں کو یہاں پہنچا دیا گیا ہوگا۔ گویا اتنے دن تک اپنے ہونٹوں

کے نیچے دبا کر رکھی ہوئی ہنسی اب ان کے دہانوں سے ابلی پڑ رہی تھی۔ ان کے بغل میں دو آسن خالی پڑے تھے۔ شاید ان میں سے ایک اسی کے لئے تھا، بستر سے تخت کے درمیان صرف ایک ہاتھ کا فاصلہ تھا۔ خوف سے کانپتے بدن کو پر سکون ہونے میں خاصا وقت لگا۔ اس نے کڑی کو نیچے کی طرف کھینچا، چوکور ڈھکن بند ہو گیا اور ساتھ ہی سرخ رنگ کے بلب مدھم ہوتے ہوئے بجھ گئے تبھی زمین سے کسی جنگلی جڑ کی طرح اگے ہوئے وہ ڈھانچے بھی یکایک غائب ہو گئے۔ ڈھکن کے پوری طرح بند ہوتے ہی اور کہیں کسی کھٹکے کی آواز آئی وہ اٹھ کر آسن کی طرف آ گیا۔

اب جب کہ اسے معلوم ہو گیا تھا کہ پاس ہی ہڈیوں کے تین ڈھانچے پہرہ دے رہے ہیں وہ سونے کا تصور بھی نہیں کر سکتا تھا۔ وہ سکڑ سمٹ کر بستر پر بیٹھ گیا اور بیٹھے بیٹھے نیند کا انتظار کرنے لگا۔ اس کی پیشانی پسینے سے نم ہو گئی تھی۔ اس نے اپنی بانہہ سے پسینہ پونچھنا اور پاگلوں کی طرح بیٹھا رہا۔ کیا اب اسے کسی جانور کی طرح بیٹھے بیٹھے سونے کی عادت ڈالنی ہو گی۔ کھڑے کھڑے غسل کرتا تھا۔ اکڑوں بیٹھ کر گھنٹوں گزار دیتا تھا۔ کم سے کم تھوڑی دیر لیٹنے کا سکھ تو تھا مگر اب شاید اس سے بھی محروم ہونا پڑے۔ لیکن موت کے ترشول کی طرح دکھائی دینے والے وہ تین سوامی جب اتنے قریب ہوں تو پھر اسے نیند کیسے آ سکتی ہے؟

اس نے بڑی بے بسی محسوس کی مگر ساتھ ہی اسے اپنے آپ پر غصہ بھی آیا۔ کیا مجھے یہ لوگ اس تنگ گپھا میں اسی طرح کچل دیں گے؟ کیا یہ بے جان ہڈیاں مجھے حکم دیتی رہیں گی کہ مجھے کہاں اور کب سونا چاہئے آخر یہ ڈھانچے ہوتے کون ہیں جو مجھ پر اس طرح اپنا اختیار جتا رہے ہیں۔ میں مستقبل میں ہونے والا ہڈیوں کا ڈھانچا ضرور ہوں مگر آج تو زندہ انسان ہوں۔ وہ غصے سے اٹھا اور بستر پر آ کر بیٹھ گیا۔ خوف کو بھگانے کے لئے اس نے

اپنی نظریں دیوار پر گڑا دیں اور کہنے لگا، "میرا کیا بگاڑ لو گے تم لوگ؟ ہمت ہو تو کر لو میرا جو کرنا ہے۔"

ریچھ کی کھال اوڑھ لینے سے کوئی ریچھ نہیں بن جاتا۔ کھال اتارو گے تو تمہارا بھی اصلی روپ سامنے آجائے گا۔ ویسے تم میں اور مجھ میں فرق ہی کیا ہے؟ صرف پوست اور گوشت ہی کا نا؟ وہ بھی زیادہ دن تک نہیں رہنے والا۔ کچھ دن بعد میں بھی وہاں تمہارے برابر آبیٹھوں گا۔

وہ طیش میں پاگلوں کی طرح دیوار کو گھورتا رہا۔ بعد میں پیشانی پر آئے ہوئے بالوں کو پیچھے کر کے وہ ڈھٹائی سے بستر پر لیٹ گیا۔ کھانے کی تھالیاں برابر آتی جاتی رہیں۔ مگر جانے کیوں ہر بار جب بھی وہ چوبی تختہ اوپر کو اٹھتا اسے یوں محسوس ہوتا شاید کچھ انہونی ہوگی۔ مگر چوبی تختہ دوبارہ اپنی جگہ جم جاتا اور کچھ بھی نہیں ہوتا۔ اس کے تنے ہوئے اعصاب ایک دم ڈھیلے پڑ جاتے اور دوبارہ کھانا آنے تک اس کی یہی کیفیت رہتی۔ وہاں کیا ہو سکتا ہے۔ اس کا اسے اندازہ نہیں تھا اور جو ہونا چاہئے تھا وہ ہو نہیں سکتا تھا لیکن جب بھی چوکھٹ کا تختہ کھلتا اس کا اضطراب بڑھ جاتا۔ ایک بار تھالی دھو کر رکھتے ہوئے اچانک وہ رک گیا۔

سرخ روشنی میں اس کی انگلیاں جنگلی جڑوں کی مانند دکھائی دے رہی تھیں۔ کالی، لمبی اور کمزور، لمبے لمبے ناخن باہر نکل آئے تھے۔ اسے لگا اس کی بڑھت اب صرف ان بے مصرف ناخنوں تک ہی محدود ہو گئی ہے۔ انہیں تراشنے کے ارادے سے وہ غسل خانے تک آیا۔ اس نے دیکھا کہ اس کا سایا کسی سپاٹ بھوت کی طرح سامنے سامنے چلتا ہے یا پھر دیواروں کے کونے ناپتا رہتا ہے۔ وہاں کا بلب کونے میں تھا اس لئے تھوڑی سی روشنی گلیارے میں بھی پڑتی تھی۔ وہیں ایک سرے پر ناخن تراشنے کا چمٹا تھا۔ جسے وہ

لوہے کی پٹیوں کے درمیان جڑ دیا گیا تھا۔ ایک انگلی کا ناخن کاٹنے کے بعد وہ رک گیا اس نے سوچا روشنی کم ہے یا پھر لگاتار سرخ روشنی کے سبب اس کی بینائی پھیکی پڑ گئی ہے۔ ویسے بھی جب دیوار کے اس طرف کچھ دیکھنے کا سوال ہی نہیں آتا تو پھر آنکھوں کو خوامخواہ زحمت دینے کا کوئی مطلب بھی تو نہیں تھا۔ اس نے دوبارہ غور سے دیکھا۔ انگلیوں کے پور دھندلے نظر آرہے تھے۔ لمحے بھر کو اس کی سمجھ میں کچھ نہیں آیا۔

پھر اچانک اسے ایک ترکیب سوجھی وہ خوشی سے بے ساختہ ہنس دیا۔ وہ آسن کی طرف لوٹا۔ وہاں سے تھالی لے آیا اور کونے والی بتی کے سامنے اسے ترچھی کھڑا کیا۔ روشنی تھالی پر سے منعکس ہو کر چوکھٹ پر پھیل گئی۔ مارے خوشی کے اس نے چٹکی بجائی اور بچوں کی طرح ہنس دیا لیکن ابھی دوسرا ناخن ٹھیک سے تراشنے بھی نہ پایا تھا کہ تھالی پھسلی اور فرش پر گر کر دیر تک جھن جھناتی رہی۔ تھالی کا عکس دیواروں پر سے بجلی کی طرح کوند کر گزر گئی مگر اس ایک لمحے میں اس نے جو کچھ دیکھا اس کے لئے حیرت انگیز تھا۔

دیوار پر پانچ چھ آری ترچھی لکیریں سی دکھائی دے رہی تھیں۔ شاید وہاں کسی نے کچھ لکھنے کی کوشش کی تھی۔ اس نے تھالی کو ترچھا پکڑ کر دوبارہ روشنی کے عکس کو دیوار پر ڈالا۔ دیوار کی سطح پر برادے کی پتلی سی پرت چڑھی ہوئی تھی۔ اس نے ہاتھ پھیر کر اسے صاف کیا۔ مگر آڑی ترچھی لکیروں کے درمیان کوئی بھی لفظ واضح نہیں ہو رہا تھا۔ وہ انہیں قریب سے دیکھنے کے لئے آگے جھکتا تو اس سے پہلے اس کا سایہ دیوار پر پڑتا اور وہ لکیریں اندھیرے میں معدوم ہو جاتیں۔

ایسا معلوم ہوتا تھا کسی نے قصداً وہاں کچھ لکھنے کی کوشش کی ہے۔ لیکن الفاظ واضح نہیں ہو رہے تھے۔ اس نے آنکھیں پھاڑ کر بہت غور سے کچھ پڑھنے کی کوشش کی مگر اس جگہ صرف 'میں' کے سوا وہ کچھ اور پڑھ نہیں سکا جس طرح پہلے دن نہایت مایوسی اور

اضطراب میں اس نے دیواروں پر جگہ جگہ مکے مارے تھے ویسی ہی کیفیت اس پر دوبارہ طاری ہو گئی اور وہ ایک بار پھر دیوار پر مٹھیاں مارنے لگا۔ مگر وہ تحریر اسی طرح اسرار میں ڈوبی رہی۔ جب وہ انتہائی مایوسی میں ادھر ادھر دیکھ رہا تھا اسے ایک دھندلا سا تیر کا نشان نظر آیا۔ اس نے تیر کی نوک کے پاس ٹٹول کر دیکھا۔ اس جگہ کے علاوہ پوری دیوار کو ٹٹول ٹٹول کر دیکھنے کے باوجود اسے دیوار کے سرد لمس کے سوا کچھ بھی نہیں دکھائی نہیں دیا۔ اچانک اس پر تھکان سی طاری ہونے لگی اور وہ وہیں گھٹنوں میں سر ڈال کر بیٹھ گیا۔ آخر ان لکیروں کا مقصد کیا ہے؟ اگر انہیں منکشف نہیں ہونا تھا تو بہتر ہوتا کہ یہ مجھے نظر ہی نہ آتیں۔ وہ تیر کا نشان کیسا تھا؟ وہ تیر کا نشان ہی تھا یا اتفاق سے ایک لکیر تیر کے نشان کی طرح نظر آ رہی تھی۔ اس کی سمجھ میں کچھ نہیں آ رہا تھا وہ دوبارہ بیزاری کے ساتھ اٹھا اور بغیر کسی خاص مقصد کے یونہی دیواروں کو ٹٹولنے لگا اور تبھی اچانک اس کے ذہن میں ایک کوندا لپکا۔

اسے خیال آیا کہ چھت اور دیوار کے جوڑ میں ضرور کوئی دراڑ ہو گی۔ اس نے کونے ٹٹول کر دیکھا۔ وہاں بھی وہی ملگجا رنگ تھا۔ کوئی دراڑ نہیں تھی۔ اس نے اپنی انگلیوں کو ایک کونے سے دوسرے کونے تک گھمایا۔ ایک کونے میں بالشت بھر جگہ قدرے نرم، گیلی اور چکنی محسوس ہوئی۔ اس نے ناخن سے کھرچا، ایک موٹی سی پپڑی نکل آئی۔ اسے خوشبو کچھ جانی پہچانی لگی۔ وہ صابن کی ٹکیہ تھی۔ دراصل کسی نے صابن کے ٹکڑے سے اس شگاف کو بند کرنے کی کوشش کی تھی۔ اس نے شگاف میں انگلی ڈالی اور ایک زنگ آلود چپٹی ڈبیہ بر آمد کی اور لرزتے قدموں کے ساتھ آ کر آسن پر بیٹھ گیا۔

وہ ڈبیہ کو ہاتھ میں لئے دیر تک بے حس و حرکت بیٹھا رہا۔ وہ ڈبیہ کو کھولنے کی ہمت نہیں کر پا رہا تھا۔ اگرچہ ایک اہم راز کو پا لینے کی خوشی اسے ضرور تھی، تاہم وہ خود سے کہہ

رہا تھا۔ خبر دار! بہت زیادہ پر امید مت ہو۔ ورنہ ایک دم سے ٹوٹ کر بکھر جاؤ گے۔ اسے خیال آیا ہو سکتا ہے کوئی ان دیکھی آنکھ اسے دیکھ رہی ہو۔ اس نے گھبرا کر ادھر ادھر دیکھا۔ وہ رینگتا ہوا حمام کی طرف بڑھا اور رینگتے رینگتے راستے ہی میں اس نے اس ڈبیہ کو کھول لیا۔ ڈبیہ میں ایک چھوٹا سا چاندی کا ترشول تھا جس کی ڈنڈی کسی وجہ سے خاصی گھس گئی تھی۔ ایک کاغذ تھا جس کی تہہ بہ تہہ کئی گھڑیاں تھیں اور خشک پتے میں لپٹی ہوئی کالے رنگ کی ایک بڑی سی گولی تھی۔ اس نے آہستہ آہستہ کاغذ کی گھڑی کو کھولا۔ چھوٹی چھوٹی کئی گھڑیاں تھیں۔ ایک طرف پکی روشنائی سے لکھی ہوئی تحریر صاف دکھائی دے رہی تھی۔ البتہ پنسل سے لکھی ہوئی تحریر پورے کاغذ پر کیڑے مکوڑوں کی طرح بکھری ہوئی تھی۔ اس نے کاغذ کو آنکھوں کے قریب کیا اور پڑھنے لگا۔

دوست!

مجھے نہیں معلوم کہ تم کون ہو؟ میں کون ہوں؟ اس کا علم تو تمہیں کبھی نہیں ہو سکتا۔ ہاں تم میری ہڈیوں کا ڈھانچہ البتہ کبھی نہ کبھی دیکھ سکو گے۔ میرے، تمہارے یا کسی بھی انسان کے استخوانی پنجر میں فرق کرنا ممکن نہیں اس لئے تم مجھے کبھی پہچان نہیں پاؤ گے۔ میں جب زندہ تھا تو تمہاری ذات سے قطعی لاعلم تھا۔ لگتا ہے مجھے اپنی موت کے بعد ہی تم سے ہم کلام ہونے کا موقع ملے گا۔ میں پیشے سے ایک کیرتن کار ہوں۔ مجھے الفاظ دوہے، شلوک اور اشعار کی صورت میں ہی سنائی دیتے ہیں۔ میں کیرتن کرتا ہوا پیدل ہی سفر پر نکلا تھا۔ ایک شام میں بھی تمہاری ہی طرح مہمان بن کر یہاں آیا تھا۔ اس کے بعد کے حالات سے تم اچھی طرح واقف ہو۔

میں نے ترشول پنتھ میں تربیت حاصل کی تھی۔ اس لئے ترشول کی پوجا کرنا یا ترشول رکھنا میرے معمولات کا اٹوٹ حصہ تھا۔ غسل کے وقت مجھے اپنے کپڑے،

ترشول وغیرہ اتار کر رکھنا پڑا تھا۔ لیکن میری ایک پرانی عادت میرے لئے بڑی کارآمد ثابت ہوئی۔ مجھے افیم کھانے کی عادت تھی۔ افیم کے بغیر میری زندگی گویا گوبر کے لوندے جیسی ہو جاتی تھی۔ دوہے اور شلوک نوٹ کرنے کے لئے میرے پاس پنسل کا ایک چھوٹا سا ٹکڑا ہمیشہ پڑا رہتا اور پوجا کے لئے چاندنی کا ایک چھوٹا سا ترشول بھی میرے پاس رہتا۔ اس طرح افیم کی گولی پنسل کا ٹکڑا اور ننھا ترشول یہی میری زندگی کا مثلث تھا۔ ان تینوں چیزوں کو ایک ڈبیہ میں رکھ کر میں اس ڈبیہ کو اپنی جٹاؤں میں باندھ لیتا تھا۔

میں اپنے کیرتنوں میں اکثر جنوبی بھارت کی کسی بولی کا ایک محاورہ ضرور استعمال کرتا جس کا مفہوم کچھ یوں تھا جیل یا سسرال جاتے ہوئے ہمیشہ اپنے ساتھ ایک پنسل ضرور رکھنا۔ پتا نہیں کب چٹھی لکھنے کی ضرورت پڑ جائے۔ میرے جھولے میں کاغذ کے کئی ٹکڑے پڑے رہتے۔ پھر مجھے لگتا کاغذ کوئی نایاب شئے تو ہے نہیں جو کہیں نہ ملے۔ کاغذ تو راستے کے کنارے کہیں بھی ادھر ادھر پڑا مل سکتا ہے مگر میرا یہ خیال بعد میں غلط ثابت ہوا۔

میرا دروازہ ہمیشہ کے لئے بند ہو چکا تھا مگر جٹاؤں میں رکھی ڈبیہ میرے پاس رہ گئی تھی۔ میں کیسے بتاؤں مجھے کتنی خوشی ہوئی تھی۔ شروع کے تین چار روز تو بڑی مایوسی میں گزرے۔ میں چپ چاپ ایک جگہ بیٹھا رہا لیکن افیم مجھے زندہ رکھے ہوئے تھی۔ سوچا خوب لکھوں گا مگر میرے پاس تو صرف پنسل تھی کاغذ نہیں تھا۔ میں ناامید ہو گیا، لیکن تھوڑی دیر بعد میری مایوسی جاتی رہی۔ اس کی وجہ یہ تھی کہ صورت حال پر قابو پانے کا ایک ذریعہ میرے پاس موجود تھا۔ باہر بغیر افیم کے ایک ہفتہ بھی زندہ رہنا میرے لئے مشکل تھا لیکن یہاں میں نے اسے بچا کر رکھا تھا۔ یہاں افیم میری آخری گھڑی میں آخری ہتھیار کے طور پر کام آ سکتی تھی۔ میں نے اسے چھوا تک نہیں پہلے زندہ رہنے کے لئے مجھے افیم

درکار ہوتی تھی لیکن آج موت کے لئے مجھے اس کی ضرورت تھی۔

میں اپنے چھوٹے سے ترشول سے گھنٹوں دیوار پر لکیر کھینچتا رہا۔ میری پوجا کا ترشول میرے لئے الٹے قلم کا کام دیتا رہا اور لکھتے لکھتے آدھا گھس گیا لیکن پتھر کی دیوار کا دل بھی پتھر کا۔ ایک لکیر کندہ کرتے کرتے میری انگلیاں سن ہو جاتیں اور میری سانس پھولنے لگتی۔ قوسین تو کبھی بنتے ہی نہ تھے۔ بالآخر میں نے اس کا خیال ہی ترک کر دیا۔ کیوں کہ اتنی محنت کے بعد بھی دیوار پر ایک حرف تک صحیح شکل میں واضح نہیں ہو سکا۔ پھر بھی خیال آیا کہ یہ یقین سے کیسے کہا جا سکتا ہے کہ میرے جانے کے بعد یہ حروف سلامت رہیں گے۔ رنگ کا ایک ہاتھ پھراتے ہی سب کچھ مٹ جائے گا۔

میرے نامعلوم دوست! اگر تمہاری قسمت اچھی ہو گی تو وہ ڈبیہ تمہیں مل جائے گی۔ یہ اندھیرے میں مارا ہوا تیر ہے۔ ہو سکتا ہے تم اس اشارے کو سمجھ جاؤ۔ میرے ہاتھ اب تھک چکے ہیں۔ اس وقت میری کیفیت یہ ہے کہ میں کاغذ کے ایک معمولی پرزے کے عوض اپنی جان بھی دے سکتا ہوں۔ میں نے اپنی پنسل کے اس ٹکڑے کو کئی بار فرش پر پھینک دیا ہے۔ دھیرے دھیرے میری طاقت ختم ہوتی جا رہی تھی۔ جینے کی خواہش بھی مرنے لگی تھی۔ میں نے دل میں سوچا شاید افیم کی گولی سے اپنا آخری حصہ وصول کرنے کا وقت آ گیا ہے لیکن عین اسی وقت ایک چمتکار ہو گیا۔ "شری پاد کی ٹوپی بارہ آنے۔"

پڑھتے پڑھتے وہ اچانک رک گیا اور احمقوں کی طرح اس چٹھی کو گھورنے لگا۔ شری پاد؟ کون شری پاد؟ لیکن دوسرے ہی لمحے وہ بے ساختہ ہنس دیا۔ کیوں کہ صرف وہ چند لفظ ہی روشنائی سے لکھے ہوئے تھے آگے پنسل کی تحریر ان لفظوں کو ساتھ لے کر آگے بڑھ گئی تھی۔ آگے لکھا تھا،

"میں آسن پر بیٹھا تھا، وہیں ہوا کی آمد ورفت کے لئے بنا ہوا نلکے کا سرا ہے، تمہیں اس کا علم ہو گا۔ بس اسی نلکے سے کبھی کبھی گھاس کا کوئی تنکا یا ایک آدھ خشک پتہ لڑھکتا ہوا آجاتا تھا۔ میں وہ ساری چیزیں حفاظت سے رکھ لیتا تھا۔ وہ ساری چیزیں مجھے بے حد عزیز تھیں کیونکہ وہ کھلے آسمان کے نیچے سے سورج کی روشنی کی حرارت کا اشارہ بن کر آئی تھیں۔

بس ایک دن اسی پائپ سے کاغذ کا ایک گولا آکر گرا۔ میں اس پر اتنی تیزی سے جھپٹا کے میرا سر دیوار سے ٹکرا گیا۔ پیشانی پر یقیناً گومڑ آیا ہو گا۔ لیکن مجھے قطعی کسی بات کا ہوش نہیں تھا۔ میں نے نہایت آہستگی سے اس کاغذ کو کھولا۔ اس پر بار بار ہتھیلی پھیر کر اس کی سطح سیدھی کی اور پھر لکھنے بیٹھا۔ جوش سے میرا ہاتھ اس قدر کانپ رہا تھا کہ ایک لفظ بھی ڈھنگ سے لکھا نہیں جا رہا تھا۔ اگر تمہیں اپنی پوری جیون گاتھا اس کاغذ پر رقم کرنی ہو تو تم کیا کرو گے؟ مجھے تو یوں محسوس ہو رہا تھا جیسے میں کسی بڑے سے بھنور میں پھنس گیا ہوں۔ ایک بار تو خیال آیا کہ اپنی پرانی حسرت کے مطابق ایک لو یہ یا شنبوک کی داستان اس کاغذ پر لکھ ڈالوں، ارملا کے بارے میں لکھوں۔

لیکن میرے پاس وقت اس قدر کم تھا کہ ان کی شروعات بھی مشکل ہی سے کر پاتا۔ شریمتی کی زچگی، دایہ کے اکیس روپے، اب تو صرف اتنی خواہش ہے کہ اپنی بات تم تک پہنچا دوں۔ میرا کوئی عزیز رشتے دار نہیں ہے۔ میں نے زندگی بھر بھجن لکھے وہ بھی اوپر جھولے میں پڑے رہ گئے۔ تمہارے لئے بس ایک ہی پیغام ہے۔ میں نے اپنے حصے کی افیم کی گولی کھالی ہے اگر تم چاہو تو بچی ہوئی گولی تمہارے لئے ہے۔ اگر تم میری طرح عادی افیمچی ہو تب بھی یہ گولی تمہارے لئے کافی ہے۔ اب صرف ایک آخری بات یاد رکھو! زندگی کتنی بے رحم کیوں نہ ہو وہ ہمیں کچل نہیں سکتی۔ کیونکہ بہر حال اس سے چھٹکارا

پانے کا ذریعہ ہمارے پاس ہوتا ہے۔ نمسکار۔"

اس کے بعد دوبارہ روشنائی سے لکھے ہوئے الفاظ تھے،"شریمتی کی چولی سترہ روپے، کاویری کے بچے کا نام رکھنے کی رسم، بچے کے کپڑے چار روپے، منگلا کو ٹیکہ پانچ روپے، گائے کے لئے چارا چار آنے اور آخری الفاظ تھے بیڑی ایک آنہ۔۔۔"

باہری دنیا کی یہ چھوٹی چھوٹی باتیں جو ناقابل شکست دیواروں کو توڑ کر اندر آگئی تھیں ان کے بوجھ تلے وہ دب گیا۔ اس نے کاغذ کو واپس ڈبیہ میں رکھ دیا اور ڈبیہ کو اپنے لباس میں چھپا کر دوبارہ بستر پر آکر لیٹ گیا۔ مجھے موت کا راستہ بتا کر زندگی کو سہل بنانے والا یہ جٹا دھاری کون ہوگا؟ کوئی بھی ہو۔ یہاں لمحہ لمحہ زندگی گھٹ رہی ہے اور باہر سارا عالم مختلف موسموں کے طواف میں مست ہے۔ شری پاد کو ٹوپی مل گئی ہوگی؟ کالی یا چکلیٹی؟ ٹوپی اسے پسند آئی ہوگی؟ زچگی، موت، وہ خاتون زچگی میں مر تو نہیں گئی؟ بچہ نومولو ہی مر گیا یا مرنے کے بعد تولد ہوا؟ یہ کاویری کون؟ یہ شاید اس گھر کی بیٹی نہیں ہے۔ اگر نہیں ہے تو پھر خود اس کے بچے کی موت کے باوجود وہ اس خاتون کے بچے کے نام رکھنے کی رسم پر تحفے میں کپڑے وغیرہ کیوں کر دے سکتی ہے۔ کیا اسے واقعی خاتون کے بچے سے اتنی ہی محبت تھی۔

ایک صفحے پر نام رکھنے کی رسم ہے، شادی ہے، کہیں کسی اندھیرے باڑے میں بیٹھی جگالی کرتی ہوئی گائے ہے اور اس کی خاطر چار آنے کا چارا بھی ہے۔ جٹا دھاری نے خود موت کو گلے لگایا اور میرے لئے زندگی سے نجات کا انتظام کر دیا اور دوسری طرف افزائش، شادی، موت، ایک کے بعد ایک واقعہ مگر آخر میں کیا؟ ایک آنے کی بیڑیاں؟ دیوار کی اس جانب کوئی اسی طرح زندگی کے بوجھ تلے پس رہا ہے اور اس کے ہاتھ میں ہیں ایک آنے کی بیڑیاں! یہاں تین ڈھانچوں کی بھدی ہنسی۔ شری پاد، کاویری، منگلا یہ لوگ

کون ہیں۔ حساب جوڑنے والا کون؟ جٹا دھاری کون؟ اور آخر میں کون؟ ہو سکتا ہے اب شری پاد بڑا ہو کر پیدائش، زچگی، موت، شادی، تحفہ وغیرہ کے چکر سے گزر چکا ہو اور ایک آنے کی بیڑیوں کے کش لیتا ہوا کسی کونے میں بیٹھا ہو مگر مزے کی بات یہ کہ ساری باتیں اس چھوٹے سے کاغذ کے پرزے میں سما گئیں۔

جٹا دھاری کے لکھے ہوئے دوہے بھجن تو کسی تالاب یا کنویں میں پڑے ہوں گے اور کھلی آنکھوں سے تیرتی مچھلیوں کی پرچھائیاں ان پر منڈلا رہی ہوں گی۔ میرے لباس کے کسی ٹکڑے کو کوئی کوا اپنا گھونسلا بنانے کے لئے کسی اونچے درخت کی کسی اونچی شاخ پر لے گیا ہو گا۔ میری چپلیں کسی گمنام جذامی کی کٹی پھٹی انگلیوں والے پیروں میں کسی انجان راستے پر گھسٹ رہی ہوں گی اور میرے کرتے میں لگے چاندی کے بٹن کسی عیاش آدمی کے کرتے میں لگے چار پیسوں کے لئے اپنا جسم بیچنے والی کسی کسبن کی چھاتیوں میں گڑ رہے ہوں گے۔

ہزاروں الجھی ہوئی لکیریں ہیں۔ لیکن کسی نہ کسی نقطے پر ایک دوسرے سے مل جاتی ہیں۔ کہیں کوئی غلطی نہیں ہوتی۔ سمندر کے کنارے پڑی ہوئی بے شمار سیپیوں میں سے کسی ایک سیپی میں کسی کھیت کی مٹی بھر جائے۔ پھر اس مٹی میں کسی پہاڑی پودے کا بیج پڑ جائے۔ کچھ ایسی ہی عجیب و غریب ہے یہ زندگی اور میری وہ ماچس کی ڈبیہ پتا نہیں اس کی تیلیوں سے کسی مندر کا دیا جلا گیا ہو گا یا کسی کی چتا میں آگ لگائی گئی ہو گی۔ یا پھر وہ بھی کسی انجانے شخص کی ایک آنے کی بیڑیاں جلانے میں صرف ہو گئی ہو گی؟

اب ابال ختم ہو گیا تھا۔ اس نے تازگی محسوس کی۔ جسم میں حرارت سی آگئی۔ اس کے اندر ایک امنگ سی پیدا ہوئی ساتھ ہی اس کے دل میں ایک خیال بھی آیا ان تین ڈھانچوں میں آخر میرا محسن کون ہو گا؟ اس نے تختے کو اوپر اٹھانے کی کوشش کی مگر اس

میں جنبش تک نہیں ہوئی۔ شاید کسی نے اسے ہمیشہ کے لئے بند کر دیا تھا۔ انہوں نے سوچا ہو گا ان تین مسکراتی کھوپڑیوں کا دیدار زندگی میں ایک بار کافی ہے۔ وہ دیوار کو گھورتا رہا۔ اکی نظریں اس پر پھسلتی رہیں۔ وہ سوچنے لگا ان تینوں میں جٹا دھاری کون ہو سکتا ہے؟ غالباً آخری ڈھانچہ ہی ہو سکتا ہے۔ ورنہ افیم کی گولی کوئی پہلے ہی کھا چکا ہوتا۔ یہ بھی تو ہو سکتا ہے کہ دوسرا ڈھانچہ جٹا دھاری کا ہو اور بعد کے سوامی کو وہ ڈبیہ ملی ہی نہ ہو۔ یہ بھی یقین سے نہیں کہا جا سکتا کہ مہنت نے اولین سوامی کو بھی اسی طرح قید نہ کیا ہو۔ اس کے ہونٹوں سے ایک کراہ نکلی۔ بتاؤ! تم میں سے جٹا دھاری کون تھا؟ اسے تینوں ڈھانچوں کے چہرے یاد آئے مگر ان کے چہروں پہ پر اسرار ڈراؤنی ہنسی کے سوا کچھ نہیں تھا۔ گویا کہہ رہے ہیں ہمیں تیرے سوال کا جواب معلوم ہے مگر ہم نہیں بتائیں گے اسے تو خود تجھے تلاش کرنا ہو گا۔

اس نے سوچا جٹا دھاری جو بھی ہو۔ یقیناً ان تینوں میں سے کوئی ایک ہو گا۔ ڈھانچے کے روپ میں سہی میں نے اپنے محسن کے درشن کر لئے ہیں۔ میں اس کا احسان مند ہوں۔ میری احسان مندی کا اسے ضرور احساس ہو گا۔ پھر اچانک اسے ایک بات یاد آ گئی۔ اوپر ویدی کے نیچے بھی تو ایک سوامی دفن ہے۔ کہیں وہی جٹا دھاری نہ ہو۔ اسے ایک تکلیف دہ احساس ہوا کہ وہ اپنے محسن سے کسی بھی صورت میں نہیں مل سکتا۔ ہو سکتا ہے اسے یہاں اس وقت لایا جائے جب میرا کام تمام ہو چکا ہو۔ یہ بد قسمتی ہی تو ہے کہ میں ڈھانچے کی صورت میں بھی اپنے ماضی کے درشن نہیں کر سکتا۔ آخر یہ الجھی ہوئی ان گنت ریکھائیں اچانک خود بخود ایک دوسرے سے جڑ گئی ہیں یا جڑتے جڑتے ایک دوسرے کے پاس نکل گئیں۔

آخر اس گورکھ دھندے کا مطلب کیا ہے۔ آخر یہ کیسا نظام ہے؟ ایک طرف تو ہر

لمحہ ایک دھماکے کے ساتھ آسمان میں مہتابیاں سی چھوڑتا ہے تو دسری طرف پرانے ماہ وانجم کو تباہ کر دیتا ہے۔ ایک طرف ہزار آنکھوں کی مالا اپنے گلے میں ڈال لیتا ہے اور دوسری طرف انہیں توڑ پھوڑ کر جگہ جگہ ٹوٹے پھوٹے ڈھیلوں کی شکل میں بکھرا دیتا ہے۔ ایک طرف پتھر کو بھی پگھلا دینے والی آگ کی شکل اختیار کر لیتا ہے تو دسری طرف لہو منجمد کر دینے والی سردی کا روپ دھارن کر لیتا ہے۔ یہ کیسا چکر ہے؟ کیا اس کا جواب کسی کے پاس ہے؟ یا اسے نہ جان پانا ہی اس کا جواب ہے؟ ہم زیادہ سے زیادہ کیا کر سکتے ہیں، بس پالتھی مار کر بے حس وحرکت بیٹھے چوڑی دندانے دار ہنسی ہنستے رہیں۔ یا پھر بے تعلق سے ایک آنے کی بیڑیاں پھونکتے بیٹھے رہیں۔ یا پھر اس چکر کی جھلسا دینے والی حرارت سے نجات پانے کے لئے کالی گولی، کا سہارا لیں۔

ہاں آخر یہی ہو سکتا ہے مگر یہ تو اس سوال کا جواب نہیں کیوں کہ یہ سب اس چکر کو خوردبین سے دیکھنے کے بعد نظر آنے والی معمولی شکلیں ہیں تو آخر میں باقی کیا رہتا ہے۔ صرف خوردبین جو سب کچھ دیکھتی دکھاتی ہے مگر خود ہر شئے سے لاتعلق رہتی ہے۔ سب سے مربوط سب سے جدا۔ ڈبیہ مل جانے کے بعد کچھ دیر تک وہ بڑا خوش رہا۔ خوب گہری نیند سویا۔ کھانا معمول سے زیادہ رہتا، تب بھی وہ کھالیتا اگر انسان کو یہ معلوم ہو جائے کہ وہ اپنے سر کا بوجھ کسی بھی وقت اتار کر پھینک سکتا ہے تو پھر بوجھ کی گرانی کا احساس ختم ہو جاتا ہے۔

اس خیال نے اس کے اندر ایک تازگی بھر دی تھی۔ اس کے بعد کھانے کے کئی دور گزر گئے۔ تھالیاں آئیں اور گئیں۔ اس نے بڑے احتیاط سے اپنے ناخن تراشے، اب وہ غسل خانے میں کافی دیر تک گرم پانی کا لطف لینے لگا تھا۔ داڑھی اور سر کے بالوں میں وہ کنگھی کی طرح انگلیاں پھیرتا رہتا۔ کرتے کے داغوں کو بھی دھو کر صاف کیا۔ اس نے

کمچھے کے باہر نکلے پھوسڑوں کو نکال پھینکا۔ اس نے طے کیا کہ جب وہ اپنے بستر پر آخری بار لیٹے گا تو وہاں کوئی ایسی چیز ہر گز نہیں ہوگی جو اسے ملول کر دے یا گندگی کا احساس دلائے۔ بلکہ خود مہنت کو بھی معلوم ہونا چاہیے کہ اس نے اس کی ذات کو غلط آنکا تھا۔ اسے پتا چلنا چاہئے کہ یہ آدمی یہاں بھی معمول کی زندگی جیتا رہا اور آخر میں اپنی موت کا سوتر دھار بھی خود ہی بنا۔ نہ وہ مرا، نہ ختم ہوا۔ صرف رک گیا تھا۔

اس دن غسل خانے جاتے ہوئے اس نے خود سے کہا آج تمہیں خوب مل مل کر نہانا ہے کیونکہ آج تمہارا نیا جنم ہے جنم دن لیکن؟ اس وقت رات ہے یا دن؟ جہاں دن کا ہی پتا نہ ہو وہاں جنم دن کیوں کر معلوم ہو سکتا ہے؟ اس لئے سچائی یہ ہے کہ تم جس دن طے کروگے وہی تمہارا جنم دن ہوگا اپنے اس خیال پر وہ قدرے مسکرایا۔ پھر اس نے بڑے سکون سے غسل کیا۔ بدن پونچھا اور باہر آکر تنگ گلیارے میں کھڑا رہا۔ گیلے پیروں کو پوچھنے کے لئے جوں ہی جھکا یکا یک جیسے اس کے پیروں کے پاس کوئی دھماکا ہوا ہو۔ وہ حیران رہ گیا۔ اس نے جو دیکھا اس پر یقین ہی نہیں آرہا تھا۔

اس نے دھیرے سے اپنے گھٹنے فرش پر ٹیکے اور دوبارہ غور سے دیکھنے لگا۔ غسل خانے کے کونے میں باہر کی طرف ایک ہلکی سی دراڑ تھی وہاں ایک انگل لمبی جنگلی بیل دراڑ سے جھانک رہی تھی۔ بیل کے ڈنٹھل پر پانچ گول پتے بھی لگے ہوئے تھے۔ وہ حیرت سے اسے دیکھتا رہا۔ یہ جگہ پاتال میں بہت گہرے زمین کے نیچے ہے۔ پختہ فرش ہے، پھر بھی یہ بیج ساری دنیا کو حقارت سے ٹھکرا کر ایک بانکپن کے ساتھ باہر نکل آیا ہے۔ اس کا دل احترام کے جذبے سے بھر گیا۔ اسے لگا وہ گھٹنوں کے بل جھک کر اسے نہارتے ہوئے اس ننھے سے پودے کی عظمت کے آگے سرنگوں ہو گیا ہے۔ اس کے اندر جیسے مسرت کا ایک چشمہ سا پھوٹ پڑا اور وہ یک بیک ہنس دیا۔

اس نے پوجا کا چھوٹا سا ترشول لیا اور اس سے پودے کے آس پاس کی زمین کریدنے لگا۔ نیچے انگل پھر موٹی جڑ تھی۔ تھوڑی سی جگہ بنالینے کے بعد اس نے وہاں چلو سے پانی ٹپکایا اور پتوں کی طرف فخر سے یوں دیکھنے لگا جیسے وہ اس کی ظفریابی کا پرچم لہرا رہے ہوں۔ سرخ روشنی میں بیل کی ٹہنی دھیرے دھیرے اوپر کی طرف بڑھ رہی تھی۔ اب پتے پانچ سے دس ہو گئے تھے۔ بیل کی ایک اور شاخ نکل آئی تھی۔ پیچھے کے دو ایک پتے جھڑ گئے تھے۔ نازک سرخ ڈنٹھل، پختہ ہو رہا تھا۔ اس نے جڑ کے پاس کی جگہ کرید کرید کر کافی چوڑی کر دی۔ اب بیل کی ڈنڈی چاہے جتنی موٹی ہو جائے کوئی پریشانی نہیں تھی۔ جیسے جیسے بیل بڑھ رہی تھی۔ اس کا جوش و اضطراب بھی بڑھتا جارہا تھا۔ وہ کافی دیر تک گھٹنے ٹیکے بیل کے سامنے بیٹھا رہتا گویا اس بیل کے رگ و ریشے میں سرا سرتی قوت نمو کی آواز کو اپنے کانوں سے سننا چاہتا ہو۔ اس نے جھڑے ہوئے ایک پتے کو مسل کر اس کی بو سونگھنے کی کوشش کی۔ اس پتے سے کچھ ایسی بو آرہی تھی جیسی بارش میں بھیگ کر گوٹھے میں آئی ہوئی گائے کے سامنے پڑے تازہ چارے سے آتی ہے۔ کون سی بیل ہے یہ ؟ اسے پھول بھی آتے ہوں گے۔ کیسا رنگ ہو گا ان کا؟

یہ سوال تو صرف تجسس کے طور پر اس کے ذہن میں آئے۔ اصلی خوشی تو اسے بیل کے اس طرح لگاتار بڑھتے جانے سے ہو رہی تھی۔ بیل کی نئی کونپلیں بھی پھوٹ رہی تھیں۔ پوری ڈنڈی پتوں کے جھنڈ سے بھر گئی تھی۔ ہوا کی آمد و رفت کے لئے بنے ہوئے پائپ کا منہ وہاں سے صرف ایک ہاتھ کی دوری پر تھا۔ وہ بیتابی سے انتظار کر رہا تھا کہ بیل اس فاصلے کو جلد از جلد طے کرلے۔

آنکھ کھلتے ہی وہ اٹھ کر فوراً بیل کے پاس چلا جاتا۔ اگر اسے بیل میں کوئی اضافہ نظر نہ آتا تو وہ مایوس ہو جاتا، دودھ آتا، دوبار کھانے کی تھالیاں آتیں جاتیں، وہ نیند کے

درمیان ایک رات آکر چلی جاتی۔ آخر بڑھتے بڑھتے اس ہوادان تک پہنچ گئی۔ مارے خوشی کے وہ بے چینی سے ادھر ادھر ٹہلنے لگا۔ اس دن اس نے پورا کھانا بھی نہیں کھایا۔ بیچ میں اٹھ کر بیل کے پاس چلا آیا۔ پتوں کو بڑی نزاکت سے ترشول کے سہارے اٹھا کر ہوادان میں چھوڑ دیا۔ جٹادھاری نے اس ترشول کی پوجا کی تھی۔ اس نے اسی سے زمین کھودی تھی اور اب یہی ترشول اس بیل کو زندگی کی سمت دکھانے میں ایک اہم کردار نبھا رہا تھا۔ بیل بڑھے گی، پھل لگیں گے اور پھر ایک دن بیل کے وزن سے ترشول زمین پر گر جائے گا۔ مری طرح بنا پھل پھول اگائے۔

بیل کو دیکھ کر وہ سوچوں میں ڈوب گیا۔ اس کے پھول اور پھل کیسے ہوں گے؟ میں انہیں دیکھ نہیں سکوں گا۔ بیل کا مستقبل طے ہے مگر میرا تو حال میرے اختیار میں نہیں۔ پتوں کو اندر سرکاتے اچانک اس کا ہاتھ رک گیا۔ یہ پتے تو اوپر نکل جائیں گے۔ پھر میرے لئے یہاں کوئی سبزہ نہیں بچے گا۔ اس خیال سے وہ تھوڑا ملول ہو گیا۔ اسے لگا جیسے کوئی چیز پوری طرح ختم ہو رہی ہے۔ وقت کا ایک حصہ بے جان ہو گیا ہے۔ وہ لوٹ آیا اور آسن پر بیٹھ گیا اس نے سوچا بیل اس کی محتاج نہیں ہے۔ کسی کی بھی نہیں۔ وہ تو اس کی عدم موجودگی میں بھی بڑھتی رہے گی۔ اس میں نئی نئی کونپلیں پھوٹیں گی اور ایک دن پورا ہوا دان بھر جائے گا اور بیل اوپر آسمان کی جانب روشنی کی دنیا میں داخل ہو جائے گی۔

ہوادان کے بھر جانے کے خیال سے اس کی سرخوشی کا پارہ اچانک نیچے آگیا۔ جیسے پیچھے سے کسی استخوانی پنجر نے اس کے کاندھے پر ہاتھ رکھ دیا ہو۔ اس کی آنکھوں میں خوف اتر آیا۔ وہ ایک دم ساکت ہو گیا۔ اسی وقت کھانے کی تھالی آگئی وہ اس جانب صرف دیکھ کر رہ گیا۔ وہ سوچ رہا تھا بیل تو اوپر روشنی میں چلی جائے گی مگر قیمت تو اسے چکانی پڑے گی۔ اس کے بدلے اسے اپنی جان سے ہاتھ دھونا پڑے گا۔ یہ بات اب تک اس

کے دھیان میں نہیں آئی تھی۔ بیل تو روشنی میں نہا جائے گی مگر ہوادان سے آنے والی ہوا کا منہ بند ہو جائے گا اس کا مطلب یہ ہوا وہ اپنی جان کا خراج ادا کر کے ہی بیل کو زندہ رکھ سکتا ہے۔

سفید، پیلی، ہری، روشنیوں سے گزرتا ہوا، اس سرخ اندھیرے میں ڈھکیلا گیا مجھ جیسا آدمی زندہ رہے گا یا پھر ایک عزم کے ساتھ اندھیرے کا سینہ چیرتی روشنی کی طرف بڑھنے والی یہ بیل زندہ رہے گی۔ اسے لگا بجلی کا وہ سرخ گولا اور اس کی سرخ روشنی میں بدہیئت دکھائی دینے والی تھالی کی کنار اس سے یہی سوال پوچھ رہے ہیں۔ شاید تھوڑے سے فاصلے پر بیٹھے ہوئے وہ تینوں استخوانی پنجر بھی اس کا جواب سننے کے لئے بے چین ہیں۔ اس نے تھالی سے دو ایک نوالے لئے لیکن اب اس کی بھوک مر چکی تھی۔

آخر اس نے دل ہی دل میں فیصلہ کر لیا اور بے فکر ہو گیا۔ اب اس کے دل میں پہلے دن کا سا خوف تھا نہ تھوڑی دیر پہلے کی سی سرمستی تھی۔ اس کا دل ڈھلتی شام کے جھٹ پٹے کی مانند پر سکون تھا جس کے سارے شوخ رنگ اڑ گئے ہوں۔ اس نے تھالی کو پرے سرکا دیا۔ جبے پر کاڑھی ہوئی بیل سے دھاگے کا ایک تار نکال کر اسے چاول کے دانوں سے ہوادان کے منہ پر چپکا دیا۔ پائپ سے خارج ہوتی ہوا کی وجہ سے دھاگا زمین کے متوازی تیرتا ہوا تھرانے لگا۔ اس نے سوچا یہ دھاگا اب میرے لئے میری نبض کا کام کرے گا۔

اب جوں ہی آخری وقت آئے گا الوداع کہنے کے لئے میں تیار ہوں۔ اس کے بعد اس نے اپنے روز کے معمولات جاری رکھے۔ روز نہانا، تھالی کے آتے ہی کھانا کھا لینا، اس کی نیند میں بھی کوئی خلل نہیں پڑا۔ مگر اسے لگ رہا تھا یہ سب وہ نہیں کر رہا ہے، کوئی اور ہے جو اس سے یہ سب کروا رہا ہے، وہ تو محض ایک سائے کی طرح مشاہدہ کر رہا ہے،

دھیرے دھیرے اس میں ایک طرح کی لاتعلقی پیدا ہونے لگی۔ پہلے وہ جس طرح اس بیل کو دیکھنے کے لئے مضطرب رہتا تھا اب نہیں رہتا۔ البتہ پانچ چھ بار اس تھرتھراتے دھاگے کو ضرور دیکھ لیتا ہے۔ مگر اسے دیکھتے ہوئے بھی اس کی نظر میں ایک خالی پن رہتا۔ اسے معلوم تھا کہ وہ دھاگا اس کی سرخ رنگ سے بھری زندگی کی نبض ہے۔ جو رفتہ رفتہ ایک طے شدہ نتیجے کے طور پر کمزور پڑتی جارہی ہے۔

دھاگا اب فرش کی طرف جھک رہا تھا، بستر پر لیٹے لیٹے وہ سوچتا رہتا۔ بیل اب کتنی بڑی ہوگئی ہوگی، کیا اس میں پھول آئے ہوں گے؟ یا اس میں پھول اس وقت تک نہیں آئیں گے جب تک سورج کی روشنی اسے چھو نہ لے۔ ایسے ہی چھوٹے چھوٹے خیال پارے اس کے تصور میں تیرتے رہتے۔ کبھی کبھی یہ خیال پارے ہلتے پانی میں بڑی پرچھائیں کی طرح لرز کر ٹوٹ جاتے۔ وہ گھبرا کر اٹھ بیٹھتا، ٹین کی ڈبیہ کو کھول کر دیکھتا، خود کو دلاسا دیتا اور پھر سکون سے ایک بار دھاگے کو دیکھ آتا۔

ایک دن اسے محسوس ہوا کہ اندر کی ہوا ایک دم گھٹی گھٹی سی اور بھاری ہوگئی ہے۔ غسل خانے تک جانے میں بھی جیسے سینے پر ایک بوجھ سا محسوس ہو رہا تھا اور سانس پھولنے لگا تھا وہ لوٹ کر آسن تک آیا جو کچھ ہو رہا ہے یا جو کچھ ہونے والا ہے اس سے وہ واقف تھا پھر بھی یہ دیکھ کر وہ چونک سا گیا کہ دھاگا ہوا دان کے منہ کے پاس بے حرکت پڑا ہے۔ بس رہ رہ کر پر کاہ کی مانند اس میں ہلکی سی لرزش ضرور ہو جاتی تھی۔

اس نے دل ہی دل میں تیاری کرلی وہ غسل خانے میں گیا۔ احتیاط سے اپنے ناخن تراش لئے۔ انگلیوں سے بالوں کو ٹھیک کیا۔ ٹھنڈے پانی کا نل کھولا، اس نے نیچے تھالی کو ترچھا کر دیوار سے ٹکا دیا۔ پانی قطرہ قطرہ تھالی پر ٹپک کر پھسلتا ہوا بیل کی جڑ کی طرف بہنے لگا تھا، جڑ اب کلائی جتنی موٹی ہو کر ڈھٹائی کے ساتھ اوپر آگئی تھی۔ اس نے ایک بار جڑ کو

چھو کر دیکھا، غیر محسوس طریقے سے اس پر انگلیاں پھیریں، وہ لوٹ کر بستر پر آگیا، چادر پر پڑی سلوٹوں کو ٹھیک کیا۔ ہاتھ جوڑ کر سامنے دیوار کو نمسکار کیا اور زیر لب بڑبڑایا۔

تم میں جٹا دھاری جو بھی ہو، مگر مجھ پر تمہارا زبردست احسان ہے۔ تم نے مجھے سکھایا ہے کہ چراغ کی لو کو بجھنے سے پہلے چٹکی سے مسل کر کس طرح بجھایا جا سکتا ہے۔ وہ پالتھی مار کر بستر پر بیٹھ گیا۔ یہاں ہوا بے حد بھاری ہو گئی تھی۔ تنفس اس طرح چل رہا تھا جیسے کوئی کھردرے کپڑے کے پٹے کو زور زور سے سینے کے اندر باہر کھینچ رہا ہو لیکن اب اس کی نظروں کے سامنے ایک ہی منظر تھا۔ اس کی بیل سبز پتوں سے لدی نمو کی شدید خواہش لئے اوپر ہی اوپر اٹھتی جا رہی تھی۔

اس نے دل ہی دل میں کہا،

اے بیل! تو اسی طرح اوپر ہی اوپر اٹھتی جا

اندھیرے کی تنگنائے سے نکل کر تیری زندگی

غیر مختتم جوش کے ساتھ اوپر جا کر وقت کے کسی آسودہ

پل میں روشنی کو گلے لگالے گی

تجھ میں پھول آئیں گے

سونے کے ننھے ننھے پیالیوں جیسے پھول

جن کے زرد زیرہ دانوں کو چھوتے ہی انگلیاں

خوشبو سے مہک اٹھیں گی

جب تجھ میں پھول آئیں

ہزاروں پھولوں سے جلو میں تو

اپنے سر پر جھکے آسمان کے روبرو جا

اور اسے گواہ بنا کر اپنے پھولوں کی پیالیوں میں سورج کی روشنی بھر لے
اگر تجھے پھل لگیں
اور میری تمنا ہے کہ تیرے ہر پتے کے نیچے ایک
سرخ پھل لگے اور وہ اس قدر رسیلا ہو کہ
ہر پھل کے سرخ رنگ میں، سورج کی روشنی کا
ایک ایک ذرہ، گھل مل کر
ایک جان ایک رس جائے
جب تیری گود پھولوں سے بھر جائے
افق کی جانب دیکھنا
کیوں کہ تو اسی کی تلاش میں
اندھیرے سے نکل کر روشنی میں آئی ہے
لہٰذا اپنے پھلوں کو ان کے بیجوں کو
اپنی فتح کی علامت کے طور پر
چاروں طرف بکھر جانے والے
اگر کوئی معمولی جگنو بھی دکھائی دے
تو اس کا استقبال کر
کیوں کہ اپنی نوک سوزن کے برابر روشنی کے دم پر
اس نے رات کے پیکر اس اندھیرے کو
للکارا ہے کم سے کم اندھیرے کے ایک ذرے پر قابض ہو گیا ہے
آسمان میں اڑتا ہو کوئی ننھا سا پرندہ دکھائی دے جائے

تو اس کی قدر کرنا
کیوں کہ وہ اپنے دو نازک پروں کی مدد
سے پورے اعتماد کے ساتھ آسمان کی
وسعتوں کو ناپ رہا ہے
اگر کوئی بچہ تیرے برگ سبز کو توڑ لے اور اسے موڑ کر آئینے کی شکل دے
یا تیرے زرد پھولوں کو چن لے
اور ان کا پیلا رنگ اس کی انگلیوں سے چپک جائے
یا تیرے پھل کو توڑ کر اسے اپنی دو انگلیوں
کے بیچ میں اس طرح دبائے کہ ایک
رسیلا تار سا نکل آئے
تب تو اس پر خفا مت ہونا
کیا پتا وہ ان کروڑوں میں ایک ایسا
بچہ ہو جو اپنے اطراف کے بے پایاں اندھیرے
کی دیوار کو ڈھا کر روشنی کو پانے کی
کوشش کر رہا ہو
اگر ایسا ہے تو پھر جان لے کہ۔۔۔
اس بچے کا اور تیرا رشتہ خون کے رشتے سے بھی زیادہ گہرا ہے
اس لئے تو اس سے خفا مت ہو
ایک پتے کے ٹوٹ جانے سے تیرا دامن خالی نہیں ہو جائے گا
ایک پھول کے توڑے جانے سے تیرے حسن میں کوئی کمی نہیں آئے گا

ایک پھل کے گر جانے سے تو کنگال نہیں ہو جائے گا
میری دعا ہے کہ تو خوب پھلے پھولے
تیرے پھلنے پھولنے سے ہی میری خوشی میری زندگی وابستہ ہے
کیوں کہ تیرے ہر پتے سے میری ایک ایک
سانس بندھی ہے
گویا تیری ہستی
میری ذات سے عبارت ہے
میری ذات تیرے وجود میں سماگئی ہے
میں مرا نہیں ہوں، صرف میرا روپ بدل گیا ہے
تو اپنی پوری جلوہ سامانیوں کے ساتھ دنیا پر آشکار ہو جا
اور دنیا والوں کو بتا دے کہ
میں اس سرخ اندھیرے میں دب کر ختم نہیں ہوا ہوں
بلکہ سبز فوارے کی شکل میں باہر آگیا ہوں
لہٰذا تو اسی طرح اوپر جا
اور اوپر۔۔۔"

اس کے بعد اس نے ڈبیہ کھول کر گولی منہ میں ڈال لی اس وقت صرف ایک دھندلا سا خیال سورج کی روشنی میں پرندے کے عکس کے مانند اس کے دل کی سطح پر لہرا کر گزر گیا۔ میرے پیش رو سوامی نے مجھ پر یہ احسان کیا لیکن میں اپنے بعد کے آنے والے کے لئے کچھ بھی نہیں کر سکا میں زندگی بھر دوسروں کے احسانات کا بوجھ ڈھونڈتا رہا اور اب آخر میں بھی کسی کے احسان سے اپنا خاتمہ بالخیر کر رہا ہوں اس بیل میں اپنی سانسیں شامل

کر کے میں اوپر جا رہا ہوں کیا وہاں اپنے احسانات کا قرض ادا کر سکوں گا؟

وہ اسی طرح لپٹا رہا، اب اوپر کی دیوار نیچے سرک کر اسے بھینچ رہی تھی۔ اتنے دن خاموشی سے انتظار کرتی دیوار کا گوشہ گوشہ مضبوط ہاتھوں میں بدل گیا اور اسے دبانے لگا۔ وہ چیخنا چاہتا تھا لیکن اس کی آواز نے اس کا ساتھ نہیں دیا۔ اتنے میں اسے ڈھول کی آواز سنائی دی، ڈھم، ڈھم، ڈھماک۔ آج پہلی بار اسے باہر کی آواز سنائی دے رہی تھی۔ کیا روشنی کی دنیا میں اس ننھی بیل کا خیر مقدم کیا جا رہا تھا۔ اس خیال سے وہ بھی جوش سے بھر گیا۔ اس کے ہونٹ ہلے۔

"تو جا۔۔۔ اسی طرح اوپر کی طرف جا\
اپنے پھولوں میں سورج کی روشنی کو\
جذب کر لے، آسمانوں کے سامنے سینہ سپر ہو جا\
جا اوپر جا۔۔۔"

ڈھول کی آواز اب قریب آتے آتے اچانک بڑھ گئی تھی۔ ساتھ ہی چاروں طرف سرخ رنگ کی موجیں اٹھنے لگیں۔ رفتہ رفتہ اس کی آواز ڈوبتی چلی گئی۔ صرف ہونٹ ہلتے رہے۔ ہلتے رہے۔

بالآخر نیند کے دبیز پروں کے سایے میں وہ اپنے جبڑوں کے نیچے سے ابلتی ہنسی کو اپنی آخری مسکراہٹ کے نیچے دبا کر ہمیشہ کے لئے بے حس و حرکت ہو گیا۔

***

باؤلا

وہ ایک چلچلاتی دوپہر کو شمشان گھاٹ میں داخل ہوا۔ راستے کی دھول پر اس کے قدموں کے نشان دور تک بکھرے ہوئے تھے۔ گاؤں پیچھے رہ گیا تھا۔ شمشان گھاٹ کے گرد گھنی چھاڑیاں اگی ہوئی تھیں۔ وہ ہانپتا لڑکھڑاتا ان کی چھاؤں میں آکر بیٹھ گیا۔ تھوڑی دیر تک سستاتا رہا۔ پھر جیب سے کاغذ کا ایک پرزہ نکالا، کاغذ پر وقفے وقفے سے جھک کر کچھ لکھتا رہا۔ شمشان گھاٹ کسی دیو کی غضبناک آنکھ کی طرح جل رہا تھا۔ جھاڑیاں ہولے ہولے سرسرا رہی تھیں۔ کبھی کبھی کسی پرند کی پھڑپھڑاہٹ بھی سنائی دے جاتی۔

درختوں پر نئی کونپلیں شمع کی ساکت لو کی طرح تنی کھڑی تھیں۔ ان کی گہری ٹھنڈی چھاؤں زمین پر پسری ہوئی تھی اور وہ اس چھاؤں میں لیٹا، رہ رہ کر کاغذ کے پرزے پر کچھ لکھ رہا تھا۔ اس کا لباس میلا چیکٹ ہو رہا تھا۔ اس کے لمبے لمبے بال اس کی گردن تک بڑھ آئے تھے۔ حلیے سے وہ ایک مفلس شکستہ حال شخص لگ رہا تھا مگر اس کے چہرے پر ایک عجیب سی طمانیت تھی۔ ایک ایسی طمانیت جو ہمیشہ خوابوں میں ڈوبے رہنے والے شخص کے چہرے پر ہوتی ہے۔ وہ تھوڑی تھوڑی دیر سے پرزے پر کچھ لکھتا، لکھ کر چند لمحوں تک ان لفظوں پر غور کرتا اور پھر یک سرخوشی کے عالم میں گنگنانے لگتا۔ اس کی آواز سے دبے دبے جوش کا اظہار ہوتا تھا۔

پھر دھیرے دھیرے شمشان کے سکون میں دراڑ سی پڑنے لگی۔ شمشان کے پاس

بنی ویران شکستہ جھونپڑی سے کتوں کے بھونکنے کی آواز آرہی تھی۔ دیکھتے ہی دیکھتے ایک ایک دو دو کر کے کتنے ہی کتے جھونپڑوں سے نکل کر میدان میں جمع ہونے لگے۔ رفتہ رفتہ ان کی تعداد میں اضافہ ہوتا جارہا تھا۔ اب وہ علی الاعلان اجنبی کی طرف منہ اٹھا کر بھونکنے لگے۔ ان کے جبڑے کھلتے اور تیز نکیلے دانتوں کی لمبی قطار کی ایک جھلک دکھائی دے جاتی۔ لگتا ان کے بھونکنے کی آوازیں ان کے دانتوں کے شگافوں سے پھوٹ رہی ہیں۔ ان کا بے پناہ غصہ لحہ بہ لحہ بڑھتا جارہا تھا۔ اس جھنڈ میں ایک بلند قامت سیاہ کتے نے اپنے خونخوار آنکھیں اجنبی کے چہرے پر گاڑتے ہوئے غرا کر کہا، "عجیب آدمی ہے یہ، ایسی چلچلاتی دھوپ میں شمشان میں کیا کر رہا ہے؟"

"تس پر مزے سے گا بھی رہا ہے۔" ایک پستہ قد کتے نے لقمہ دیا۔

اس بلند قامت سیاہ کتے کو اس کا درمیان میں یوں لقمہ دینا پسند نہیں آیا اور اس نے 'عف' کر کے اپنے نکیلے دانت اس کی گردن میں پیوست کر دئے اور اسے ہوا میں اچھال کر دور پھینک دیا۔ دیگر کتوں نے بیک آواز بھونک کر اس کی 'جے جے کار' کا نعرہ لگایا پھر اس اس سیاہ فام کتے نے اس جملے کو اس طرح دہرایا جیسے وہ جملہ اس کی اختراع ہو۔

"تس پر مزے مزے سے گا بھی رہا ہے۔"

اجنبی کتوں کی زبان سے تو نابلند تھا لیکن اسے زخمی کتے کی حالت زار پر ترس آگیا۔ اس نے اپنی جیب میں پڑی سوکھی پاؤروٹی کا ایک ٹکڑا نکالا اور پچکار کر اس کتے کو پاس آنے کا اشارہ کیا۔ لیکن اس کے یوں جیب میں ہاتھ ڈال کر باہر نکالتے ہی کتوں میں خوف کی ایک لہر سی دوڑ گئی اور وہ سب ایک دم پیچھے ہٹ گئے۔ اس نے آگے بڑھ کر دھول اور مٹی میں تڑپتے اس پستہ قد زخمی کتے کو گود میں اٹھالیا۔ اس کی گردن پر ایک گہرا زخم تھا۔ جس سے خون رس رہا تھا۔ اس نے اس کے زخم کو باندھنے کے لئے جیب سے رومال نکالا۔

اس سے پہلے کہ وہ اس کے زخم پر رومال باندھتا کتے نے اپنے تیز دانت اس کی کلائی میں گاڑ دئے اور تڑپ کر اس کے ہاتھوں سے نکل گیا۔ پھر بے تحاشا گرتا پڑتا بھاگا اور ہانپتا ہوا اپنے جھنڈ میں شامل ہو گیا۔

بلند قامت کالے کتے کی آنکھیں اور بھی سرخ ہو گئیں۔ اس کے منہ سے کف نکلنے لگا وہ زور سے بھونکا۔

"یہ آدمی باؤلا ہو گیا ہے۔"

"ہاں! یہ آدمی باؤلا ہو گیا ہے۔"

دوسرے کتوں نے اس کے سر میں سر ملایا،

"یہ ہمیں ٹھوکر مارنے کی بجائے روٹی دیتا ہے۔"

"ہاں! روٹی دیتا ہے۔"

"دوسرے لوگ ہمیں دھتکارتے ہیں، یہ پیار کرتا ہے۔ گود میں اٹھا کر پچکارتا ہے۔ یہ آدمی دوسرے آدمیوں جیسا نہیں ہے یہ باؤلا ہو گیا ہے۔"

ان الفاظ کے ساتھ ہی کتوں کے جبڑے عجیب وحشیانہ انداز میں وا ہو گئے۔ مگر وہ سب اجنبی سے بری طرح خوف زدہ تھے۔ گویا اس کے صرف ایک لمس ہی سے ان کی موت واقع ہو جائے گی۔ دھونکنی کی طرح پھولتی پچکتی ان کے پسلیوں کی ہڈیاں کمانوں کی طرح تن گئیں۔ وہ کالا کتا کسی رینگتے سائے کی طرح دبے پاؤں آگے بڑھا۔ دوسروں نے بھی اس کی تقلید کی۔ ان کی آنکھیں اجنبی پر گڑی ہوئی تھیں اور ان کی سرخ باچھوں سے رال ٹپک رہی تھی۔ قریب پہنچ کر کالے کتے نے ایک بیک آدمی پر چھلانگ لگا دی اور اپنے تیز سلسلاتے دانت اس کی گردن میں پیوست کر دیے۔

اس کی تقلید میں دوسرے کتے بھی آدمی پر ٹوٹ پڑے۔ چند لمحوں تک غضبناک

غراہٹوں سے دوپہر کا سناٹا کانپتا رہا اور آدمی کتوں کے غول میں چھپ کر رہ گیا۔ گھنی جھاڑیوں سے دو چار پرند پھڑپھڑا کر اڑے۔ تھوڑی دیر بعد تمام کتے ایک ایک کر کے رخصت ہو گئے۔ آدمی بے حس و حرکت پڑا تھا اور اس کے نیچے کی زمین سرخ ہو رہی تھی۔ کاغذ کا پرزہ ہوا سے اڑ کر ایک جھاڑی میں پھنسا پھڑپھڑا رہا تھا۔ زخمی کتے نے پاس ہی بڑے ڈھول میں سے پاؤروٹی کے ٹکڑے کو چپکے سے منہ میں دبا کر ایک طرف کھسک جانا چاہا۔

تبھی وہ قد آور کتا جانے کہاں سے ایک بار پھر اس پر جھپٹا اور اس کے تیز نکیلے دانت دوبارہ اس کی گردن میں پیوست ہو گئے۔ پستہ قد کتے کے جبڑے سے پاؤروٹی کا ٹکڑا اچھٹک کر دور جا گرا اور وہ ایک بار پھر ڈھول اور مٹی میں لوٹتا ہوا کیو کیو کرنے لگا۔ کالے کتے نے جھپٹ کر پاؤروٹی کے ٹکڑے کو اپنے مضبوط جبڑے کی گرفت میں لے لیا اور ایک طرف کو چل دیا۔

اب پیڑوں کے پتوں سے پیدا ہوتی اداس سرسراہٹ کے سوا وہاں کچھ نہیں تھا۔ البتہ کہیں کہیں ایک آدھ پرند کی پھڑپھڑاہٹ ضرور سنائی دے جاتی۔ درختوں کی نئی کونپلیں شمع کی ساکت لو کی طرح تنی کھڑی تھیں اور زمین پر آدمی کی خون آلود لاش اس جلتی دوپہر میں یوں لگ رہی تھی جیسے کسی دودھا گرم بدن پر تازہ رستا ہوا زخم۔

***

پرساد

بائیں طرف نیل گری کے اونچے اور گھنے درختوں کے سایوں میں پچھلی شاہراہ سے وہ مندر کی سمت جانے والی پگڈنڈی پر مڑ گیا۔ اس وقت چاروں طرف گہری نیلی دھند پھیلی ہوئی تھی اور جگہ جگہ بکھری خودرو جھاڑیوں کے جھنڈ دھندلی پرچھائیوں کی طرح غیر واضح لگ رہے تھے۔ لیکن اس کہریلے ماحول میں بھی وہ سفید چمکیلا مندر دور ہی سے بہت صاف دکھائی دے رہا تھا۔

وہ جوں ہی مندر کے قریب پہنچا، گل مہر کے درخت جیسے ہڑبڑا کر جاگ پڑے۔ یہ دیکھ کر اسے بے حد اطمینان ہوا کہ وہ یہاں سب سے پہلے پہنچا تھا۔ وہ پیپل کے گرد بنی مٹی کی کچی منڈیر پر بیٹھ گیا۔ تھوڑی دیر میں دھند پگھلنے لگی اور دیکھتے ہی دیکھتے حد نظر تک سب کچھ ایک دم واضح ہو گیا۔

اس نے سوچا سورج کی پہلی کرن کے ساتھ ہی مندر کا بڑا پھاٹک کھل جائے گا۔ اب تیار ہو جانا چاہئے۔ وہ جوں ہی اٹھنے کو ہوا اندر سے مندر کے بڑے گھنٹے پر چوٹ پڑی اور اس کی گونجدار ٹن ٹن سے وہ یکبارگی چونک پڑا۔

اس ٹن ٹن کے ساتھ ہی مندر کا بڑا پھاٹک کھل گیا۔ چند لمحے پیشتر وہاں اس کے سوا کوئی بھی دکھائی نہیں دیا تھا۔ اب اس نے غور کیا کہ دروازہ کھلتے ہی ارد گرد بکھری جھاڑیوں اور کنجوں سے مختلف لوگ سایوں کی طرح خاموشی سے نکل نکل کر مندر کے

سامنے کھڑے ہو رہے تھے۔ بھیڑ بڑھتی جا رہی تھی۔ ہر سایہ اسے دھکیل کر آگے بڑھنے کی کوشش کر رہا تھا۔ وہ قدم قدم پیچھے ہٹنے لگا۔ حتی کہ ہٹتے ہٹتے وہ دوبارہ بڑی سڑک سے جا لگا۔ ان سایوں میں مرد اور عورت کی تمیز مشکل تھی۔ کیونکہ وہ سب سر تا پا سیاہ لباس میں ملبوس تھے۔ صرف آنکھوں کی جگہ دو سوراخ جھانک رہے تھے۔ اس پوری بھیڑ میں عام لباس میں اس کے سوا کوئی دوسرا نظر نہیں آ رہا تھا۔ اس نے محسوس کیا وہ سب لوگ عجیب نیندیلی نظروں سے پلٹ پلٹ کر اسے دیکھ رہے ہیں۔ اسے سیاہ اجگری کی آنکھوں کا خیال آیا جن کی ویرانی انسان کی روح کے اندر تک اترتی چلی جاتی ہے۔ اچانک اس نے ایک جھرجھری سی لی۔

قطار میں کھڑے لوگ ایک ایک کر کے مندر میں داخل ہو رہے تھے مگر داخل ہونے کے بعد ایک آدمی بھی واپس پلٹ کر آتا دکھائی نہیں دیا۔ شاید وہ لوگ مندر کے پچھلے دروازے سے باہر نکل جاتے تھے۔ قطار دھیرے دھیرے آگے کو سرک رہی تھی۔ جب اس کی باری آئی تب اچھی خاصی دھوپ پھیل چکی تھی۔ اس نے پلٹ کر دیکھا اس کے پیچھے کوئی نہیں تھا۔ جب وہ پھاٹک میں داخل ہوا، پجاری پوجا کی چھوٹی سی جالی دار کھڑکی بند کر چکا تھا اور ہاتھ میں لوٹ اور ایک چھوٹی سی پوٹلی لئے روانگی کی تیاری کر رہا تھا وہ اندر داخل ہوا۔ اس نے بند جالی دار کھڑکی سے نمسکار کیا اور پرساد کی خاطر پجاری کے سامنے اپنی ہتھیلی پھیلا دی۔

پجاری بے حد معمر تھا۔ چہرے پر اس قدر جھریاں تھیں کہ گال اور گردن کی کھال اوجھڑی کی طرح لٹک آئی تھی۔ اس کی آواز سن کر پجاری نے اپنی کیچ بھری چیکٹ آنکھیں اوپر اٹھائیں۔ اس پر نظر پڑتے ہی یکلخت پجاری کے ہاتھ کانپنے اور لوٹا اس کے ہاتھ سے چھوٹ کر فرش پر گرا۔ ایک زور کا جھناکا ہوا۔ پجاری اس طرح گھبرا کر کے پیچھے

ہٹا جیسے اس پر اچانک کوئی حملہ ہونے والا ہو۔ اس کا بدن کانپ رہا تھا۔ اس نے اپنی کپکپاہٹ پر قابو پاتے ہوئے مردہ آواز میں پوچھا، "کیا چاہئے تمہیں؟" پجاری کی اس گھبراہٹ پر وہ خود بھی تھوڑا سٹپٹا گیا۔ اس نے رک رک کر جواب دیا۔

"پرساد چاہئے۔ میرا مطلب ہے کچھ تبرک، پھول، نیاز درشن کے بعد یہاں سے سب کو کچھ نہ کچھ ملتا ہے، مجھے بھی کچھ۔۔۔"

"لنگر بند ہو چکا ہے۔ نیاز بھی ختم ہو گئی ہے۔" ضعیف پجاری لڑکھڑاتی آواز میں بولا، "اور اور مجھے گمان بھی نہیں تھا کہ تم یوں آؤ گے۔"

پجاری کے اس ریمارک پر وہ مزید بوکھلا گیا۔ پرساد کے لئے اصرار کرتا ہوا بولا، "دیکھئے، اندر پھول، پھولوں کی پنکھڑیاں، ناریل کے ٹکڑے بکھرے پڑے ہیں، انہیں میں سے کچھ دے دیجئے۔ میں پرساد لئے بغیر واپس نہیں جاؤں گا۔ آپ چاہیں تو میں نذرانے کے طور پر کچھ پیسے بھی دے سکتا ہوں۔"

بوڑھا پجاری دیوار سے ٹک کر کانپتا ہوا بولا "میں نے لنگر خانے کی کنجی واپس بھجوادی ہے۔ اب وہ کھولا نہیں جا سکتا۔ تم واپسی میں گاؤں سے پرساد لے لو۔ میں تمیں ایک پرچی دے رہا ہوں۔ اسے کسی سے پڑھوا لینا۔ پڑھنے والا بتا دے گا کہ تمہیں پرساد کہاں سے لینا ہے۔"

پجاری نے پاس رکھے لکڑی کے صندوق میں ہاتھ ڈال کر ایک تہہ کی ہوئی پرچی نکالی اور اس کے ہاتھ میں تھمادی۔ اب تو اس کی حیرت کی انتہا نہ رہی۔ اس نے پوچھا، "کیا آپ نے میرے لئے پرچی پہلے ہی سے لکھ کر تیار رکی تھی؟" پجاری نے جھک کر فرش سے لوٹا اٹھایا۔ اب وہ وہاں سے جلد از جلد بھاگ لینا چاہتا تھا۔

"کبھی کبھی ایسے لوگ آتے رہتے ہیں۔ میں نے تمہیں کئی بار دیکھا ہے مگر اس سے

پہلے تم یہاں کبھی نہیں آئے شاید۔ تمہارے آنے کا ابھی وقت نہیں ہوا تھا۔"

اس نے پرچی لے لی اور مندر کے باہر آکر پرچی کھول کر دیکھنے لگا۔ کاغذ پر کسی ایسی زبان میں دو سطریں تحریر تھیں جس سے وہ نابلند تھا اور نیچے کسی کے عجیب تیڑھے میڑھے دستخط تھے۔ واپسی پر اسے گاؤں ہی سے ہو کر گزرنا تھا۔ اس نے طے کیا کہ وہ گاؤں میں کسی سے یہ چٹھی پڑھوا کر وہ جگہ ضرور دریافت کرے گا جہاں پر ساد ملتا ہے۔ وہ روانہ ہوا۔ اس کے باہر نکلتے ہی پجاری نے مندر کا پھاٹک بند کر کے اندر سے سٹکنی چڑھالی اور پیچھے کے دروازے سے باہر نکل گیا۔ تھوڑی دور چلنے کے بعد اس نے یوں ہی پیچھے مڑ کر دیکھا۔ پجاری سڑک پر کھڑا اسی کی طرف دیکھ رہا تھا۔ نظریں ملتی ہی پجاری ہڑبڑا گیا اور جلدی سے سڑک کی دوسری طرف مڑ گیا۔

پہاڑی ٹیکری کے دوسری طرف گاؤں تھا۔ گاؤں کیا، تیس چالیس گھاس پھوس کے جھونپڑوں پر مشتمل ایک غلیظ سی بستی تھی۔ ایک طرف پھل سبزی کی دکان جو قریب قریب خالی پڑی تھی۔ جھونپڑوں کی چھتیں اس قدر جھکی ہوئی تھیں کہ اندر داخل ہونے کے لئے آدمی کا فرشی سلام کی حد تک جھکے بغیر گزر مشکل تھا۔ اس کے گاؤں میں داخل ہوتے ہی دکان کے پاس پڑے ہوئے تین چار کتے دانت نکوستے ہوئے اس پر جھپٹے۔ اگر اس نے اپنی لاٹھی نہ سنبھال لی ہوتی تو وہ اس کی تکابوٹی کر دیتے۔ اس شور وغل سے دکان میں بیٹھا اونگھتا ہوا بڈھا اٹھ کر بیٹھ گیا۔ اس نے گالی دی اور ٹین کے ایک ڈبے پر بطور ڈھکن رکھا ہوا سل کا ٹکڑا کتوں کی طرف اچھال دیا۔

"رات کو سالے، کو بھی نہیں کرتے۔ اب دھوپ میں خوامخواہ بھونک رہے ہیں۔" بوڑھے نے بڑبڑاتے ہوئے دوبار آنکھیں موند لیں۔ تھوڑے فاصلے پر تین چار لوگ کھڑے باتیں کر رہے تھے۔ وہ جوں ہی ان کے قریب پہنچا، وہ ایک دم سے چپ ہو گئے

اور اس کی طرف دیکھنے لگے۔ ان میلے کچیلے لوگوں میں سے نسبتاً ایک کم گدلے آدمی کی طرف اس نے چٹھی بڑھائی اور بولا، "کیا آپ بتا سکیں گے، یہ جگہ کہاں ہے؟"

اس آدمی نے تہہ کی ہوئی چٹھی کو کھولا۔ ایک بیک اس کا چہرہ فق پڑ گیا اور آنکھیں اس طرح باہر نکل آئیں جیسے کسی شریفہ پھل کو دبا کر بیج نکالی جا رہی ہو۔ اس نے خط کو اس کے منہ پر دے مارا اور بھاگتا ہوا ایک جھونپڑے میں گھس کر دروازہ بند کر لیا۔ باقی دونوں اشخاص بھی قریب ہی دھول میں کھیلتے ننگ دھڑنگ بچوں کو بانہوں سے پکڑے جھونپڑوں کے پیچھے گھسیٹ لے گئے۔ تھوڑی دیر تک ان بچوں کے رونے کی تیز آواز گونجتی رہی پھر آواز بھی کہیں دب دبا گئی۔

اسے یہ سب بڑا عجیب سا لگ رہا تھا۔ اس نے زمین پر پڑے ہوئے خط کو اٹھا لیا، اسے تہہ کیا اور ایک طرف کو روانہ ہو گیا۔ ایک شخص ایک کھڈ کے کنارے بیلوں کو نہلا رہا تھا وہ جوں ہی قریب پہنچا۔ وہ شخص بیلوں کی نکیل تھامے انہیں کھینچتا کھانچتا جلدی جلدی ایک طرف کو چلا گیا۔ دیکھتے ہی دیکھتے سب کچھ ویران ہو گیا۔ بھڑ، بھڑ، دروازے بند ہوتے چلے گئے۔ وہ کھڑکیاں بھی ایک ایک کر کے بند ہو گئیں جو ادھر ادھر کھلی رہ گئی تھیں۔

اسے بڑا تعجب ہو رہا تھا۔ اس نے ایک بار پھر ہاتھ میں دبے خط کو کھول کر الٹا پلٹا اور اسے پڑھنے کی کوشش کی مگر بے سود۔ وہ زبان قطعی طور پر اس کے لئے غیر معروف تھی۔ ایک لمحے کو اس نے سوچا اس پرچی کو پھاڑ پھوڑ کر واپس لوٹ جائے۔ لیکن اتنی دور تک چلے آنے کے بعد بنا پرساد لئے لوٹ جانا بھی مناسب نہیں لگ رہا تھا۔ اچانک ڈاکیے پر اس کی نظر پڑی اور وہ قریب قریب لپکتا ہوا اس کے پاس پہنچا اور تہہ کیا ہوا کاغذ اسے دکھایا۔ کاغذ پر نظر پڑتے ہی پہلے تو ڈاکیے کو جیسے کاٹھ مار گیا پھر اس کے ہونٹ لرزے،

دہانے سے کف نکلنے لگا اور وہ گرتا پڑتا جھونپڑوں کی طرف بھاگا۔ سامنے چھجے کے نیچے کھڑے ایک بیل سے ٹکرایا پھر اس چلچلاتی دھوپ میں دھڑام سے زمین پر گرا اور بے ہوش ہو گیا۔

اب وہ کافی سٹپٹا گا تھا۔ ایک نامعلوم خطرے کے احساس سے اس کا دل ڈوبنے لگا۔ اس نے محسوس کیا کہ اس جھلسا دینے والے، ماحول میں اس کا وجود دھیرے دھیرے پگھلتا چلا جارہا ہے۔ وہ جلد از جلد اس گاؤں سے، اس کے الف لیلوی ماحول سے نکل جانا چاہتا تھا۔ اس نے تیز تیز قدم اٹھائے جب آخری جھونپڑی بھی چھوٹ گئی تو اس نے پیچھے پلٹ کر دیکھا۔ بعض جھونپڑوں کے دروازے دھیرے دھیرے کھل رہے تھے اور ان نیم وا دروازوں اور کھڑکیوں سے لوگ جھانک جھانک کر اس کی طرف دیکھ رہے تھے۔ اس کے مڑتے ہی ایک بار پھر کھٹ کھٹ دروازے بند ہو گئے۔

وہ چلتا رہا۔ اس کی سمجھ میں نہیں آرہا تھا کہ اس خط کا کیا کیا جائے مگر اس نے میں لکھی عبارت کے مفہوم کو سمجھنے کی خواہش ابھی باقی تھی اس نے ایک گہری سانس لی اور خط کو جیب میں ٹھونس کر بڑی سڑک کی طرف مڑ گیا۔

"ارے بھئی، ذرا ٹھہرنا تو۔"

کوئی اس سے مخاطب تھا۔ وہ اس طرح چونکا جیسے کسی نے اچانک 'ہو' کر کے اسے ڈرا دیا ہو۔ اس نے دیکھا گل مہر کے سرخ پھولوں سے لدے پیڑ کے نیچے ایک صاف ستھری چادر بچھائے وہ شخص بیٹھا تھا۔ قریب ہی لکڑی کا ایک چھوٹا سا صندوق رکھا تھا۔ ظاہری رکھ رکھاؤ سے وہ بھکاری تو نہیں لگ رہا تھا مگر درخت کے تنے سے وہ اس طرح ٹیک لگائے، پاؤں پسارے بیٹھا تھا کہ گھٹنوں کے نیچے اس کے سوکھے اور بے جان پاؤں دور ہی سے دکھائی دے رہے تھے۔ اس کے خشک پیروں پر نظر پڑتے ہی اسے لگا کسی نے اس

کے ننگے بند کو گیلی چادر میں لپیٹ دیا ہو۔ اس نے دوبارہ غور سے اس آدمی کی طرف دیکھا۔ پہلی نظر میں تو لگا وہ شخص مندر کا پجاری ہو گا۔ وہی رسی کی طرح بٹا ہوا چہرہ، آنکھیں جیسے خشک پھل کے سخت چھلکے پر کسی نے وہ شگاف لگا دئے ہوں۔ البتہ اس اجنبی کے ہاتھوں میں رعشہ نہیں تھا اور پجاری کے پیر سلامت تھے۔

اس نے بوکھلا کے ماتھے کا پسینہ پونچھا اور ایک بار پھر اجنبی کی طرف دیکھنے لگا۔ "اس خط کو پڑھنے والا یہاں کوئی نہیں ملے گا۔" اجنبی اپاہج کی کھرکھراتی آواز گونجی، "صرف ایک ہستی اس تحریر کو پڑھ سکتی ہے۔ تم جکھائی کو جانتے ہو؟"

"جکھائی!؟" اس نے اپنے خشک گلے پر ہاتھ پھیرتے ہوئے پوچھا، "کون جکھائی؟ میں یہاں کسی کو نہیں جانتا۔ میں بالکل نووارد ہوں۔ میں اپنے ایک ضعیف رشتہ دار کے لئے جو قریب المرگ ہے یہاں کے مندر کا پرساد لینے آیا تھا۔ اس کی آخری خواہش یہی تھیکہ کسی صورت اس مندر کا پرساد اسے ملجاتا تو پرلوک کا سفر اس کے لئے آسان ہو جاتا۔ میں یہاں کی بولی کچھ کچھ سمجھ لیتا ہوں مگر لکھا ہوا پڑھ نہیں سکتا۔ یہ جکھائی کون ہے؟""

"ابھی کچھ بتانا قبل از وقت ہو گا۔ تم جب وہاں جاؤ گے تو خود ہی سمجھ جاؤ گے۔ وہ دیکھو سامنے جو دیوار دکھائی دے رہی ہے اس کے پیچھے سرکنڈوں کی جھاڑیوں کا جھنڈ ہے۔ تم اس جھنڈ سے گزر جاؤ گے تو ایک بہت بڑا مکان دکھائی دے گا۔ وہیں تمہیں جکھائی ملے گی۔"

اپاہج اجنبی اچانک چپ ہو گیا۔ اس نے محسوس کیا کہ جکھائی سے ملے بغیر اس کا من شانت نہیں ہو سکتا۔ وہ گھوم کر دیوار کے پیچھے پہنچ گیا۔ دیوار سے لگی ہوئی سرکنڈوں کی جھاڑیوں کے درمیان سرخ رنگ کے عجیب و غریب پھل لٹک رہے تھے۔ جیسے بے شمار بھوتوں کی آنکھیں اس کی جانب نگراں ہوں۔ وہ ان جھاڑیوں سے بچتا بچاتا چند قدم ہی

آگے بڑھا تھا کہ اچانک سامنے ہی کسی کوہ تن دیو کی طرح وہ مکان نظر آ گیا۔ وہ سوچ بھی نہیں سکتا تھا کہ اس چھوٹے سے گاؤں میں کوئی اتنا بڑا مکان بھی ہو سکتا ہے۔

مکان کسی پرانی گڑھی کی طرح کافی بڑا تھا۔ اس کی دیواروں پر جگہ جگہ ایسے داغ تھے جیسے آگ کی لپٹوں سے جھلسنے کے بعد پیدا ہوتے ہیں مگر اس کے ایک بھی کھڑکی نہیں تھی۔ مکان کافی بلند اور بڑا تھا مگر اس میں داخل ہونے کے لئے جو دروازہ تھا وہ کسی جھونپڑی کے دروازے کی طرح ہی پست اور تنگ تھا۔ وہ ایک لمحے کو دروازے کے سامنے ٹھٹھکا۔ اندر جائے یا نہ جائے۔ پھر ہمت کر کے زور سے چلایا، "کوئی ہے؟ اندر کوئی ہے؟" اندر سے کوئی جواب نہیں آیا۔ اندر سے پہلے بھی کسی قسم کی آواز نہیں آ رہی تھی مگر پتہ نہیں اسے ایسا کیوں لگا جیسے اس کے چلاتے ہی اندر اچانک سناٹا چھا گیا ہو۔ ایک لمحہ توقف کے بعد اس نے پھر ہانگ لگائی۔ "ارے کوئی ہے اندر" جواب میں فوراً ایک کرخت آواز آئی، "کون ہے؟ کیا چاہئے؟"

"میں جکھائی سے ملنا چاہتا ہوں۔ میرے پاس ایک خط ہے۔ اسے پڑھوانا ہے۔"

"اندر آ جاؤ۔" آواز آئی۔ لہجے میں اشتیاق تھا۔

دروازہ کھلا، دو سوکھے ساکھے سیاہ فام ہاتھ بر آمد ہوئے۔ جیسے اندھیرے کی جڑیں لٹک آئی ہوں۔ ان ہاتھوں میں پانی سے بھرا ایک طشت تھا۔ جس میں لیمو کے پتے تیر رہے تھے۔ ہاتھوں میں حرکت ہوئی، چھپ، وہ پانی اس کے پیروں پر چھینک دیا گیا۔ اس کے پیر گھٹنوں تک بھیگ گئے۔ پانی کے قطرے جھٹک دینے کی کوشش کرتا ہوا وہ جھک کر دروازے سے اندر داخل ہوا اور دروازے کے پاس ہی ٹھٹک کر کھڑا ہو گیا۔ اندر کافی اندھیرا تھا۔ پہلے پہل تو اسے کچھ بھی سجھائی نہیں دیا۔ کافی دیر تک آنکھیں پھاڑ پھاڑ کے دیکھنے کے بعد جب نظریں اندھیرے کی عادی ہو گئیں تو وہ گھبرا کر ایک قدم پیچھے ہٹا۔

اندر کا حصہ کافی کشادہ تھا۔ مگر وہاں سامان یا فرنیچر کے نام پر کچھ بھی نہیں تھا۔

دیوار سے لگی ہوئی کافی عورتیں ایک غول کی شکل میں بیٹھی ہوئی تھیں اور اس نیم اندھیرے نیم اجالے ماحول میں وہ کافی بد صورت اور ڈراؤنی لگ رہی تھیں۔ پر اس وقت تو اس کے رونگٹے کھڑے ہوگئے جب اس کی نظر سامنے کھڑی جکھائی پر پڑی۔ وہ اس قدر بوڑھی تھی کہ اس کے کاندھوں پر زندہ چہرے کے بجائے ایک کھوپڑی جڑی ہوئی لگ رہی تھی۔ جس میں بہت اندر کو دھنسی ہوئی دو آنکھیں چمک رہی تھیں اور پیشانی پر ڈھیر سارا بھبوت ملا ہوا تھا۔ اس کی کمر میں کپڑے کا ایک پٹکا بندھا ہوا تھا جس میں ایک چھوٹی سی گھنٹی اور گھنگرو لٹک رہے تھے۔ وہ ہڈیوں کا ڈھانچہ قریب آیا اور ایک منمناتی سی آواز آئی، ساتھ ہی ایک سوکھا ہاتھ کاغذ کے لئے اس کے سامنے پھیل گیا اس نے اس سوکھے سے ہاتھ میں وہ خط تھما دیا۔ اسی دوران دو تین قبر رسیدہ بوڑھی عورتیں کیکڑوں کی طرح رینگتی گھسٹتی جکھائی کے قریب آئیں۔ دفعتاً جکھائی غصے سے چنگھاڑتی ہوئی انہیں اسی دیوار کی طرف ٹھیل لے گئی، "جاؤ کم بختو جاؤ، ابھی تمہارا وقت نہیں آیا ہے۔"

خط پڑھتے ہی وہ بے تحاشا ہنسنے لگی اور اس کا چہرہ اور بھی ڈراؤنا لگنے لگا۔ پھر وہ اس کے گرد گھومتی ہوئی اپنی لمبی ٹیڑھی انگلیوں سے اس کے کاندھوں اور گردن کو چھو کر دوبارہ اس کے سامنے آکھڑی ہوگئی۔ اس کا چہرہ خوف سے زرد پڑ گیا تھا۔ اسے لگا کوئی گدھ مردہ ڈھور میں اپنی منقار گڑانے سے پہلے شکار کا جائزہ لے رہا ہو۔ معاً اسی منمناتی آواز نے اسے ایک بار پھر سر سے پیر تک لرزا دیا، "آخر کار تم آگئے۔ اب مجھے مکتی مل جائے گی۔" پھر اس کی طرف دیکھ کر عجیب کپکپی پیدا کر دینے والی ہنسی ہنسنے لگی۔

"آخر۔ آخر۔ اس خط میں کیا لکھا ہے؟" اس نے ڈرتے ڈرتے پوچھا۔

مگر اس نے جواب دینے کے بجائے وہ کاغذ اس کی طرف اچھال دیا وار تیزی سے

اس ہال نما کمرے کے بیچ میں جا کھڑی ہوئی۔ وہ سحر زدہ سا ادھر دیکھنے لگا۔ وہ اپنا سوال تک بھول گیا تھا۔ کمرے میں چاروں طرف سے سرخ روشنی پھوٹنے لگی تھی۔ دیکھتے ہی دیکھتے پورا کمرہ کسی دہکے ہوئے تنور کی طرح سرخ ہو گیا۔ وہ پگھلے ہوئے تانبے جیسی سیال روشنی اندھیرے کے ایک ایک ٹکڑے کو نگلتی چلی گئی اور عورتیں دیوار سے چپک کر بے حرکت ہو گئیں۔ عرصے سے تاریکی میں ڈوبی ہوئی چھت منور ہو کر گنبد کے اندرونی حصے کی طرح نیم بیضوی ہو گئی اور اس پر طرح طرح کی بھیانک تصویریں دکھائی دینے لگیں۔

ایک ناؤ کی تصویر تھی جس میں چند خوف زدہ لوگ بیٹھے ندی پار کر رہے تھے اور ملاح ترشول سے انہیں کھونچ رہا تھا۔ دوسری تصویر میں دو کالے کلوٹے، خوفناک چہروں والے فرشتے کچھ لوگوں کو ایک بڑی سی کڑھائی میں سر کے بل غوطے دے رہے تھے۔ اس ملاح اور ان کالے کلوٹے فرشتوں کی آنکھوں سے سرخ روشنی اس طرح منعکس ہو رہی تھی کہ ان کے چہروں پر جڑی وہ آنکھیں سرخ انگاروں کی طرح دہک رہ تھیں۔ وہ تصویر حیرت بنا یہ سب دیکھ ہی رہا تھا کہ جکھائی نے اپنے دونوں ہاتھ بلند کیے۔ اچانک اس کی بدن سے شعلے نکلنے لگے۔ جکھائی بری طرح چیخ رہی تھی۔ وہ فرش پر ایک دائرے کی شکل میں رقص کرنے لگی اس کے رقص کی رفتار بڑھتی جا رہی تھی۔

اس کی کمر میں بندھی گھنٹی اور گھنگھرو کی آوازوں کی ٹن، ٹن چھم چھم سے لگتا تھا ناچتے شعلوں سے آواز کی چنگاریاں سی نکل رہی ہیں۔ شعلوں کی لپلپاتی زبانیں اس بدصورت اور بھیانک جکھائی کو چاٹتی چلی گئیں۔ خوف و دہشت سے وہ کسی گڑی ہوئی میخ کی طرح بے حرکت کھڑے کا کھڑا رہ گیا۔ رقص کی لے تیز سے تیز تر ہوتی جا رہی تھی اور اب جکھائی ایک بڑے چراغ کی لو کی طرح دکھائی دے رہی تھی۔ صرف شعلہ سر تا پا شعلہ۔ کچھ منٹ یوں ہی گزر گئے۔ تبھی وہ یک بیک یوں چونکا جیسے کسی نے اسے گرم

سلاخ سے داغ دیا ہو۔ سامنے کا منظر بدل رہا تھا۔ بیک نظر اس کی سمجھ میں کچھ نہ آیا۔ روشنی کا دائرہ محدود ہوتا جا رہا تھا اور اس ہال کے بعض گوشے ایک بار پھر تاریکی میں ڈوبتے چلے گئے۔ دیواروں پر تصویروں کی طرح چپکی ہوئی شبیہیں دوبارہ استخوانی پنجروں کی شکلیں اختیار کئے پرچھائیوں کی طرح ڈولنے لگ گئیں۔ ناؤ شاید دوسرے کنارے پہنچ گئی تھی۔

کھولتی ہوئی کڑھائی میں غالباً سارے گنہگاروں کو جھونکا جا چکا تھا۔ گنبد کی چھت بھی دھندلی ہو کر اوپر کی طرف سرک گئی تھی۔ مگر سب سے زیادہ حیرت انگیز تبدیلی دیوانہ وار رقص کرتی جکھائی میں ہوئی تھی۔ قد میں لگ بھگ اس کے برابر نظر آنے والی جکھائی اب صرف دو بالشت اونچی رہ گئی تھی۔ اس کا رقص برابر جاری تھا مگر رقص کے دائرے بتدریج چھوٹے ہوتے جا رہے تھے۔ اس طرح گز بھر کے دائرے میں رقص کرتی وہ بالشت بھر کی جکھائی اب محض ایک شعلہ رہ گئی تھی۔ بالآخر دیکھتے ہی دیکھتے وہ شعلہ بھی بجھ گیا اور چاروں طرف ایک دم سے اندھیرا چھا گیا۔

وہ گھبرا کر پلٹا اور تیزی سے باہر نکل جانا چاہا۔ مگر اسے راستہ سجھائی نہیں دیا اور وہ ادھر ادھر اندھیرے میں دیواروں سے ٹکرا کر رہ گیا۔ تبھی کسی نے اس کی بانہہ پکڑی اور اسے باہر دھکیل دیا۔ اس کے عقب میں دروازہ اتنے زور سے بند ہوا کہ اس بوسیدہ مکان کے چھجے سے دو چار مٹھی مٹی اس کے سر پر آ گری۔ وہ بے تحاشہ ایک طرف کو دوڑنے لگا۔ پتہ نہیں وہ کب تک دوڑتا رہا۔ تھوڑی دیر بعد اسے سامنے وہی اپاہج شخص گل مہر کے نیچے دکھائی دیا اور اچانک اس کے پیروں کی طاقت سلب ہو گئی۔ وہ منہ کے بل گر پڑا۔

جب دوبارہ اسے ہوش آیا تو اس کا بدن دھوپ سے جھلس رہا تھا اور نیچے سڑک کی دھول بھی کافی تپ گئی تھی۔ آسمان سے جیسے آگ برس رہی تھی۔ صرف گل مہر کے پیڑ

کے نیچے تھوڑا سا سایہ تھا۔ اس میں اب بھی اٹھنے کی سکت نہیں تھی۔ وہ بمشکل اس نے جسم کو گھسیٹا ہوا پیڑ کے قریب پہنچا اور اس اپاہج کے قریب پہنچ کر ہانپتا ہوا لیٹ گیا۔ وہاں اب ایک دوسری صاف ستھری چادر بچھی ہوئی تھی۔ اپاہج نے اس کی طرف دیکھتے ہوئے پر سکون لہجے میں پوچھا، "کیا جکھائی نے خط پڑھا؟"

"نہیں۔۔۔ کاش میں نے وہ خط اسی وقت چاک کر دیا ہوتا۔ میں اب تک اپنے واپسی کے سفر پر روانہ ہو چکا ہوتا۔" اس نے اپنی سانسوں پر قابو پاتے ہوئے کہا اور وہ خط اپاہج کی طرف بڑھا دیا۔ اپاہج نے ہاتھ بڑھا کر خط لے لیا۔ پھر اسے کھول کر دیکھنے کے بعد اسے واپس کرتا ہوا بولا، "اوہو! یعنی جکھائی نے وہ خط پڑھ لیا ہے۔ دیکھو تو۔"

اس نے ہاتھ بڑھا کر خط دوبارہ لے لیا۔ مگر اب کی وہ کاغذ کو گھورتا ہی رہ گیا کاغذ بالکل کورا رہ گیا تھا۔ اس پر تحریر کے نام پر ایک لکیر بھی نہیں تھی۔

"ارے۔ یہ کیا؟ کیا اس کے پڑھتے ہی تحریر صاف ہو گئی؟" اس نے اس کورے کاغذ کو گھورتے ہوئے کہا۔ "پھر اس نے مجھے اس تحریر کا مفہوم کیوں نہیں بتایا؟"

"اگر تمہیں اس تحریر کا مطلب بتا دیا جاتا تو جکھائی اسی طرح ڈائن بنی زندہ رہتی اور تم جل کر راکھ ہو گئے ہوتے۔"

"اوہو!" اس کی نظروں کے سامنے وہ بھیانک منظر گھوم گیا اور وہ ل ہی دل میں کانپ کر رہ گیا۔ اس نے سوچا اب یہاں سے جلد از جلد نکل بھاگنا چاہئے۔

"دھوپ ڈھلتے ہی یہاں سے چلا جاؤں گا۔ جہنم میں گیا پرساد۔" وہ سامنے دیوار پر ٹھہری ہوئی دھوپ کی طرف دیکھ کر بولا۔

"جاؤ گے! مگر کیسے جاؤ گے؟" اپاہج نے اس کی پیروں کی طرف انگلی اٹھاتے ہوئے پوچھا۔ اس نے جھک کر اپنے پیروں کی طرف دیکھا۔ اس کے پیروں کے جتنے حصے پر پانی

گرا تھا اتنا اب سوکھ کر بے جان ہو گیا تھا۔ اپنے پیروں کی یہ حالت دیکھ کر وہ چیخ پڑا۔ یہ صدمہ اس کے لئے ناقابل برداشت تھا۔ وہ زمین پر پڑا کسی ذبح کئے ہوئے جانور کی طرح تڑپنے لگا۔ اپاہج اسے لاتعلقی سے دیکھتا رہا۔

اس کا تڑپنا بلکنا جب ذرا کم ہوا تو وہ بولا، "اس صدمے کو یوں اچانک جھیلنا مشکل ہوتا ہے۔ رفتہ رفتہ صبر آ ہی جائے گا۔ دوسری بات یہ کہ یہاں کے لوگ تمہیں جانے بھی نہیں دیں گے۔ ان کا عقیدہ ہے کہ تمہارے فرار ہوتے ہی ان کے تین بچے فوراً موت کے گھاٹ اتر جائیں گے۔ اس کا یہ مطلب بھی نہیں کہ وہ تمہیں اپنی برادری میں شامل کر لیں گے۔ کیونکہ ان کا خیال ہے کہ ایسا کرنے سے وہ سب اپاہج ہو جائیں گے۔ ویسے وہ سبھی لوگ بڑے فراخ دل واقع ہوئے ہیں۔ یہاں تمہیں کسی بات کی تکلیف نہیں ہوگی۔ ان کے بدن پر عموماً تمہیں چیتھڑوں کے سوا کچھ نظر نہیں آئے گا۔ مگر ادھر دیکھو مجھے یہ صاف ستھرے کپڑے انہوں نے ہی دئے ہیں۔ انہیں شاید ہی کبھی دو وقت کا کھانا نصیب ہوتا ہو۔ مگر مجھے بلاناغہ دن میں دو وقت نفیس کھانا ملتا ہے۔"

"تم ان کی کتنی ہی تعریف کرو۔ مگر مجھے وہ سارے لوگ نیم پاگل ہی نظر آئے۔ اس سے قبل ان میں سے کوئی بھی مجھ سے بات کرنے تک کا روادار نہیں تھا۔" اس نے غصے سے کہا۔

"اس کی وجہ یہ تھی کہ تمہارے پاس اس وقت وہ تحریر موجود تھی۔" اپاہج نے سمجھانے والے انداز میں کہنا شروع کیا۔ مگر اب ایسا نہیں ہوگا۔ ادھر دیکھو، ایک عورت اسی طرف آرہی ہے۔" اس نے گاؤں کی سمت سے آنے والی سڑک کی طرف انگلی اٹھاتے ہوئے کہا، "وہ روزانہ اسی وقت کھانا لے آتی ہے۔ اوہو! دیکھو آج اس کے ہاتھوں میں دو برتن دکھائی دے رہے ہیں۔ دوسرا برتن یقیناً تمہارے لئے ہوگا۔ یہ دوسری

صاف چادر تمہارے آنے سے قبل اسی نے بچھائی تھی۔ تم نے ابھی کہا تھا کہ اگر تم نے وہ خط پھاڑ دیا ہوتا تو تم اب تک واپسی کی سفر پر روانہ ہو گئے ہوتے۔ مگر ایسا کبھی نہیں ہوتا۔ ایک دفعہ خط کے لئے جس کا انتخاب ہو جاتا ہے پھر اس کا چھٹکارا ناممکن ہے۔ وہ خط تم ضائع کر سکتے تھے مگر پھر ہوتا یہ کہ کسی ندی کے کنارے یا بازار میں کوئی لکڑہارا، چرواہا، کوئی بیراگی یا کوئی مداری وہ کاغذ تمہارے ہاتھ میں تھما دیتا اور سارے واقعات تمہیں اسی طرح پیش آتے، صرف مقام بدل جاتا۔ چلو اب تھوڑا سا ناشتہ کر لو۔"

وہ عورت سچ مچ اس کے لئے کھانا لے آئی تھی اس نے اس کے لئے خاص طور پر دو کیلے رکھے، کھانا لگایا اور ایک مٹی کی لٹیا میں پانی رکھ کر واپس لوٹ گئی۔ اپنے سوکھے سوکھے بے جان پیروں کی طرف دیکھ دیکھ کر اسے ہول ہو رہا تھا اور اسے اپنے پورے بدن سے گھن سی آنے لگی تھی۔ وہ ڈوبتے لہجے میں بولا، "اب تو میری بھوک ہی مر گئی ہے۔"

"ہاں۔۔۔ شروع میں ایسا ہوتا ہے مگر رفتہ رفتہ عادی ہو جاؤ گے۔ یہ بڑی اچھی بات ہے کہ انسان کی بھوک انسان کے جتنی ابھیمانی نہیں ہوتی۔" اپاہج نے اپنے سامنے رکھا ہوا کھانا بڑی رغبت سے ختم کیا مگر وہ درمیان سے ٹوٹے ہوئے کیچوے کی طرح بے حرکت پڑا رہا۔ گل مہر کا سایہ اب پیچھے کو کھسکنے لگا تھا مگر ساتھ ہی سامنے والی دیوار کی چھاؤں ان پر سایہ کرنے لگی۔ اس طرح وہ دھوپ سے محفوظ ہی رہے۔

"یہاں وقت کیوں کر کٹتا ہو گا۔ یہ گاؤں اور اس گاؤں کے لوگ پاس ہو کر بھی کتنی دور ہیں۔"

"اف۔۔۔ آخر یہاں کیا کیا جا سکتا ہے؟"

"وقت گزاری کے لئے انسان کو کچھ کرنے کی ضرورت نہیں ہوتی۔" اپاہج کی گمبھیر اور بھاری آواز ابھری، "ایسا سوچنا تمہاری بھول ہے کہ تم کچھ کرو گے تبھی وقت

گزرے گا ورنہ وہ کسی جوہڑ کے پانی کی طرح ایک ہی جگہ ٹھٹھرا پڑا رہے گا۔ تغیر فطرت کا مزاج ہے۔ آنکھیں کھلی رکھو تو بہت کچھ نظر آئے گا۔ سامنے والی دیوار پر وہ خشک اور مرجھائے ہوئے پودے دیکھ رہے ہو، جو اس وقت سوکھ کر سانپ کی جھڑی ہوئی کینچلی کی طرح دکھائی دے رہے ہیں، تھوڑے دن اور ٹھہر جاؤ، پہلی برسات پر ہی وہ سارے پودے مخمل اور ریشم کی طرح چمکدار ہو کر جاگ پڑیں گے اور ان پر ہتھیلی جتنے چوڑے جامنی رنگ کے پھول کھل جائیں گے۔ کسی جوگن کی طرح اداس نظر آنے والی یہ دیوار سجای سجائی دلہن کی طرح تروتازہ دکھائی دینے لگے گی۔ ان پھولوں کی شکل پیالہ نما ہوتی ہے اور ان کا جامنی رنگ اتنا دل پذیر ہوتا ہے کہ بے اختیار تمہارا جی ان میں پانی پینے کو مچل اٹھے گا۔

برسات میں گل مہر کا سرخ رنگ پھیکا پڑ جاتا ہے۔ پھر اس میں نئی کونپلیں پھوٹتی ہیں۔ پتے نکلتے ہیں اور تازہ پھلیاں لٹکنے لگتی ہیں۔ سورج کے طلوع ہونے سے قبل اس درخت پر ایک الو آتا ہے اور متواتر نصف گھنٹہ بولتا رہتا ہے۔ الو کی آمد کا وقت ایسا نایاب ہوتا ہے کہ اس کی صحیح وضاحت شاید میں نہ کر پاؤں۔ یعنی رات کا سفر ختم ہونے کو ہوتا ہے مگر ختم نہیں ہوتا۔ صبح آنے کو ہوتی ہے مگر نہیں آتی۔ اس وقت دل پر ایک عجیب سے کیفیت طاری ہو جاتی ہے۔ جی بلاوجہ تڑپ تڑپ اٹھتا ہے۔ آنکھیں خوامخواہ ڈبڈبانے لگتی ہیں۔ مگر ان لمحوں کو بخیر وخوبی جھیل لیا جائے تو پھر پورا دن ہنسی خوشی گزر جاتا ہے۔ وہ الو فجر کی سپیدی کے ساتھ ہی اڑ جاتا ہے۔ پتہ نہیں۔ شاید اسے لگتا ہو کہ یہ درخت چہکنے اور بولنے کے لئے تو ٹھیک ہے مگر بسیرا کرنے کے لئے مناسب نہیں؟

میں اکثر سوچتا ہوں وہ دوسرا درخت کہاں ہے؟ کیسا ہے؟ پھر گرما کی شفاف چاندنی راتوں میں دیوار کے اس پار سے انتہائی نازک نویلی اور بھینی بھینی خوشبو کی لپٹیں آنے لگتی

ہیں۔ اس وقت اس نازک نکہتی فضا میں سونا بھی غیر تقدیسی فعل معلوم ہوتا ہے۔ اس وقت جی چاہتا ہے کسی رنگین اور نازک سے پرندے کو یا کسی نوزائیدہ گائے کے بھورے بچھڑوں کو اٹھا کر اپنی ننگی چھاتی سے بھینچ لیں۔ بھینچ لیں اور آنکھیں بند کئے کسی اندیکھے منظر کے تصور میں کھو جائیں۔

"یا کسی جوان عورت کی ننگی گرم چھاتیاں۔ اس نے درمیان ہی سے بات کاٹتے ہوئے کھوئے کھوئے لہجے میں کہا، ایسا لگتا تھا اپاہج کے الفاظ اسے غیر محسوس طریقے سے کسی انجان جزیرے کی طرف بہائے لے جارہے ہیں۔

"نہیں۔" اپاہج بولا، "اس خوشبو سے ایسا احساس پیدا نہیں ہوتا۔ وہ دیکھو سامنے جو جھنڈ نظر آرہا ہے وہاں بھری برسات میں ایک سبز رنگ کا پودا اگتا ہے اور اس پر سرخ رنگ کے پھول تازہ زخموں کی مانند کھلتے ہیں۔ رات میں ان کی خوشبو پھیلتی ہے۔ البتہ وہ خوشبو کی جنگجو سپاہی کے تیکھے مزاج کی طرح کڑی ہوتی ہے۔ دوسروں پر چھا جانے والی، مغلوب کر دینے والی۔ اس گھڑی ضرور ویسا احساس پیدا ہوتا ہے یعنی کسی جوان عورت کی ننگی گرم چھاتیاں۔ مگر ایک ایسی عورت جسے اپنے حسن کا اپنی بلاخیز جوانی کا بھرپور احساس ہو۔ جو ہیروں سے جگمگاتے کرن پھول پہنے ہو اور اس کی آنکھیں ہاں، آنکھیں نیلی نہ ہوں۔ نیلی آنکھوں میں وہ کف و نشہ کہاں؟

جب کسی ہرنی کی پر گوشت ران کو سورج کی ڈوبتی کرنیں چوم رہی ہوں۔ اس وقت جو دھندلا دھندلا سا کچھ نارنجی، کچھ بیگنی رنگ نظر آتا ہے۔ ان آنکھوں کا رنگ بھی کچھ ایسا ہو۔ تس پر وہ عورت صرف جسم ہو، بولتا چہکتا جسم، جو صرف ایک اشارے پر کسی سوتے کی طرح ابل پڑے۔ روح، فکر، نیکی، بدی، پاپ، ان کی آلودگیوں سے پاک، صرف جسم عورت فقط عورت۔" اپاہج کی گفتگو نے بھیتر سے اسے کافی بے چین کر دیا۔

اس نے پہلو بدلنے کی کوشش کرتے ہوئے کہا، "اور جب تم یہ سب سوچنے لگتے ہو اس وقت تمہیں اپنے سوکھے مردہ پیروں کا احساس بری طرح کھٹکنے لگتا ہے۔ ہے نا؟"

اس کے لہجے میں چھپے کرب کو نظر انداز کرتے ہوئے اپاہج نے آگے کہا، "ہاں شروع شروع میں یہ احساس ضرور تکلیف دیتا ہے مگر بعد میں بے جان یا جاندار کسی بھی قسم کے پیروں کا خیال آنا بند ہو جاتا ہے جس طرح آئینے میں عکس بنا کس رکاوٹ کے آگے سرکتے رہتے ہیں اسی طرح آخر کار سوچ کے دھارے بھی کمزور یا بد شکل جسم کی مزاحمت کے بغیر برابر بہتے رہتے ہیں۔ سنو! ہمارے چاروں طرف جو حسن بکھرا ہوا ہے اسے ہم نے تخلیق نہیں کیا ہے مگر وہ سارا حسن ہمارے اندر ہی کہیں زندہ ہے اور ہماری ذات ہی سے جنم لیتا ہے۔ ہم ایک وسیلہ محض ہیں۔ پھر اس بات کی کیا اہمیت رہ جاتی ہے کہ کسی کن کھجورے کی طرح ہمارے بیس پاؤں ہیں یا مگر مچھ کی طرح صرف ہاتھ ہیں اور پاؤں ندارد۔"

لیکن کبھی کبھی ایسا نہیں لگتا کہ زندگی خلاء میں معلق ہو گئی ہے۔ کہیں کوئی تغیر نہیں۔ نہ آگے کچھ نہ پیچھے، ایسے بے کیف لمحے بھی آتے ہیں زندگی میں۔"

"آتے ہیں۔ اکثر آتے ہیں۔ مگر یہ کیوں کر ممکن ہے کہ لمحوں کے کنکر زندگی بھر ہیروں کی کنیوں کی طرح دمکتے رہیں۔" اپاہج نے قریب رکھا ہوا لکڑی کا صندوق کھولا اور اس میں سے تختی پنسل اور دو پیتل کے لمبوترے گلاس نکالے۔ ان میں سے ہر ایک میں چار چار پانسے تھے اور ان پر مختلف قسم کے خط اور دائروں کے نشان بنے تھے۔

"یہ رمل کے پانسے ہیں۔ اب ادھر دیکھو!" اپاہج کے لہجے میں دبا دبا سا جوش تھا۔ اس نے پانسوں کو پیتل کے گلاس میں ڈالا اور ہلا کر فرش پر پھینکا۔ پھر ان پر بنے خطوط اور دائروں کو گن کر تختی لکیروں اور دائروں سے بھر دی۔ تب اس نے ایک خط کے نیچے

ایک مخصوص نشان بنایا، پھر ہنس کر بولا، "یہ میرے سوال کا جواب ہے۔ میں ذہن میں ایک سوال سوچ کر اس کا جواب تلاش کر رہا تھا۔ یہ نشان اس جواب کی علامت ہے۔"

"ذرا اس جواب کی وضاحت بھی کر دونا۔" اس نے پر اشتیاق لہجے میں کہا۔

اپاہج نے کاندھے جھٹکتے اور تختی کو صندوق پر رکھتا ہوا بولا۔، "جواب کی وضاحت تو میں خود بھی نہیں کر سکتا۔ ایک وقت تھا جب میرے پاس جوابوں کی کتاب تھی۔ مگر پتہ نہیں وہ کہاں کھو گئی ہے۔ اب ایسا ہے۔ میں سوال تو سوچ سکتا ہوں جواب بھی اخذ کر لیتا ہوں مگر اس کا مطلب میری سمجھ میں نہیں آتا۔" "تعجب ہے۔ پھر سوال ہی کیوں سوچا اور اس کا جواب اخذ کرنے کی بھی کیا ضرورت ہے؟ پھر یہ بھی تو ہو سکتا ہے کہ ایک ہی سوال کا جواب کبھی کچھ ہو اور کبھی کچھ۔" وہ قدرے جھنجھلا گیا تھا۔

"تم سچ کہہ رہے ہو میں نے جس سوال کا جواب ابھی ابھی کھوج نکالا تھا، ایک گھنٹے بعد اسی سوال کا جواب مختلف ہو سکتا ہے" اپاہج رک کر ہنسا پھر بولا، "دراصل بات یہ ہے کہ جس سوال کا قطعیت کے ساتھ ایک ہی جواب ہو وہ سوال، سوال نہیں، سوال نما ہوتا ہے۔ تم نے دیکھا ہوگا۔ اکثر کھیل میں ایک آدھ چھوٹے بچے کو اس کی تسلی کے لئے "گٹھلی" کہہ کر شامل کر لیا جاتا ہے۔ اسی طرح زندگی میں کھوکھلے الفاظ ایسے سوالات کا سوانگ لئے آتے رہتے ہیں۔ جن کی اپنی کوئی حیثیت نہیں ہوتی۔ سچی بات تو یہ ہے کہ یک جوابی سوال کے کوئی معنی نہیں ہوتے۔ میرا مطلب ہے جس سوال کا قطعیت کے ساتھ ایک ہی جواب ہو، وہ سوال بے معنی ہوتا ہے۔ صحیح سوال وہی ہے جو مختلف جوابات کے مکھوٹے لگاتا اتارتا رہتا ہے اور ایسے سوال کا کوئی قطعی جواب نہیں ہوتا۔ یاد رکھو جواب، سوال کی موت ہے۔ بالفاظ دیگر حتمی جواب، سوال کا قاتل ہے اگر سوال مر گیا تو سمجھ لو انسان بھی مر گیا۔ میں اکثر سوچتا ہوں۔ شاید مرے ذہن میں متواتر سوال ہی

گونجتے رہیں گے اور اس پیڑ پر بولنے والا الو متواتر جواب سجھاتا رہے گا۔"

اب اس کا ذہن دوبارہ اپاہج کی گفتگو سے ہٹنے لگا تھا۔ اس کی نظریں اپنے مریل سوکھے پیروں پر آکر جم گئیں۔ مردہ پیروں کا دکھ پھر سے زندہ ہو گیا۔ لیکن ساتھ ہی یہ امید بھی اسی شدت سے زندہ رہی کہ ان مردہ پیروں میں آج نہیں تو کل پھر زندگی کا لہو ضرور دوڑے گا۔

وہ بولا، "تم اپنے دل کے بہلاوے کے لئے کچھ نہ کچھ تو کر سکتے ہو مگر میں تو رمل اور پانسوں کے کھیل سے بھی واقف نہیں ہوں۔ میرا وقت کیوں کر کٹے گا؟"

"سنو! صرف رمل ہی وقت گزاری کا ذریعہ نہیں ہے مٹی کے گولوں سے کھلونے بناتے ہوئے یا زمین میں بیج بوتے ہوئے بھی سوال سوچے جا سکتے ہیں۔ سوالات پوچھنے کے طریقہ کار کی قطعی کوئی اہمیت نہیں ہوتی ویسے تمہیں کچھ نہ کچھ تو آتا ہی ہو گا؟" اپاہج نے پوچھا۔ اس نے تھوڑی دیر تک غور کرنے کے بعد کہا، "مجھے تھوڑی بہت تک بندی آتی ہے مگر بعض اوقات ان کا مطلب خود میری سمجھ میں نہیں آتا۔"

"اہا۔۔۔ کوئی بات نہیں۔ تمہارے پاؤں نہیں ہیں لیکن ہو سکتا ہے تمہارے الفاظ ایک طویل سفر کے لئے نکل پڑے ہوں۔ کون جانے کب تمہاری نظم کا کوئی مصرعہ کوئی فقرہ آنکھ کھولے اور تمہاری طرف اس انداز سے دیکھے کہ تم پر زندگی کے سارے اسرار فاش ہوتے چلے جائیں۔ بالفرض ایسا کچھ نہ بھی ہو تو تمہیں دل برداشتہ ہونے کی ضرورت نہیں۔ وہ الو روزانہ اسی شاخ پر بیٹھ کر بولتا ہے۔ اس کے سامنے کون سے سوالات ہیں؟ کس کے سوال کا جواب دیتا ہے وہ؟ شاید اس بات کا اسے بھی کوئی علم نہیں۔ تس پر بھی وہ بلاناغہ یہاں آتا ہے۔ بولتا ہے اور اڑ جاتا ہے۔ یا وہ کسی سے شکایت کرتا ہے؟ تمہیں بھی ایسی ہی تختی پنسل وغیرہ مل جائے گی۔ بس لکھتے رہو اپنی نظمیں۔ اگر دماغ تھک جائے تو

اپنے ارد گرد جو کچھ ہو رہا ہے اس میں ڈوب جاؤ یا پھر اپنے ارد گرد کے واقعات کو اپنی ذات میں ضم ہو جانے دو۔"

اپاہج کی اس گفتگو کے بعد اسے اپنا مستقبل کسی بہت صاف تصویر کی طرح دکھائی دینے لگا اور اس نے بڑی حسرت سے اپنے خشک بے جان پیروں کی طرف دیکھا۔ بیک بیک وہ چونکا اور آنکھوں میں ایک عجیب سی چمک نمودار ہوئی۔ اس نے اپاہج کا ہاتھ تھام لیا اور دھیرے مگر پر اشتیاق لہجے میں پوچھا، "ایک بات بتاؤ! کیا تم بھی کوئی پرچی لے کر پرساد کے لئے یہاں آئے تھے؟"

اپاہج نے نہایت آہستگی سے ہاتھ چھڑا لیا اور بغیر ایک لفظ بولے تفہیمی نظروں سے اس کی جانب دیکھتا رہا۔ تبھی اسے لگا الفاظ کے سوتے خشک ہو چکے ہیں اور اپنے آپ میں گم ہو جانے کے سوا کوئی چارہ نہیں۔

***

مکتی

سامنے گہرے سبز رنگ کا پہاڑ گویا کسی کے انتظار میں کھڑا تھا۔ پہاڑ سے اوپر کو جاتا راستہ یوں دکھائی دے رہا تھا جیسے کوئی سفید سانپ لہراتا چلا جا رہا ہو۔ زخموں سے سلگتے ہوئے اپنے جسم کو اس نے ایک چٹان سے ٹکایا اور دل برداشتہ سا وہیں بیٹھ گیا۔ اتنا عرصہ ہو گیا مگر وہ ابھی تک اپنے ریزہ ریزہ جھڑتے منحوس بدن کو ڈھونے کا عادی نہیں ہوا تھا۔ وہ جہاں بیٹھا تھا اس کے پیچھے تھوڑی اونچائی سے کل کل کرتی پانی کی دھار گر رہی تھی اور جہاں پانی جمع ہو رہا تھا اس کے مقابل ایک چبوترہ نما جگہ کے پاس ایک بیراگی بیٹھا تھا۔ اس کی تپتی آنکھیں جوں ہی بیراگی کی طرف اٹھیں بیراگی نے اسے اشارے سے اپنے پاس بلایا وہ اپنے جسم کو گھسیٹتا ہوا اوپر آیا اور اس کے سامنے مگر قدرے فاصلے پر جھجکتا ہوا سا بیٹھ گیا۔

"تم کون ہو؟ اس طرح بے وقت جنگل میں کہاں جا رہے ہو؟" بیراگی نے دریافت کیا۔

"میں کیا بتاؤں، میں کون ہوں؟ کیونکہ اب بتانے جیسا میرے پاس کچھ بھی نہیں ہے، یہ ایک جسم بچا ہے وہ بھی رفتہ رفتہ سڑ رہا ہے" اس کے لہجے میں زبردست تلخی تھی۔ "کاش یہ سب یکبارگی ختم ہو جاتا۔ میں جانتا ہوں اس جنگل میں خونخوار درندے بستے ہیں۔ میں دانستہ اس طرف جا رہا ہوں۔ مجھے ان کا کوئی خوف نہیں۔ ہو سکتا ہے کہ ان میں

سے کسی کو مجھ پر ترس آجائے اور وہ مجھے اپنا لقمہ بنالے۔ مگر تم اس گھنے جنگل میں اکیلے کیا کر رہے ہو؟"

"یہ جنگل خطرناک ضرور ہے مگر صرف بائیں طرف کا حصہ ایسا ہے جہاں وحشی جانوروں کا راج ہے۔ یہ جگہ بڑی حد تک ان سے محفوظ ہے۔ یہاں کبھی کبھی ایک ہرن پانی پینے آتا ہے۔ سامنے سے موروں کا جھنڈ گذرتا ہے۔ کبھی کوئی انگشت بھر پرندہ آتا ہے اور چونچ میں پانی لیے اڑ جاتا ہے۔ یہ نظارے میرے لئے عبادت کا درجہ رکھتے ہیں۔ تپسیا اور سادھنا کے لئے مجھے ایسی ہی جگہ کی تلاش تھی۔" بیراگی نے اپنے خالی چبوترے کی طرف انگلی سے اشارہ کرتے ہوئے کہا۔ پہلے تو اسے لگا کہ شاید بیراگی اس کا مذاق اڑا رہا ہے مگر بیراگی کا چہرہ گمبھیر اور پر سکون تھا۔

"سادھنا؟ مگر مجھے تو اس جگہ کچھ بھی دکھائی نہیں دیتا۔ نہ کوئی مورتی، نہ دیوی نہ دیوتا۔"

بیراگی نے گردن کو خفیف سی جنبش دی اور بولا، "تم ٹھیک کہتے ہو۔ اس جگہ کچھ بھی نہیں ہے۔ میں نے اس بات پر بہت غور کیا کہ میں پوجا کے لئے کس قسم کی مورتی کا انتخاب کروں؟ نکیلی، تکونی، ہشت پہلو، مدور المبی، مگر ان میں سے ایک بھی شکل پسند نہیں آئی۔ پھر سوچا، مورتی کس چیز سے بنی ہونی چاہیئے۔ لکڑی، پتھر، دھات کی، پھر دو ہاتھ، چار ہاتھ، یا ہزاروں ہاتھ چڑھاوا کیا دوں؟ پھول، پتے یا کوئی زندہ قربانی؟ عبادت کا وقت کیا ہو؟ رات کو یا دن کو یا کسی بھی وقت، سادھنا کیسی ہو؟ خاموشی سے یا موسیقی سے؟ ان میں سے کوئی بھی صورت یا وسیلہ مجھے دوسروں سے الگ یا دوسروں سے بہتر نہیں لگا۔ اس لئے چبوترے کو میں نے خالی چھوڑ دیا جب سارے راستے ایک جیسے معلوم ہونے لگیں تو ان میں سے کسی ایک راستے کو اختیار کرنا، کسی ناسمجھ جانور کی طرح زندگی

گزارنے جیسا ہے۔

میں نے فیصلہ کیا کہ میں اس طرح نہیں جیوں گا جس طرح لوگ جیتے ہیں۔ اگر میں کسی بات کو قبول کرتا ہوں تو مجھے اسے قبول کرنے کا منطقی جواز چاہئے۔ اگر جواز نہیں ملتا تو میں کسی بھی مخصوص راستے کو قبول کئے بنا زندگی گزار سکتا ہوں یہ بھی ہو سکتا تھا کہ میں کسی مٹھی بھر ریاست کا راجا بن جاتا اتنی ہی معمولی ریاست کے کسی راجا کی بیٹی سے شادی بھی کرلیتا۔ لیکن مجھے شروع ہی سے ایسی کسی چیز کی تمنا نہیں تھی کسی ناٹک میں خود کوئی کردار بننا مجھے پسند نہیں تھا۔ سوتر دھار بھی نہیں۔ البتہ تماش بین کی حیثیت سے میں بہت مطمئن تھا۔ اس لئے میں سب کچھ چھوڑ کر یہاں چلا آیا ہوں۔

حکومت ہوتی تو عزیز و اقارب کے دل میں لالچ پیدا ہوتا اور وہ اسے حاصل کرنے کے لئے مجھ سے جنگ پر آمادہ ہو جاتے پھر خون خرابہ ہوتا یعنی یا تو حکومت ہاتھ سے جاتی یا پھر جسم سے کٹے خون میں لت پت کسی عضو کی مانند ایک بے بضاعت سلطنت کی حکمرانی میرے حصے میں آتی بیوی ہوتی تو اس کا امکان بھی تھا کہ کسی خوبصورت مرد کو دیکھ کر اس کے دل میں اسے پانے کی خواہش بیدار ہوتی۔ بعید نہیں کہ وہ اس کا برملا اظہار بھی کرتی۔ اولاد احسان فراموش اور بے وقوف بھی نکل سکتی تھی میں نے یہاں آنے کے بعد، زندگی کو اور بھی قریب سے دیکھا اور اسے اسی طرح قبول کیا۔ میں نے دیکھا کہ جانور منھ لگا کر پانی پی سکتے ہیں، میں نے برتن پھینک دئے۔ میں نے سر چھپانے کے لئے ان چٹانوں میں ایک بڑا سا درہ تلاش کیا۔ کچھ جانور بغیر روشنی کے بھی زندہ رہ سکتے ہیں۔ میں ایک سال تک آنکھوں پر پٹی باندھے رہا۔ سفر کا کوئی مقصد نہیں تھا اس لئے اس مقام سے کہیں آگے نہیں گیا۔ اس طرح میں زندگی کی ایک گرہ کھولتا ہوا زندگی سے نجات حاصل کر رہا ہوں"

اچانک وہ ہنس پڑا بیراگی بولا، "تم کیوں ہنسے، کیا میں تمہیں پاگل معلوم ہو رہا ہوں؟"

"نہیں یہ بات نہیں۔۔۔"

وہ بولا، "مگر مجھے لگتا ہے تم قدرے خود فریبی کا شکار ہو۔ مانا کہ تم نے سال بھر آنکھوں پر پٹی باندھی، مگر تمہیں یہ اطمینان بھی تو تھا کہ تم وہ پٹی کسی بھی وقت کھول سکتے ہو۔ اس لئے وہ عارضی اندھاپن تمہارے لئے قابل برداشت تھا لیکن حقیقی اندھاپن تم اتنی آسانی کے ساتھ قبول کر سکتے تھے کیا؟ تم اپنے ہاتھوں سے اپنی آنکھیں پھوڑ سکتے ہو؟ ہمیشہ کے لئے، اپنی بینائی سے محروم ہو سکتے ہو؟"

"ہاں۔۔۔" بیراگی بولا، "یہ بات اس وقت بھی میرے دھیان میں آئی تھی۔ دراصل میں اپنے آپ کو آزمانے کی کوشش کر رہا تھا کہ اگر حقیقت میں میری بینائی جاتی رہی تو میں اس وحشت ناک صورت حال کو دوسروں کے مقابلے میں زیادہ حوصلے کے ساتھ جھیل سکوں۔ میں دانستہ اپنی آنکھیں نہیں پھوڑ سکتا۔ کیونکہ ایسا کرنے کے لئے مجھے اپنے آپ کو ختم کرنے کا کوئی معقول جواز نہیں ملا، مگر یہ بھی سچ ہے کہ مجھے زندہ رہنے کا بھی کوئی مناسب جواز نہیں ملا۔

اس کے باوجود میں زندہ ہوں کیوں کہ زندہ رہنے کا سبب تلاش کرنے کے لئے زندہ رہنا یہ میری مشکل بھی ہے اور مجبوری بھی، لیکن ایک برس قبل میں نے قسم کھائی تھی کہ اگر اس سال مجھے زندہ رہنے کا کوئی معقول جواز نہیں ملا تو میں کوئی آخری فیصلہ کر لوں گا اور خوش قسمتی سے آج ہی مجھے زندہ نہ رہنے کا جواز مل گیا ہے اور یہ جواز تم نے مجھے مہیا کیا ہے۔ تم اپنی نجات کی خاطر مائل بہ سفر ہو، پتا نہیں تمہیں نجات ملے گی یا نہیں مگر جاتے جاتے تم نے میری نجات کا سامان کر دیا ہے۔"

"میں۔۔۔ میں نے تو کچھ بھی نہیں کیا۔ مجھ میں تمہیں ایسی کیا بات دکھائی دی کہ تم نے۔۔۔"

"اس سے قبل میں نے کبھی اس قدر متعفن، کراہت آمیز جسم نہیں دیکھا تھا۔ میں سوچتا ہوں اس صحت مند جسم کو چاٹنے کے لئے کئی خوفناک بیماریاں موقع تاک میں ہیں، ان کے منھ کا تر نوالہ بننے کے بجائے اپنے جسم کو میں خود کیوں نہ ختم کردوں تاکہ بیماریاں ہاتھ ملتی رہ جائیں۔ یہ بات تمہیں دیکھنے کے بعد میرے ذہن میں آئی اس لئے میں تمہارا احسان مند ہوں۔ لیکن یہ تو بتاؤ وہ بیماری تمہیں کیوں کر لاحق ہوئی؟ تم کون ہو؟ اور اس عبرت ناک حالت کو پہنچنے کے بعد بھی تم زندگی کا بوجھ ڈھوتے پھر رہے ہو، آخر کس لئے؟"

"میں کون ہوں اور کیا ہوں؟ اب یہ سوال میرے لئے بے معنی ہو کر رہ گیا ہے۔" اس نے اداس لہجے میں جواب دیا، "پھر بھی جی چاہتا ہے کہ تمہیں اپنے بارے میں سب کچھ بتادوں۔ میرا جسم پورا پورا گل کر جھڑ رہا ہے۔ اس کے باوجود میں چاروں کھونٹ گھومتا ہوا صرف ایک ہی مقصد کے لئے زندہ ہوں۔ اگر یہ آزار مجھے اچانک آدبوچتا تو میں کب کا اپنے آپ کو ختم کر چکا ہوتا۔ لیکن ایسا نہیں ہے۔ دراصل یہ میری ہی کرنی کا پھل ہے اس لئے پوری طرح اس سزا کو بھوگ کر ہی میں اس سے نجات پانا چاہتا ہوں۔ میں ایک بھیل کا بیٹا ہوں، بلکہ تھا۔ بچپن سے میری صرف ایک ہی خواہش تھی۔ میں تیر اندازی میں کمال حاصل کرنا چاہتا تھا، لیکن میں جہاں جاتا مجھے دھتکار دیا جاتا کیونکہ میں ایک کم ذات شودر تھا۔ میرے گھرانے میں نہ کسی کے سر پر تاج تھا نہ کسی نے ہیرے جواہرات سے مزین تلوار اٹھائی تھی۔ لیکن اس سے میرے حوصلے پست نہیں ہوئے۔

ایک آچاریہ کو دل ہی دل میں گرو مان کر میں نے جنگل میں ہی، تیر اندازی کی مشق

جاری رکھی۔ ایک عرصہ بعد میں نے اتنی مہارت پیدا کرلی کہ اندھیرے میں ایک الو کی معمولی سی پھڑپھڑاہٹ پر ہی اسے نشانہ بنا سکتا تھا۔ قطرہ قطرہ خون جلا کر جو کامیابی میں نے حاصل کی یہ افتاد اسی کی دین ہے۔ ہوا یوں کہ ایک مرتبہ میں دوپہر کی دھوپ میں ایک جھیل کے کنارے سستا رہا تھا۔ وہاں کئی مرغابیاں تیر کی طرح ایک کے پیچھے ایک آتیں۔ پانی کی سطح کو ذرا چھوتیں اور کسی مچھلی کو چونچ میں دبا کر اسی طرح ایک کے پیچھے ایک قطار سے اڑ جاتیں۔ جھیل کے پاس وادی میں کچھ شکاری آئے ہوئے تھے۔

انہوں نے ایک کے بعد ایک مرغابیوں پر کئی تیر آزمائے مگر ان کا ایک بھی تیر نشانے پر نہیں لگا۔ تیر آڑے ترچھے گزر جاتے اور پانی میں گر جاتے، مرغابیاں اسی شان سے آتیں، مچھلیاں چونچ میں دباتیں اور آگے نکل جاتیں۔ مجھ سے رہا نہیں گیا۔ میں نے ترکش سے گن کر دس تیر نکالے اور پرندوں کا ایک جھنڈ پانی کی سطح کو چھو کر اوپر اٹھ رہا تھا وہ دوں تیر، یکے بعد دیگرے اس طرح چلائے کہ مرغابیوں کو معمولی سا نقصان پہنچائے بغیر ان کی چونچوں کی مچھلیوں کو چھید کر نیچے گرا دیا۔ یہ دیکھ کر جھاڑیوں کے پیچھے چھپے ہوئے شکاری باہر نکل آئے۔ ایک آچاریہ اپنے چیلوں کے ساتھ جنگل کی سیر کو آئے تھے۔ چونکہ ایک بھی پرندہ زخمی نہیں ہوا تھا اس لئے ایک چیلے نے منھ بناتے ہوئے کہا "لگتا ہے اس کا بھی تیر نشانے پر نہیں لگا۔"

"پرندوں کا شکار کرنا میرا مقصد نہیں تھا، بلکہ میں تو صرف مچھلیوں کو نشانہ بنانا چاہتا تھا" میں نے انکساری سے جواب دیا۔ پھر آچاریہ کو مخاطب کرتے ہوئے نہایت ادب سے کہا "میرے تیر دوسروں کی طرح ضائع نہیں ہو سکتے آپ خود دیکھ لیجئے۔" آچاریہ نے سرخ پر لگے ہوئے میرے سارے تیروں کو اٹھا کر دیکھا ہر تیر صفائی کے ساتھ مچھلی کے آر پار گذر گیا تھا۔ یہ دیکھ کر آچاریہ بولے۔ "میرے چیلوں میں سے کسی ایک کو بھی توفیق

نصیب نہیں ہوئی کہ وہ مرغابی کا شکار کرتا اور تو نے ان کی چونچوں میں کلبلاتی مچھلیوں کو بے خطا نشانہ بنایا تو واقعی تحسین کے قابل ہے۔ کون ہے تیرا گرو؟"

اس پر میں نے کہا، "میں تو ایک شودر بھیل کا لڑکا ہوں، مجھے اپنا چیلا کون بنائے گا، لیکن آچاریہ میں نے آپ ہی کو گرومان کر یہ سادھنا کی ہے۔ آپ نے مجھے سراہا مجھے میری سادھنا کا پھل مل گیا۔"

آچاریہ کا چہرہ فق ہو گیا۔ انہوں نے اپنے چیلوں سے کچھ فاصلے پر کھڑے رتھ کی طرف جانے کو کہا اور مجھے پیچھے آنے کا اشارہ کرتے ہوئے ایک گھنی جھاڑی کے پیچھے آئے۔

"میرے دسوں تیر ٹھیک نشانے پر لگے تھے، کیا اس کے باوجود میری ودیا ناکام کہلائے گی۔" میں نے انتہائی انکسار وادب سے کہا۔ ان کا چہرہ غصے سے سرخ ہو گیا وہ کرخت آواز میں گرجے۔ "تو نے میری بدولت ودیا حاصل کی ہے تو میرا قرض دار ہے اس لئے گرودکشنا دینا تیرا کرتویہ ہے۔"

"آپ جو کہیں گے دینے کو تیار ہوں گرو ور!"

"ٹھیک ہے! مجھے تیرے دائیں ہاتھ کا انگوٹھا چاہئے۔"

میں نے ایک پل ضائع کئے بغیر اپنی کمر سے اوزار نکالا اور دائیں ہاتھ کا انگوٹھا کاٹ کر ان کے قدموں میں ڈال دیا۔ انہوں نے اسے اٹھا کر دور جھاڑیوں میں پھینک دیا اور پیچھے مڑ کر دیکھے بغیر اپنے چیلوں کی جانب بڑھ گئے۔ جاتے جاتے بولے، "خبردار! تجھے اپنی ماتا پتا کی سوگند ہے جب تک میں زندہ ہوں اس واقعہ کا کسی سے ذکر مت کرنا۔"

وہ گھنی جھاڑیوں سے گزر رہے تھے۔ دور جھاڑیوں میں سرسراہٹ سی ہوئی، ایک سانپ کی کنڈلی چمکی اور اس کا ہتھیلی جیسا چوڑا پھن ان کے پیروں کی طرف لہرایا۔ اس

وقت مجھے ہوش نہیں رہا۔ میں نے سرعت سے تیر نکالا اور اس سے پہلے کہ سانپ کا لہراتا پھن آچاریہ کے پیر تک پہنچتا میں نے اسے تیر سے چھید دیا۔ آچاریہ پل بھر کو پتھر کی طرح منجمد ہو گئے وہ میری طرف مڑے اور بولے، "تو نے میرے ساتھ کپٹ کیا۔ کپٹ کیا ہے تو نے۔۔۔"

وہ طیش میں رتھ کی طرف بڑھے، مگر رتھ میں سوار ہونے سے پہلے ہی ہاتھ اوپر اٹھا کر چیختے ہوئے بولے "تو نے میرے ساتھ کپٹ کیا ہے۔ میں تجھے شراپ دیتا ہوں۔ تجھے جذام کی بیماری ہو گی اور تو سڑ سڑ کر مرے گا۔"

"یہ سب اتفاق کی بات تھی اس میں میرا ذرا بھی قصور نہیں تھا نہ میں نے کوئی چالاکی کی تھی۔ انہوں نے میرے دائیں ہاتھ کا انگوٹھا مانگا اور میں نے فوراً دے دیا لیکن میں تیر بائیں ہاتھ سے چلاتا ہوں۔ یہ بات نہ انہوں نے مجھ سے پوچھی اور نہ میں نے بتائی۔ عرصہ ہوا ایسا ہی ایک واقعہ ہو چکا تھا، مجھے اس کا علم تھا، اپنے بائیں ہاتھ کا انگوٹھا گنوا کر ایک ہونہار تیر انداز ضائع ہو گیا تھا۔ جب کائنات میں ایک بار کسی کے ساتھ ناانصافی ہوتی ہے تو ردعمل کے طور پر کہیں احتجاج کا ایک چھوٹا سا انکور پھوٹتا ہے تاکہ دوبارہ کسی کے ساتھ ویسا واقعہ پیش آئے تو مزاحمت کر سکے۔ جس بات کو آچاریہ نے 'کپٹ' کہا تھا دراصل وہ اس فطری مزاحمت کا مظاہرہ تھا۔

پرانے واقعے کے معلوم ہونے کے بعد بھی میں اپنا تحفظ نہ کرتا تو مجھ جیسا احمق بھلا کون ہوتا۔ ان کی خود غرضی اور ناانصافی جائز اور میں اپنے بچاؤ کی کوشش کروں تو کپٹی کہلاؤں یہ کیسا انصاف ہے؟ کہاں کا دھرم ہے؟ ان کا شراپ سنتے ہی میرے ضبط کا پیمانہ لبریز ہو گیا، میں اپنے آپے سے باہر ہو گیا۔ میں نے اپنی کمان اٹھائی اور ان کی طرف پھینکی۔ کمان بھاری تھی جا کر ان کے سر سے ٹکرائی اور آچاریہ دھڑام سے زمین پر

گر پڑے۔

میں وہاں سے پاگلوں کی طرح ایک طرف کو بھاگ کھڑا ہوا۔ میں لوٹ کر ماں کے پاس بھی نہیں گیا نہ میں نے دوبارہ اپنے گھر میں قدم رکھا۔ اس دن سے میں جگہ جگہ اپنے اس پارہ پارہ جسم کے ٹکڑے گراتا بھٹک رہا ہوں۔ آج بھی اکثر مجھے لگتا ہے شاید میرا گرو ہتیا کا پاپ دھل جائے گا۔ کبھی نہ کبھی شراپ ختم ہو گا۔ میرا جسم دوبارہ اپنی اصلی حالت میں آجائے گا۔ مجھے جو جسم ملا تھا وہ صاف اور بے داغ تھا اس لئے آج بھی مجھے اس سے موہ ہے۔ اس سڑے ہوئے جسم کو آگ، پانی یا مٹی کے حوالے کرنے کا میرا کوئی ارادہ نہیں۔"

بیراگی حیرت زدہ سا اس کی داستان سن رہا تھا۔ اس کے چپ ہو جانے کے بعد بھی بیراگی تھوڑی دیر خاموش ہی رہا پھر کھنکار کر بولا، "یعنی تم ویرانگ بھیل کے بیٹے شیوانگ ہو؟"

بیراگی کے اس جملے پر وہ چونک پڑا اور اس کا زخم خوردہ جسم تھر تھر کانپنے لگا وہ بولا، "تمہیں میرا نام کیسے معلوم؟ یہ تو میرا ماضی کا نام تھا۔ جب یہ جسم صحت مند تھا۔ اب تک تو میں خود اپنا نام بھول چکا ہوں۔"

بیراگی پر سکون انداز میں ہنسا اور بولا، "تم نے مجھے پہچانا نہیں، خیر اس میں تعجب کی کوئی بات نہیں، مجھ میں شروع سے ایسی کوئی بات نہیں تھی کہ کوئی مجھے یاد رکھتا نہ میں نے ایسا کوئی کارنامہ انجام دیا تھا کہ وہ یادگار بنتا۔ البتہ مجھے اس بات پر حیرت ضرور ہے کہ میں نے تمہیں پہلی نظر میں کیوں نہیں پہچانا۔ تم خاصے بدل گئے ہو۔ تمہارے سیدھے ہاتھ کا انگوٹھا ہی نہیں دو اور انگلیاں بھی جھڑ چکی ہیں مرغابی کی چونچ کی مچھلی کو نشانہ بنانے والی انگلیوں میں اب اتنی طاقت بھی نہیں ہے کہ وہ مچھلی کو بھی ٹھیک سے پکڑ سکیں۔ میں اتنی

دیر سے غور کر رہا تھا کہ آخر آچاریہ نے تمہیں شراپ کیوں دیا تھا۔

میں نے کسی انمول شئے کی طرح اس سوال کو ذہن کے نہاں خانے میں چھپا رکھا تھا۔ میں نے کئی اٹکلیں لگائیں لیکن دل کو کوئی بھی قائل نہ کر سکی۔ آج تم نے اس سربستہ راز سے پردہ اٹھا دیا۔ آج وہ سوال مر گیا۔ ماضی کا ایک حصہ زندگی سے ٹوٹ کر الگ ہو گیا۔ اس دن میں آچاریہ کے چیلوں کے ساتھ ہی تھا۔ نہیں میں ان کا چیلا نہیں تھا۔ کسی کا چیلا بننے کی میری عمر نکل چکی تھی۔ اب جو کچھ سیکھنا تھا براہ راست زندگی کے سرد و گرم سے سیکھنا تھا۔ میں اس پر گاچھا پودے کی مانند تھا جو دوسرے پیڑوں کے آذوقے پر زندہ رہتا ہے۔ مجھے کوئی اپنے ساتھ بلاتا نہیں تھا۔ البتہ میں کسی کے ساتھ ہو جاتا تھا تو کوئی منع بھی نہیں کرتا تھا۔

دیکھو! شیوانگ میں صرف ایک معمولی داسی پتر تھا، تم ایک شودر تھے۔ اس لئے آچاریہ نے تمہیں اپنا چیلا نہیں بنایا مگر کم از کم تمہاری برادری میں تو تمہاری قدر ہوتی ہوگی۔ مگر معمولی سے معمولی شودر بھی مجھے حقارت بھری نظر سے دیکھتا تھا، مجھے کبھی کسی دربار میں کوئی عہدہ پانے کی توقع نہیں تھی۔ اگر میں کسی سوئمبر میں چلا جاتا تو لوگ مجھے میری ماں کے نام سے طعنے دیتے۔ میں داسی پتر تھانا۔ جنگ کے میدان میں مجھے کبھی آسانی کے ساتھ کوئی رتھ یا سارتھی نہیں مل سکتا تھا۔ دانشوروں کی محفل میں میری کوئی رسائی نہیں تھی اور کسی کھتری سپاہی کی تلوار میرے ہاتھ میں زیب نہیں دیتی، اس لئے علم حاصل کر کے یا شمشیر زنی سیکھ کر میں کیا کرتا۔

سچ تو یہ ہے کہ مجھے اس سب سے خاص طور پر تیر اندازی سے تو سخت نفرت تھی، معاف کرنا خواہ مخواہ کسی چیز کو نشانہ بنانا اس میں مجھے کوئی غیر معمولی بات دکھائی نہیں دیتی۔ کسی باشعور آدمی کا زندگی بھر تیر چلاتے رہنا بالکل ایسا معلوم ہوتا ہے جیسے کسی گیند

کو ڈنڈے سے پیٹتے رہنا۔ تیر چلانے سے آخر حاصل کیا؟ تیر اندازی سے نہ کوئی ناقابل فراموش گیت تخلیق پاتا ہے نہ جہاں تیر گرتا ہے وہاں پھل پھول سے لدا ہوا کوئی درخت اگتا ہے۔ نہ کسی ایسے سوال کا جواب ملتا ہے جو عرصے سے تمہارے ذہن و دل میں خلش بن کر کھٹک رہا ہو۔

میں سمجھتا ہوں انسان کی قدر نہ میدان جنگ میں تلوار چلانے سے ہے نہ محفل میں بے معنی الفاظ کا انبار لگانے سے۔ مجھے ایسی تمام باتوں میں کوئی دلچسپی نہیں تھی۔ یوں سمجھ لو میں ہر اعتبار سے ایک معمولی، حقیر اور فضول سا آدمی تھا۔ کبھی کسی معاملے میں میری رائے طلب نہیں کی گئی اور اگر میں نے کسی کو رائے دی بھی ہو تو مجھے یاد نہیں آتا کہ اس پر عمل بھی کی گئی اور اگر میں نے کسی کو رائے دی بھی ہو تو مجھے یاد نہیں آتا کہ اس پر عمل بھیکیا گیا ہو۔ شب و روز کی بھٹی سے گذرتے ہوئے میں نے زندگی کا جو تجربہ حاصل کیا تھا جانتے ہو اس کی کیا قیمت تھی؟

تم نے دیکھا ہو گا کسی عظیم الشان مندر میں بڑے دیوتا کے ساتھ آس پاس کے کونے کھدروں میں ان گنت چھوٹے موٹے دیوتاؤں کی مورتیاں بھی رکھی جاتی ہیں۔ جب زائرین آتے ہیں اور بڑے دیوتا پر چڑھاوے چڑھاتے ہیں اور طواف کرتے ہیں اسی وقت بھولے سے اگر ان چھوٹی مورتیوں پر نظر پڑ جائے تو جھک کر ایک آدھ پرنام انہیں بھی جڑ دیتے ہیں۔ بس یہی ان کی حیثیت، یہی ان کا حاصل۔ اگر آچاریہ اور ان کے شاگردوں کی شان میں کوئی رزمیہ کہا جاتا تو پتہ نہیں میرے حصے دو چار شعر بھی آتے یا نہیں اگر آتے بھی تو ممکن ہے پڑھنے والے انہیں نظر انداز کر کے آگے بڑھ جاتے۔ کہنے کا مطلب یہ کہ اس دن ایک معمولی فضول اور غیر اہم آدمی کی حیثیت سے میں ان لوگوں کے ساتھ تھا۔ اس کے بعد واقعات کا غالباً تمہیں کوئی علم نہیں ہے۔"

"نہیں، میں نے بعد میں بستی میں قدم نہیں رکھا۔"

"تو سنو! تمہارے دھنش سے زخمی ہو کر بے ہوش ہو جانے کے بعد میں نے ہی آچاریہ کو اٹھا کر رتھ میں لٹایا۔ ہم لوگ شہر کی طرف لوٹ آئے۔ اس کے بعد آچاریہ دو دن تک زندہ تھے۔ طیش میں آکر دیے ہوئے اپنے شراپ کا بے حد ملال تھا۔ ان کی آنکھوں سے متواتر پچھتاوے کے آنسو بہہ رہے تھے۔ وہ بہت بے چین تھے۔ آخر انہوں نے مجھ سے کہا۔ "اس بھیل پتر کو سندیش دو کہ اگر میری بیٹی اپنے باپ کے قتل کو بھلا کر اسے معاف کرنے پر آمادہ ہو جائے تو وہ شراپ سے نجات پا سکتا ہے۔"

یہ سنتے ہی شیوانگ یک لخت کھڑا ہو گیا لیکن اس سے پہلے کہ وہ کچھ بولے بیراگی نے اسے بیٹھنے کا اشارہ کیا اور بولا، "ٹھہرو! ابھی بات پوری نہیں ہوئی۔ ہوا یہ کہ اس دوران کسی نے جا کر تمہاری ماں کو آچاریہ کے شراپ کی خبر دے دی وہ فوراً آندھی طوفان کی طرح آچاریہ کے پاس آئی۔ اس کے بال شانوں پر بکھرے ہوئے تھے اور وہ بہت غضبناک لگ رہی تھی اس سے پہلے کہ ہم اسے صحیح صورت حال سے آگاہ کرتے اس نے جھک کر اپنے ہاتھوں کی ہتھیلیاں زمین پر رگڑیں اور مٹھیوں میں مٹی بھر کر ہوا میں اچھالتی ہوئی بولی،

"تم نے میرے بیٹے کو شراپ دیا ہے مگر تم بھول گئے کہ تمہاری بھی ایک بیٹی ہے۔ اب میرا شراپ سنو! تمہاری موت کے بعد اگر وہ دن کے اجالے میں باہر نکلی تو اس کے بدن کے جس حصے پر سورج کی روشنی پڑے گی وہ حصہ ہمیشہ کے لئے جھلس جائے گا اور اس جگہ زندہ سرطان چپک جائیں گے۔"

میں نے اسے سمجھانے کی بہت کوشش کی جب میں نے اسے یہ بتایا کہ آچاریہ کو اس شراپ کا بے حد افسوس ہے اور انہوں نے اس شراپ کا رد بھی بتایا ہے۔ یہ سن کر

البتہ اس کا غصہ سرد پڑ گیا۔ وہ آچاریہ کی بیٹی کے پاس گئی جو سحر زدہ سی ایک طرف چپ چاپ کھڑی تھی وہ بولی، "مجھے معاف کرنا بیٹی میں بھول گئی تھی کہ تو بھی ایک ستم زدہ عورت ہے تو بھی دوسری تمام عورتوں کی طرح مردوں کے اہنکار اور ان کی خود غرضی کا شکار، دامن سے بندھی ان کے ساتھ ساتھ گھسٹنے پر مجبور ہے۔ مجھے افسوس ہے، ایک عورت کے سبب ہی ایک عورت کو یہ سزا جھیلنی پڑی، لیکن تو ایک شرط پر اس بد دعا سے نجات حاصل کر سکتی ہے۔"

"پھر تمہاری ماں نے دھیرے دھیرے اس سے کچھ کہا اور تیزی سے مڑ کر جنگل میں چلی گئی۔ وہاں اس نے اپنی جھونپڑی میں آگ لگا دی جب آگ بھڑک اٹھی اور جانور اور پرندے ادھر ادھر بھاگنے لگے تب وہ نہایت اطمینان کے ساتھ اس دہکتے الاؤ میں داخل ہو گئی۔ آگ کی لپٹیں سرخ ریشمی لباس کی مانند اس کے جسم سے لپٹ گئیں اور دیکھتے ہی دیکھتے وہ بھڑکتے شعلوں میں روپوش ہو گئی۔"

شیوانگ کسی چٹان کی مانند بے حس بیٹھا تھا۔ اس کی آنکھیں آنسو تک بہانا بھول گئیں، وہ خود سے زیر لب بڑبڑایا،

"میری ماں ایک شعلہ تھی بالآخر وہ شعلوں میں ہی گم ہو گئی۔ وہ اگر ہوتی تو معمول کی طرح میری اس عبرت ناک حالت میں بھی میرے چہرے پر پیار سے ہاتھ پھیرتی، اسی خاطر تو میں اس سے دور چلا گیا تھا۔ اس کی دلی خواہش تھی کہ میدان جنگ میں جب میرے نام کی جے جے کار ہو رہی ہو وہ پیار اور فخر سے میرے چہرے پر ہاتھ پھیرے۔ ایسی صورت میں اپنے سڑے گلے جسم پر اس کے ممتا بھرے ہاتھوں کا لمس برداشت کرنا میرے لئے کس قدر اذیت ناک ہوتا۔ اس نے مجھے جنم دیا مگر اس کے آخری لمحوں میں پتہ نہیں میں کہاں بھٹک رہا تھا۔"

پھر اچانک جیسے اسے کوئی بھولی بسری بات یاد آگئی ہو وہ چونک کر بولا، "مگر اب وہ گرو کنیا کہاں ہے؟"

"بتاتا ہوں۔ بعد میں ایک جنگ میں سب کچھ ختم ہو گیا۔ شہر ویران ہو گئے، حکومتیں تباہ ہو گئیں، خاندان مٹ گئے، ایسے پر آشوب وقت میں میں نے اس لڑکی کو صحیح سلامت باہر نکالا اور یہاں لے کر آ گیا۔"

"یعنی وہ اس جگہ موجود ہے۔" اس نے بے یقینی سے پوچھا۔

"تب تو اس کی مکتی یقینی ہے اگر چہ کسی کو معاف کرنے کا اختیار بھی اب میرے بس میں نہیں رہا، میں چور چور ہو گیا ہوں خیر میں تو اسے معاف کر دوں گا۔ پتہ نہیں وہ مجھے معاف کرے گی یا نہیں؟"

بیراگی دیر تک خاموشی سے اسے گھورتا رہا پھر بولا، "وہ اس پہاڑ کی چوٹی پر رہتی ہے۔ اس کی خواہش کے مطابق وہ وہاں تنہا رہنا چاہتی ہے۔ اس نے مجھ سے بھی وعدہ لیا ہے کہ میں کبھی بھی اس کی تنہائی میں مخل نہیں ہوں گا۔ تم اس راستے سے اوپر جا سکتے ہو، اگر خونخوار درندوں کا لقمہ بننے سے بچ گئے تو اوپر پہنچ جاؤ گے۔"

بیراگی رکا اور اس نے ایک گہری سانس لی۔ شیوانگ اتنا بے تاب تھا کہ اس کے ہاتھ دوبارہ کانپنے لگے وہ پہاڑی راستے کی طرف مڑا۔ جاتے جاتے بولا، "واپسی پر تم سے ضرور ملاقات ہو گی۔"

"نہیں اب یہ ممکن نہیں۔۔۔" بیراگی کے لہجے میں چٹان کی سی پختگی تھی۔ "خود کشی کے لئے اب مجھے ٹھوس جواز مل گیا ہے اس کے بعد زندہ رہنا بزدلی ہے۔ تم مجھ سے دوبارہ نہیں مل سکو گے۔"

لمحے بھر کی کشمکش کے بعد وہ اوپر چڑھنے لگا۔ جاتے جاتے ایک موڑ پر اس نے

مڑ کر بیراگی کی طرف دیکھا۔ بیراگی پہاڑی کے سرے پر سیدھا کھڑا تھا وہ الف ننگا تھا۔ بیراگی نے اس کی طرف دیکھ کر ہاتھ ہلایا۔ وہ بے تحاشا ہنس رہا تھا۔ ہنسی کی شدت سے اس کی آنکھوں میں آنسو آ گئے تھے۔ اس نے اپنے آنسو بائیں ہاتھ سے پونچھے۔ پھر وہ پہاڑی کے بالکل سرے پر گیا اور وہاں سے گھاٹی میں چھلانگ لگا دی۔

وہ اوپر چڑھتا رہا مگر بیراگی کی وہ مجنونانہ ہنسی دیر تک اس کے کانوں میں گونجتی رہی۔ تھوڑی ہی دیر میں رات کے اندھیرے نے پہاڑی کو اپنے گھیرے میں لے لیا، مگر اب چاند نکل آیا تھا۔ دودھیا چاندنی میں اوپر سے نیچے کی جانب اترتی پگڈنڈی کسی پانی کے دھارے کی مانند دکھائی دے رہی تھی۔ وقفے وقفے سے درندوں کی غراہٹیں سنائی دے جاتی تھیں۔ یوں معلوم ہوتا تھا گھنے درختوں کے سایوں کے درمیان یہاں وہاں دبک کر بیٹھی ہوئی چاندنی خوف سے کپکپا رہی ہے۔ جب وہ اوپر پہنچا تو چاروں طرف بھرپور چاندنی چھٹکی ہوئی تھی اور جنگلی پھولوں کی خوشبو سے فضائیں مہکی ہوئی تھی جیسے یہ خوشبو چاندنی کے بطن سے پھوٹ رہی ہو۔

اوپر پہنچ کر وہ ٹھٹکا۔ سامنے قدرے فاصلے پر ایک چھوٹا سا مندر تھا جس میں ایک شمع جل رہی تھی۔ وہاں سے اندر کی مورتی دکھائی نہیں دے رہی تھی۔ مگر اندر سے پانی کے دھیرے دھیرے ٹپکنے کی آوازیں آ رہی تھی جیسے اندھیرا اپگھل کر قطرہ قطرہ گر رہا ہو۔ مندر کے سامنے ایک چوڑا دلان تھا جس میں سنگ مرمر کا فرش کیا ہوا تھا۔ دور سے وہ آنگن چاندنی سے بنے کسی بڑے سے کرن پھول کی مانند معلوم ہو رہا تھا۔ ایک گوشے میں چھوٹی سی کٹیا تھی اور ارد گرد پھیلے درختوں کی ہلتی ڈلتی شاخ کے سبب زمین پر پڑنے والے چاندنی کے دائرے یوں معلوم ہوتے جیسے بے شمار آنکھیں پلکیں جھپکا رہی ہیں۔

وہ ایک درخت کے نیچے جا کر کھڑا ہو گیا۔ مرمریں صحن کے گرد جنگلی پھولوں کی

قطاریں ایسی لگ رہی تھیں گویا لہروں پر دودھیا کف کی لکیر سی کھنچ گئی ہوں۔ آسمان کسی گہرے نیلے رنگ کے بڑے سے پیالے کی مانند دکھائی دے رہا تھا۔ جسے اوندھا کر کے مندر کی پشت پر نظر آنے والی پہاڑی کے اوپر ٹکا دیا گیا ہو۔ اسے پہلے بار یقین نہیں آیا اس نے دوبارہ غور سے سنا، آواز یقینی طور پر گھنگھروؤں کی ہی تھی۔ اس کی سمجھ میں نہیں آیا کہ وہ کہاں سے آ رہی ہے۔ جھاڑیوں کے سایے دھیرے دھیرے ڈول رہے تھے۔

اچانک ایک نسوانی پیکر سر سے پاؤں تک سیاہ کپڑوں میں ملبوس کٹیا سے یوں برآمد ہوا جیسے ان سایوں میں سے کوئی سایہ باہر نکل آیا ہو۔ پرچھائیں صحن کے بیچوں بیچ آ کر رک گئی، اس نے اپنے بدن سے سیاہ لباس الگ کیا۔ وہ حیرت سے آنکھیں پھاڑے اسے دیکھ رہا تھا۔ اسے لگا جیسے سنگ مرمر کے فرش سے اچانک ایک چراغ کی لو سی پھوٹی ہو۔ وہ دوڑتی ہوئی پھولوں کی طرف بڑھی۔ اس نے مٹھی بھر پھول توڑ کر اپنے بالوں میں کھونس لئے اور پھولوں کے ایک بڑے سے گچھے میں اپنا چہرہ کھبو دیا۔ اس کی ہلچل سے گھنگھروؤں کی مدھم آواز چاندنی کے فرش پر بوندوں کی مانند ٹپک رہی تھی۔ وہ دوبارہ صحن میں آئی اس نے دونوں ہاتھ ہوا میں بلند کئے اور گھنگھروؤں کی لے کے ساتھ پورے صحن میں رقص کرنے لگی۔

چاندنی کے تاروں سے بنا ہوا اس کا لباس اس کے متناسب بدن پر موجوں کی مانند لہرا رہا تھا اور یہاں سے وہاں تک پھیلی چاندنی جو پہلے ہی پھولوں کی خوشبو سے مدہوش تھی اور بھی مست ہو گئی۔ اس نے سوچا ایسے صاف پاکیزہ مقام کو اپنے وجود سے آلودہ کرنے کا اسے کوئی حق نہیں۔ اسے اپنا آپ اس خوبصورت تصویر پر برص کے بدنما داغ کی مانند لگنے لگا۔ اس کا اضطراب بڑھ گیا اور وہ دو قدم پیچھے ہٹ کر مزید اندھیرے کی اوٹ میں ہو گیا۔ تبھی ایک خشک شاخ اس کے پیر کے نیچے آ کر چٹخی اور اچانک صحن کے منظر میں

جیسے شگاف پڑ گیا۔ رقص کرتی دوشیزہ کے ہاتھ گر گئے قدم رک گئے۔ گھنگھروؤں کی آواز تھم گئی اور سناٹا گہرا ہو گیا۔ اسے لگا درختوں کی پرچھائیاں اور صحن کی چاندنی چونک چونک کر اس کی جانب دیکھ رہی ہے۔ دوشیزہ دھیرے سے اس کی جانب مڑی مگر دوسرے ہی لمحے اس نے دونوں ہتھیلیوں سے اپنا چہرہ ڈھانپ لیا اور بولی، "کون ہو تم؟ رات کے وقت اس ویرانے میں کیا کر رہے ہو؟"

وہ قدرے اور پیچھے ہٹا اور بولا، "میں بھٹکتا بھٹکتا یہاں پہنچا ہوں مگر یہاں آنے کے بعد صرف تم سے ملنے کی خاطر ہی میں اس پہاڑی پر آیا ہوں میں ویرانگ کا بیٹا شیوانگ ہوں۔"

دوشیزہ کے منھ سے حیرت اور مسرت کی ملی جلی ہلکی سی آواز نکلی اور وہ ایک دم آگے بڑھی۔ تبھی شیوانگ نے اسے روکتے ہوئے کہا، "ٹھہرو! آگے مت بڑھنا میرے قریب سے گذرتے ہوئے جانور بھی منہ پھرا کر نکل جاتے ہیں تم اسے آگے آؤ گی تو تم بھی نفرت سے منہ پھیر لو گی۔"

"میں جانتی ہوں یہ میرے پتا کے شراپ کا نتیجہ ہے، میری رگوں میں بھی میرے پتا کا خون ہے۔ اس لئے میں بھی تو ایک طرح سے تمہاری اپرادھی ہوں۔ میں اسی آس پر زندہ ہوں کہ تم کبھی نہ کبھی آؤ گے اور مجھے اپنی ماں کے شراپ سے مکت کرو گے میں زندگی بھر ایک سائل کی طرح ہاتھ پھیلائے کھڑی تھی۔ میری مراد پوری ہونے کا وقت آگیا ہے۔ تم میرے پتا کی زیادتی کو بھول کر مجھے معاف کر دو گے نا؟"

"میں کسی کو معاف کرنے کی حالت میں کہاں ہوں؟ اگر سینے میں کسی کے خلاف غصے کی آگ بھڑک رہی ہو تو اسے معاف کرنے کا جواز بھی ہے مگر میں اب اس قابل ہی کہاں ہوں کہ کسی کے خلاف ناراض ہو سکوں۔ ویسے میں خود بھی تو ایک مجرم ہوں۔ میں

خود کسی کی معافی کا محتاج ہوں۔ البتہ تم میں اور مجھ میں ایک فرق ہے۔ تم میں اب بھی زندگی کی تڑپ موجود ہے۔ تمہارے دل میں اب بھی خوبصورت پھولوں کی طلب باقی ہے مگر وقت کی آگ نے مجھے اس قدر جھلسا دیا ہے کہ اگر مجھے مکتی نہیں بھی ملی تب بھی میرے باطن میں کوئی اضطراب کی لہر نہیں اٹھے گی۔ کبھی کبھی میں سوچتا ہوں۔ میری حقیقت کیا ہے؟ میں پہلے جو تھا وہ سچ ہے یا اس وقت جو میں ہوں یہ سچ ہے؟ میں تذبذب میں مبتلا ہو گیا ہوں۔ بس جھڑ جھڑ کے مرنے سے پہلے اپنے ماضی کو ایک بار دیکھ لینا چاہتا ہوں اب دان دینے والی تم ہو۔ مگر مجھے نہیں لگتا کہ تم نے اپنے باپ کے قتل کر فراموش کر دیا ہو گا۔"

"نہیں نہیں اب وہ سب ختم ہو گیا ہے۔"

دوشیزہ نے فوراً کہا، "بس اب ایک ہی آس باقی ہے۔ ایک عرصہ ہو گیا۔ میں نے دن کا اجالا نہیں دیکھا میں ان پھولوں کو سورج کی روشنی میں چمکتے دیکھنا چاہتی ہوں۔ پانی میں اپنی پرچھائیں دیکھنا چاہتی ہوں۔ نیلے آکاش میں سفید بگلوں کی ڈار دیکھنا چاہتی ہوں۔ میری پوری زندگی اندھیرے میں غرق ہو گئی ہے۔ اب تم ہی میرے نجات دہندہ ہو۔ اپنے دل کو کشادہ کرو اور میرے باپ کو معاف کر کے مجھے سورج سے روبرو ہونے کی توفیق عطا کرو۔"

"تمہیں چھونے کے لئے مجھے تمہارے پاس آنا ہو گا۔ مگر مجھے ڈر ہے کہ اگر میں اس حالت میں تمہارے قریب آیا تو تم نفرت سے چیخ پڑو گی کہ مجھے ایسے مکتی نہیں چاہئے یہ میرے لئے ناقابل برداشت صدمہ ہو گا کم از کم مجھے یہ صدمہ تو مت دو۔"

"نہیں پرائشچت کی آخری سیڑھی سمجھ کر مجھے اس صورت حال کو قبول کرنا ہی پڑے گا۔ مجھ پر میرے باپ کا قرض ہے۔"

"ٹھیک ہے۔۔۔" اس نے ایک ٹھنڈی سانس لیتے ہوئے کہا، "ویسے بھی سچ پوچھو تو سب سے زیادہ ظلم تمہارے ساتھ ہی ہوا ہے بولو میں اب تمہارے لئے کیا کر سکتا ہوں۔ میری ماں نے تمہارے لئے کون سا ٹونکا بتایا تھا؟"

دوشیزہ آہستہ آہستہ سے اس جگہ گھٹنوں کے بل بیٹھ گئی اور گردن جھکا کر بولی، "تمہیں سامنے مندر میں جانا ہوگا۔ مجھے وہاں جانے کی ممانعت ہے۔ وہاں سیڑھی پر ایک برتن رکھا ہے۔ جب سے میں یہاں آئی ہو تب سے وہ برتن وہیں رکھا ہے۔ تم ایک نہ ایک دن آؤ گے اسی آس پر میں ایک ایک پہر کی سیڑھیاں چڑھتی ہوئی یہاں تک پہنچی ہوں۔ اب وہ برتن میلا سیاہ پڑ گیا ہوگا مگر آج وہ بھی مکت ہو جائے گا۔ تم مندر میں جاؤ اور اس تیرتھ کنڈ سے پانی لے کر آؤ۔"

اسے یقین نہیں آرہا تھا کہ وہ الفاظ اس کے لئے ادا کئے جا رہے ہیں۔ زمانہ بیت گیا اسے اس قدر اپنائیت اور نرمی سے کسی نے مخاطب نہیں کیا تھا۔

"جاؤ گے نا؟"

دوشیزہ کی آواز دوبارہ اس کے کانوں سے ٹکرائی اور وہ جیسے ہوش میں آگیا جب وہ درختوں کے سایے سے نکل کر کھلی چاندنی میں آیا تو ایک لمحے کو چونک گیا۔ پھر اس نے اپنے آپ کو سنبھالا اور سامنے مندر میں داخل ہو گیا۔ مندر خالی تھا۔ کسی بھی قسم کی کوئی مورتی نہیں تھی اور دیوار میں بنے گؤمکھ سے پانی کی ایک باریک دھار ایک برتن میں گر رہی تھی۔ یہاں تیرتھ کنڈ تھا۔ اس نے برتن بھر لیا اور مندر کے باہر آکر سیڑھیوں سے اترنے لگا۔ تبھی دوشیزہ کی آواز آئی، "رک جاؤ وہیں رک جاؤ!"

اس کے دل میں ایک قسم کے شبہے نے سر ابھارا اور اس نے خشک لہجے میں کہا "میں نے تمہیں پہلے ہی آگاہ کر دیا تھا کہ جانور بھی اس سے زیادہ میری قربت برداشت نہیں کر

سکتے۔ پھر تم تو پھولوں کی مست خوشبو کی عادی ٹھہریں، تم کیوں کر میرے مکروہ وجود کو برداشت کرو گی!"

"ایسی بات نہیں۔" اس نے ندامت سے کہا، "تمہارا روگ دوسروں کے لئے یقیناً ناقابل برداشت ہے لیکن تم سے نفرت کرنے کا مجھے کوئی حق نہیں۔ میں نے جو تمہیں روکا ہے۔ اس کا سبب کچھ اور ہے۔ میری بات غور سے سنو، جب تم میرے قریب آؤ گے تو اپنی آنکھیں بند کر لینا۔ پھر میں جیسا کہوں گی ویسا ہی کرنا۔ تمہیں قسم ہے آنکھیں ہرگز مت کھولنا۔"

"تمہارا اندیشہ فضول ہے۔ مجھے اپنے وجود سے زیادہ قابل نفرت چیز دنیا میں کوئی اور دکھائی نہیں دیتی۔ پھر بھی اگر تمہاری یہی خواہش ہے تو میں آنکھیں بند کر لوں گا۔"

دو قدم آگے بڑھنے کے بعد اس نے اپنی آنکھیں بند کر لیں مگر دوشیزہ نے اپنے چہرے سے ہاتھ نہیں ہٹائے۔ وہ بولی، "اب اس پانی میں اپنے سیدھے ہاتھ کی انگلیاں ڈبو لو پھر میں تمہارا ہاتھ پکڑ کر اپنے چہرے کے قریب لاؤں گی۔ اس وقت تم میری آنکھوں کو مس کرنا۔ میری پوری طرح اندھی ہوں۔"

اس پر بجلی سی گری، "تم اندھی ہو۔"

اس نے کچھ کہنے کی کوشش کی مگر اس کی آواز اس کے گلے میں پھنس کر رہ گئی۔

"میں اندھی ہوں مگر اب میرا اندھا پن ختم ہونے کو ہے۔ خود اپنی ہی ایک لغزش کے سبب مجھ پر یہ افتاد پڑی تھی۔ ہوا یہ کہ شراپ کے بعد میں اپنے جسم کو سر سے پاؤں تک سیاہ لباس میں چھپا کر رکھتی تھی۔ جنگ کی تباہی کے بعد ایک مہربان شخص نے میری جان بچائی۔ میں نے اسے اپنا بھائی بنا لیا تھا۔ وہ میرا راہبر بھی تھا۔ ہم مناسب ٹھکانے کی تلاش میں ادھر ادھر بھٹک رہے تھے تبھی ایک دن راستہ چلتے ہوئے اس نے حیرت اور

مسرت کے ملے جلے لہجے میں کہا، "کتنا خوبصورت پرندہ ہے۔ ایسا لگتا ہے سارے پرندوں نے اس کے پروں سے رنگ مستعار لئے ہیں۔ اتنے میں اس پرندے کی چہکار گونجی۔ وہ گونج اس قدر دل آویز تھی کہ کیا بتاؤں۔

اگر ہیرے موتی کی زبان ہوتی تو وہ ایسی ہی دلکش آواز میں باتیں کرتے۔ میں نے اتنی پیاری آواز والا پرندہ اس سے پہلے کبھی نہیں دیکھا تھا۔ میں بے قابو ہوگئی۔ میں بھول گئی کہ میں کون ہوں۔ میں بھول گئی کہ کسی کی بددعا میرا تعاقب کر رہی ہے۔ میں نے اپنے چہرے پر پڑا ہوا سیاہ نقاب ذرا سا ہٹایا اور باہر جھانکا۔ مجھے وہ انوکھا پرندہ تو دکھائی نہیں دیا مگر اسی لمحہ ایک جھماکے کے ساتھ میری آنکھوں کی جوت بجھ گئی۔ یہی نہیں بلکہ مردہ آنکھوں کی جگہ زندہ کیکڑے۔"

بولتے بولتے اس کا بدن تھرانے لگا اور الفاظ نے زبان تھام لی، "کتنے برسوں سے اس نحوست کو چہرے پر لئے زندہ ہوں۔ تم اگر خواب میں بھی اس خوفناک منظر کو دیکھو گے تو زندگی بھر اسے بھول نہیں سکو گے لیکن اب وہ منحوس خواب ختم ہونے کو ہے۔ تم اپنے دائیں ہاتھ کی انگلیاں اس تیرتھ کنڈ میں ڈبو کر اپنے دائیں ہاتھ کے انگوٹھے سے میری آنکھوں کو مس کرو۔ میری بینائی لوٹ آئے گی۔ پھر بچا ہوا پانی میرے سر پر انڈیل دینا۔ سیدھے ہاتھ کے انگوٹھے سے ہی آنکھوں کو مس کرنا۔ تمہاری ماں نے یہی تاکید کی تھی۔ اس دن کے بعد سے میں نے یہ راز اپنے راہبر کے سوا کسی کو نہیں بتایا۔ اب صرف تمہیں بتا رہی ہوں کیوں کہ اصل میں یہ راز تمہارے لئے ہی تھا۔"

تیرتھ کنڈ اس کے کانپتے ہاتھوں سے چھوٹ کر سنگ مرمر کے فرش پر گر پڑا اور برتن کا سارا پانی بہہ گیا۔ دوشیزہ نے ایک دم سے چونک کر پوچھا، "کیا ہوا؟ تم خاموش کیوں ہو؟"

اس نے دردناک لہجے میں جواب دیا، "کچھ نہیں ہوا۔ جو ہونا تھا بہت پہلے ہو چکا۔ تم کیا، میں کیا، میری ماں کیا، تمہارا باپ کیا، ہم سب قدرت کے ہاتھوں میں کھلونوں سے زیادہ کچھ نہیں۔ ہم دونوں کم و بیش ایک ہی امید سے بندھے ہوئے تھے۔ امید جو میرے اور تمہارے اندر بہت گہرائی میں چراغ کی مانند روشن تھی۔ بالآخر بجھ گئی۔ ایک لازوال کرن البتہ ہمارا مقدر ٹھہری شاید اس مبہم امید کی جان لیوا زک سے نجات پانا ہی تمہاری میری مکتی تھی۔ تم نے مجھے دائیں ہاتھ کے انگوٹھے سے اپنی آنکھوں کو مس کرنے کے لئے کہا تھا تاکہ تمہاری بینائی لوٹ آئے اور پھر اس کھوئی ہوئی بینائی کو پانے کے بعد تم مجھے اپنی نرم نگاہوں سے شراپ مکت کرتیں۔ گروکنیا! شاید تم نہیں جانتیں کہ میرے سیدھے ہاتھ کا انگوٹھا نہیں ہے۔ میں نے تمہارے پتا کو گرو دکشنا کے روپ میں اپنے سیدھے ہاتھ ہی کا انگوٹھا تو دیا تھا۔"

چہرے پر سے ہاتھ ہٹائے بغیر دوشیزہ نے آہستگی سے اپنی گردن اٹھائی۔ اس کے حلق سے ایک زخم خوردہ سسکاری سی نکلی۔ وہ بے تحاشا دوڑتی ہوئی صحن کے بیچ میں گئی۔ اس نے اپنے بالوں سے نوچ نوچ کر پھولوں کو نکال پھینکا۔ سیاہ لباس دوبارہ جسم پر ڈالا اور تھکے تھکے قدموں کے ساتھ اپنی کٹیا کی طرف یوں بڑھی جیسے اپنے وجود کی پرچھائیں کو خود گھسیٹ کر لے جا رہی ہو۔ پھر وہ پرچھائیوں میں پرچھائیں کی طرح تحلیل ہو گئی۔ گھنگھروؤں کی ہچکیاں دھیرے دھیرے دور ہوتی گئیں اور بالآخر سناٹے میں ڈوب گئیں۔

***

سادھو

وہ تھکا ماندہ سادھو اس گاؤں میں پہلی بار داخل ہوا تھا۔ مگر اس نے گاؤں کی حدود میں اس اعتماد سے قدم رکھا جیسے گاؤں کے سارے گلی کوچے اس کے دیکھے بھالے ہوں۔

گاؤں کے کنارے بہت ساری عورتیں پانی بھر رہی تھیں۔ جن میں بوڑھی، جوان، سبھی شامل تھیں۔ ان مختلف العمر عورتوں پر نظر پڑتے ہی وہ ٹھٹک گیا۔ اس کے بوڑھے چہرے کی جھریاں مزید گہری ہو گئیں اور ماتھے پر اندرونی کرب کی ایک لکیر سی ابھر آئی۔

زمانہ حال کی لمحہ لمحہ بدلتی بساط پر جینے والے ان بے بضاعت لوگوں پر اسے بڑا ترس آیا۔ ان میں سے ایک ایک کے مستقبل کا احوال وہ کھلی کتاب کی طرح پڑھ سکتا تھا۔ خصوصاً اس کی نگاہیں اس دوشیزہ پر جم کر رہ گئی جو کنویں کی مینڈھ پر جھکی ڈول سے پانی کھینچ رہی تھی۔ اس کے جھلمل کرتے لباس سے پتہ چلتا تھا کہ وہ ایک نوبیاہتا دلہن ہے۔ اس کا جسم ہلدی کی گانٹھ جیسا چمکدار اور پر کشش تھا۔ وہ اتنی نوعمر تھی کہ شباب کی آمد آمد کے باوجود اس کے چہرے پر بچوں جیسی معصومیت باقی تھی۔

سادھو کے دیکھتے ہی دیکھتے اس کا چہرہ مسخ ہو گیا اور ہلدی کی گانٹھ جیسا پر کشش بدن مردہ ڈھور کی مانند پھولنے لگا۔ سادھو نے گھبرا کر چہرہ دوسری جانب پھیر لیا اور بھرائی ہوئی آواز میں ایک راہ گیر سے بولا،

"اس لڑکی کو دیکھتے ہو وہ ابھی کنویں میں ڈوب کر مر جائے گی۔"

پھر بغیر رکے تیزی سے آگے بڑھتا چلا گیا۔ ابھی وہ سڑک کے پہلے موڑ پہ پہنچا تھا کہ عقب سے بے تحاشہ عورتوں کے چیخنے چلانے کی آوازیں آنے لگیں۔ مگر اس نے مڑ کر دیکھنے کی ضرورت بھی نہیں سمجھی۔ وہاں جو کچھ ہونا تھا اس نے اپنی نگاہ پیش بین سے پہلے ہی دیکھ لیا تھا۔

تھوڑی دور چلنے کے بعد اسے ایک خستہ حال جھونپڑی دکھائی دی جس میں ایک سیاہ فام لوہار اپنے وزنی ہتھوڑے سے لوہا کوٹ رہا تھا۔ سامنے بڑا سا الاؤ دہک رہا تھا۔ جس سے آگ کی چنگاریوں کا فوارہ سا اڑ رہا تھا۔

الاؤ کی سرخ روشنی میں وہ لوہار یوں دکھائی دے رہا تھا جیسے ابھی ابھی سمندر منتھن کے بعد اسی آگ سے سیاہ مورتی کی طرح بر آمد ہوا ہو۔

پاس ہی ایک چھوٹا بچہ بڑے انہماک سے شعلوں کی لپلپاتی زبانوں سے اڑنے والی چنگاریوں کا رقص دیکھ رہا تھا۔ سادھو نے یہ سب دیکھا مگر اسے بڑا تعجب ہوا کہ اس نے اس جانب کیوں نگاہ کی؟ پیش آنے والے حادثے نے اسے پھر مضطرب کر دیا اور اس نے پاس کھڑے ہوئے شخص سے کہا،

"آہ اب یہ بچہ جھلس کر مر جائے گا۔" اور تیزی سے آگے بڑھ گیا۔ وہ شخص سادھو کی اس بات پر پہلے تو چونکا پھر دور جاتے سادھو کو سڑی سمجھ کر اس پر ایک متاسفانہ نگاہ ڈالی اور استہزائیہ انداز میں ہنسا۔ وہ بچہ اسی شخص کا تھا اور پچھلے کئی روز سے اسی طرح روزانہ آکر وہاں بیٹھتا تھا اور لپ لپاتے شعلوں کا تماشا دیکھتا رہتا تھا۔ کبھی کوئی ایسی ویسی بات نہیں ہوئی۔ اتنے میں لوہار اٹھا اس نے انگلی سے پیشانی اور گردن کا پسینہ صاف کیا اور اکڑی ہوئی شریانوں کو ڈھیلا چھوڑتا ہوا پانی پینے کے لئے اندر چلا گیا۔ سادھو تیز تیز قدم

اٹھاتا کسی ان دیکھی انجان زنجیر سے بندھا چلا جارہا تھا۔ سامنے نکڑ پر املی کا پیڑ تھا وہ جانتا تھا کہ اس درخت کے سرسبز سائے تک پہنچتے پہنچتے بچے کی چیخ سنائی دے گی اور ویسا ہی ہوا۔ جوں ہی اس نے درخت کی ٹھنڈی چھاؤں میں قدم رکھا پشت سے ایک دلدوز چیخ سنائی دی۔ سادھو کے قدم رکے نہیں وہ چلتا ہی رہا اب وہ گاؤں کے باہر آچکا تھا اور اس کا اعصابی تناؤ بھی کم ہو گیا تھا۔ اسے یقین تھا کہ اس سامنے والی ٹیکری کے دامن میں مندر ضرور ہو گا۔ چند قدم طے کرتے ہی اس کی نظر مندر پر پڑی۔ وہ ایک پرانا بوسیدہ مندر تھا جس کے ستون ڈھے چکے تھے۔ مورتی ٹوٹی پڑی تھی اور چاروں طرف تاراجی کا راج تھا۔

اس نے سوچا اب اس مندر کے ایک گوشے میں مرگ چھالا بچھائے وہ سکون اور اطمینان سے اس کی راہ دیکھتا رہے گا۔ وہ اس مسافر کی سی طمانیت محسوس کر رہا تھا جو ایک طویل عرصے کے بعد کسی گھنے درخت کے سائے میں پہنچ گیا ہو۔

اس نے مرگ چھالا فرش پر بچھایا اور اس پر اطمینان سے آسن جما کر بیٹھ گیا۔ اب باہر درخت کے پتوں کی سرسراہٹ کے سوا وہاں کسی بھی قسم کی آواز سنائی نہیں دے رہی تھی۔

غالباً اس ویران مندر میں ایک عرصہ سے کسی متنفس کا گذر نہیں ہوا تھا۔ فرش پر دھول کی دبیز چادر بچھی ہوئی تھی۔ جس پر دروازے سے مرگ چھالا تک صرف اسی کے قدموں کے نشان دکھائی دے رہے تھے۔ وقت دبے پاؤں گذر رہا تھا۔ سادھو دروازے پر نظریں جمائے خاموش بیٹھا تھا۔ وہ اس حقیقت سے بہت پہلے ہی آگاہ ہو چکا تھا کہ آنے والا لمحہ اپنے وقت پر ہی آتا ہے۔ خوامخواہ کی بے صبری سے ہونے والا وقوعہ وقت سے پہلے ظہور میں نہیں آتا اور نہ ہی کسی کے ڈرنے گھبرانے سے وہ پل بھر کے لئے ٹل سکتا ہے۔

بڑی دیر کے بعد باہر خشک پتوں پر کسی کے قدموں کی چرچراہٹ سنائی دی۔ دوسرے ہی لمحے ایک خونخوار قسم کا نوجوان ہاتھ میں چمکدار خنجر لئے دروازے میں کھڑا دکھائی دیا۔ نوجوان دروازے میں کھڑا اندر مندر کے اندھیرے میں آنکھیں پھار پھاڑ کر دیکھ رہا تھا۔

"بھرت اندر آجا۔ میں یہاں اس کونے میں بیٹھا ہوں۔ مجھے تیرا ہی انتظار تھا۔" مندر کے سناٹے میں سادھو کی آواز گونجی۔

نوجوان اپنا نام سن کر پہلے تو چکرایا پھر سادھو پر اس کی نظر پڑی اور وہ نپے تلے قدم اٹھاتا سادھو کے سامنے آکھڑا ہو گیا۔ اس کے چہرے پر اب بھی حیرت کے آثار تھے۔

سادھو کو اس کا نام کیوں کر معلوم ہوا؟ آخر اس نے کرخت آواز میں پوچھ ہی لیا۔

"تو کیسے جانتا ہے کہ میرا نام بھرت ہے؟"

وہ جانتا تھا کہ بھرت اس سے یہ سوال ضرور پوچھے گا وہ دل ہی دل میں مسکرایا۔ وہ یہ بھی جانتا تھا کہ جواب میں اسے بالکل خاموش رہنا ہے۔ مگر اس سوال نے اس کی یادوں کے پرسکون تالاب میں ایک ہلچل مچادی۔

جس طرح وہ حال کے بطن میں چھپی مستقبل کی تصویر دیکھ لیتا ہے اسی طرح اب ماضی بھی ساکار ہو کر اس کے سامنے آکھڑا ہوا۔

جب گھر میں بچہ ہوا تھا تو اس نے اس کا نام بھرت رکھا تھا۔ مگر بچے کی پیدائش کے چند روز بعد ہی اس کی بیوی گھر اور خاندان کی پرواہ کئے بغیر بچے کو چھوڑ کر کہیں چلی گئی۔ لڑکا ابھی آٹھویں میں قدم رکھتے نہ رکھتے گھر سے فرار ہو گیا۔ یوں گھر کا پورا شیرازہ بکھر گیا۔ تب سے وہ اپنے بیٹے کی تلاش میں جنگل جنگل بھٹک رہا ہے۔ اس نے مستقبل کی آنکھ سے بارہا اپنے بیٹے کی جگہ اسی خونخوار نوجوان کو اسی بوسیدہ مندر میں خنجر بکف دیکھا تھا۔

یہ منظر دیکھتے دیکھتے اس کی رگوں میں برف جم چکی تھی۔

وہ انجانے میں اس گاؤں کے پاس سے کتنی بار گذرا ہوگا مگر کبھی وہ مندر اسے دکھائی نہیں دیا اور نہ کبھی اس گاؤں میں داخل ہونے کی اس خواہش جاگی تھی وہ جانتا تھا کہ واقعات اپنے وقت پر ہی رونما ہوتے ہیں۔ نہ ایک پل ادھر نہ ایک پل ادھر۔ جیسے ہر نقش پتھر پر کندہ کر دیا گیا ہو۔ اس نے تصور میں اس نوجوان کے ہاتھ میں خنجر بھی دیکھا تھا مگر ایک عجیب ناگزیر طاقت اسے وہاں کھینچ لائی تھی۔ وار کرنے والا اور وار سہنے والا دونوں وقت کے اس بیکراں جال میں کس قدر بے بس ہیں؟ بے بس ہیں اس لئے دونوں ہی بے قصور ہیں۔

سادھو کو خاموش دیکھ کر بھرت بولا،

"تو جانتا ہے اس بستی پر میری حکمرانی ہے۔ میرے عتاب سے لوگ کانپتے ہیں اور میرا ذرا سا کرم انہیں نہال کر دیتا ہے تو شاید نہیں جانتا کہ میں یہاں کیوں آیا ہوں؟"

سادھو ایک ایک بات جانتا تھا۔ پچھلے کتنے برسوں سے مستقبل کا ایک ایک راز اس پر افشاں ہو چکا تھا۔ جب وہ اپنے اننت سفر پر گھر سے باہر نکل رہا تھا تبھی یا اس سے پہلے اس وقت جب وہ اپنے بیٹے بھرت کا نام تجویز کر رہا تھا یا اس سے پہلے جب وہ خود پیدا ہوا تھا۔ یا اس سے بھی پہلے جب پہلا انسان وجود میں آیا تھا وہ ہر منظر کو عجیب بے تعلقی سے دیکھتا آیا تھا۔ جیسے کوئی ناٹک دیکھ رہا ہو اس کے بعد پانی کے بلبلوں کی طرح بے شمار انسانوں کی پیدائش اور ان کی قسمتوں کی ناگزیریت کے ساتھ کھینچی ہوئی ایک لکیر زندگی کا ہر بھید اس پر کھیل چکا تھا اور جو کچھ ہونے والا تھا اس کی حقیقت صرف اتنی تھی کہ متواتر مستقبل کا تعاقب کرنے والا لمحہ موجود ایک جست میں مستقبل کی حدود پار کر جانے والا تھا۔ وقت کے بہاؤ میں لمحہ بھر کو ایک گرہ پڑ جانے والی تھی اور پھر سب کچھ شانت اور

پہلے کی طرح پر سکون ہو جانے والا تھا۔

"تجھ جیسے شخص کا زندہ رہنا بے حد خطرناک ہو گا۔" بھرت نے کہا، "میں تجھے قتل کرنے آیا ہوں۔ تیری زبن سے موت بولتی ہے۔ تیرے الفاظ تباہی اور نحوست کا علامیہ ہیں۔"

سادھو نے نہایت اطمینان سے کہا،

"تو جو کچھ کہہ رہا ہے سچ ہے۔ مگر سچ صرف یہی نہیں ہے لفظ کو واقعہ بنا دینے کا اختیار کسی کو نہیں۔ میرے الفاظ کسی وقوعے کا علامیہ بن ہی نہیں سکتے۔ تیرا یہ سوچنا غلط ہے کہ میں بولتا ہوں اسی کے مطابق ہوتا ہے۔ حقیقت اس کے برعکس ہے۔ دراصل جو ہونے والا ہوتا ہے وہ مجھے قبل از وقت دکھائی دیتا ہے اور میں اسے لفظوں میں محض بیان کر دیتا ہوں۔"

"میرا بولنا ناگزیر ہے۔ یہی میرا شراپ ہے۔"

مندر کی شکستہ دیوار سے دھوپ کی ایک کرن اندر رینگ آئی اور فرش پر دھوپ کا بالشت بھر ٹکڑا کندن ہو گیا۔ تاریکی کچھ کم ہوئی۔ سادھو کہہ رہا تھا۔

'اور سن اپنے اس شراپ کے کارن میں دوسروں کے مقابلے میں زیادہ بدنصیب ہوں کیونکہ اسی کے سبب میں امید و خواب کی فریب خوردہ مسرتوں سے حظ نہیں اٹھا سکتا مگر میں دوسروں کے مقابلے میں بے حد مطمئن ہوں کیونکہ میں نے خواہشات کی نفی کر دی ہے۔ اس لئے دکھوں کی بھی نفی ہو چکی ہے۔ جب لاگ ہی نہیں تو لگاؤ بھی نہیں اور جب لگاؤ نہیں تو دکھ بھی نہیں۔ میں جانتا ہوں تو مجھے قتل کرنے آیا ہے۔ مگر میں موت سے قطعی خوف زدہ نہیں ہوں۔ حتی کہ میرے دل میں تیرے تعلق سے بھی کوئی میل نہیں۔ اس دھوپ کے ٹکڑے کو غور سے دیکھ کیسا سنہرا رنگ ہے اس کا۔ تھوڑی دیر میں یہ میری

زندگی کے آخری لمحے کی طرح لہو رنگ ہو جائے گا۔ اس کے سرخ ہوتے ہی سمجھ لے میرا وقت بھی آن پہنچا۔ البتہ میں تجھ سے یہ کہوں گا کہ تو جلدی سے اپنا کام ختم کر۔ نہ ہی زندگی کے چند لمحے تجھ سے مستعار مانگنے کا میرا کوئی ارادہ ہے۔ نہ تیرے چاہنے سے یہ قتل مقررہ وقت سے پہلے عمل میں آسکتا ہے نہ میرے چاہنے سے ایک پل کے ٹل سکتا ہے۔

سادھو بولتے بولتے رک گیا۔ اس کی نگاہیں بھرت پر گڑی تھیں۔ دیکھتے ہی دیکھتے بھرت کا چہرہ سیاہ، بے جان اور بے رونق ہو گیا۔ اس کی گردن کے گرد کالے رنگ کی کنڈلی جیسی پھانسی کی رسی کے نیل پڑ گئے۔ سادھو نے بہت پہلے جب بھرت ابھی بچہ تھا اپنے ہاتھوں سے اس کے گلے میں سیاہ دھاگا باندھا تھا کہ اسے نظر نہ لگے اور اب اسی گردن میں پھانسی کا پھندہ دکھائی دے رہا تھا اور المیہ یہ ہے کہ اس پھانسی کا سبب وہ خود بننے والا تھا۔ وہ لمحہ بھر کو مضطرب ہو گیا اور یہ جانتے ہوئے بھی کہ یہ سب ناگزیر ہے اور جو کچھ ہو رہا ہے وہ پہلے ہی سے مقدر ہے۔ اس کی آنکھوں کے کنارے بھیگنے لگے۔ تبھی اس نے کمال ضبط سے آنسوؤں پر قابو پالیا اور انہیں پلکوں کے اندر ہی قید کر لیا۔

سادھو کی بات بھرت کی سمجھ میں نہیں آئی۔ اس کا غصہ اب اپنی انتہا کو پہنچ چکا تھا۔ اس کا چہرہ لال ہو گیا۔ آنکھوں سے خون ٹپکنے لگا۔ دوسرے ہی لمحے اس کا خنجر والا ہاتھ سر سے بلند ہوا۔ بجلی سی کوندی اور پورا خنجر آنکھیں موندے، شانت بیٹھے اس سادھو کے سینے میں دستے تک پیوست ہو گیا۔ سادھو کے سینے سے خون کا چشمہ ابل پڑا اور فرش پر بہتی خون کی لکیر اس سرخ ہوتے دھوپ کے ٹکڑے کو مزید سرخ بنانے لگی۔

***